内江师范学院科研资助项目　项目编号：18SB07

多恩爱情诗与神学诗研究

胡小玲　著

四川大学出版社

项目策划：余　芳
责任编辑：余　芳
责任校对：周　洁
封面设计：胜翔设计
责任印制：王　炜

图书在版编目（CIP）数据

多恩爱情诗与神学诗研究 / 胡小玲著．— 成都：四川大学出版社，2020.8
ISBN 978-7-5690-3834-7

Ⅰ．①多… Ⅱ．①胡… Ⅲ．①多恩 (Donne, John 1572-1631)—诗歌研究 Ⅳ．① I561.072

中国版本图书馆 CIP 数据核字（2020）第 167409 号

书名	多恩爱情诗与神学诗研究
	DUO'EN AIQINGSHI YU SHENXUESHI YANJIU
著　者	胡小玲
出　版	四川大学出版社
地　址	成都市一环路南一段24号（610065）
发　行	四川大学出版社
书　号	ISBN 978-7-5690-3834-7
印前制作	四川胜翔数码印务设计有限公司
印　刷	四川盛图彩色印刷有限公司
成品尺寸	148mm×210mm
印　张	9.375
字　数	252千字
版　次	2020年12月第1版
印　次	2020年12月第1次印刷
定　价	42.00元

扫码加入读者圈

◆版权所有 ◆侵权必究

◆ 读者邮购本书，请与本社发行科联系。
电话：(028)85408408/(028)85401670/
(028)86408023　邮政编码：610065
◆ 本社图书如有印装质量问题，请寄回出版社调换。
◆ 网址：http://press.scu.edu.cn

四川大学出版社
微信公众号

前　言

笔者在读研究生期间就对英国文学产生了浓厚的兴趣，并开始关注17世纪英国诗人约翰·多恩（John Donne）。自此，笔者广泛地阅读了有关多恩的诗歌、散文以及相关的论著，并进行了一些思考。

约翰·多恩是17世纪英国玄学派诗歌的创始人。多恩诗歌的主题丰富，涵盖了爱情、宗教、死亡等话题，表达出复杂的态度和情感，其诗歌充满了奇思妙喻，带有浓厚的哲学思辨色彩。这些特色使得多恩研究逐渐成为国内英国文艺复兴时期文学研究的一个热点。最能体现多恩诗歌特色的莫过于他的55首爱情诗，因此研究多恩不可避免地要研究多恩的爱情诗。不少多恩研究者主要运用了新批评、俄国形式主义、心理分析、后殖民主义等理论对其爱情诗进行研究。有关多恩爱情诗的研究可以说是成果丰硕。然而，多恩的神学诗却较少受到学界的关注。事实上，要真正读懂多恩的爱情诗，还要细细品读他的神学诗。虽然爱情诗和神学诗的类型和主题截然不同，但是两者并非孤立存在。无论是爱情诗还是神学诗，都有他对爱情与人生、灵魂与肉体、现实与天国的疑惑和思考。爱情与神学在多恩的心灵深处刻下了深深的印迹，两者相互渗透，紧密相连。

在本书中，笔者主要从思想情感和艺术特色两个方面对多恩的爱情诗与神学诗进行分析。毫无疑问，多恩的爱情诗最关注的是爱情主题，而对爱情这一主题的讨论离不开爱情的对象——女性，因此笔者用了两节篇幅来讨论诗歌中的女性。仔细品读多恩，读者会发现多恩其实是一个矛盾体，而代表多恩最高成就的爱情诗充分体现出他的矛盾思想。与爱情诗不同，多恩的神学诗所关注的重点是上帝、死亡与复活等主题，其诗歌表达出了他复杂而矛盾的思想。多恩诗歌的一大特点是其新颖别致的意象与令人耳目一新的奇喻，因此笔者对他的爱情诗中的意象、奇喻、悖论以及其神学诗中的意象进行了梳理与分析。本书最后还特别选取了多恩的《既然我所爱的她》与苏轼的《江城子·乙卯正月二十日夜记梦》进行对比分析。

    由于水平有限，书中观点难免有不恰当之处，敬请同行和读者不吝指教。

胡小玲
内江师范学院
2019 年 5 月

目 录

第一章　国内多恩研究综述……………………………………（ 1 ）
第二章　多恩爱情诗之思想情感研究…………………………（ 19 ）
　第一节　多恩爱情诗中的"他者"女性………………………（ 21 ）
　第二节　多恩爱情诗中的女性主体——安·莫尔……………（ 38 ）
　第三节　多恩爱情诗中的矛盾思想……………………………（ 54 ）
第三章　多恩爱情诗的诗艺探幽………………………………（ 95 ）
　第一节　多恩爱情诗中的悖论…………………………………（ 97 ）
　第二节　多恩爱情诗中的意象与奇喻…………………………（122）
　第三节　多恩爱情小诗《早安》的陌生化艺术………………（167）
第四章　多恩神学诗之思想情感研究…………………………（177）
　第一节　多恩神学诗中的上帝形象……………………………（179）
　第二节　多恩神学诗中的死亡与复活主题……………………（201）
　第三节　多恩神学诗中的宗教思想——虔诚者还是叛逆者？
　　　　　……………………………………………………………（227）
第五章　多恩神学诗的诗艺探幽………………………………（245）
　第一节　多恩神学诗中的意象…………………………………（247）
　第二节　多恩的《既然我所爱的她》与苏轼的《江城子·
　　　　　乙卯正月二十日夜记梦》……………………………（278）
参考文献……………………………………………………………（287）

第 一 章
国内多恩研究综述

第一章 国内多恩研究综述

约翰·多恩①（John Donne）被誉为17世纪英国玄学派诗歌的鼻祖。多恩的作品包括爱情诗、神学诗、讽刺诗、格言诗以及布道文等，其主要代表作有《歌与十四行诗》《挽歌》《灵的进程》《第一周年》《第二周年》《神学冥想》《紧急时刻的祷告》等。多恩的诗歌和当时社会主流作品截然不同。文艺复兴时期的诗歌十分讲究雕饰，意象华丽，多恩诗歌则更为注重情感与理性的高度统一，运用新颖独特的意象，具有独特的艺术魅力与持久的生命力。多恩不仅在意象和思想观念上做出了大胆的尝试，而且在诗歌的节奏和形式上也有很大的创新。可以说，多恩一反传统爱情诗的陈词滥调，其幽默、博学以及超乎常人的勇气让其诗歌的玄学风格大放异彩、别具一格。多恩的创作启迪了包括乔治·赫伯特、安德鲁·马维尔等在内的一大批杰出的玄学派诗人。

多恩的诗作代表了玄学派诗歌的最高成就。他喜好一种似是而非的哲学思辨，善于运用直接而幽默的语言表达深刻的哲理。虽然他的诗歌充满了思辨性，但也因其晦涩难懂、怪诞奇异，往往被排斥在英国文艺复兴时期诗歌主流之外。直至19世纪末20世纪初，学者们才对他的诗歌表现出浓厚的兴趣。赫伯特·格瑞厄森（H. J. C. Grierson）的《约翰·多恩诗集》（1912年）的问世重新开启了学者们对多恩作品的审视与评估。艾略特（T. S. Eliot）撰文对以多恩为代表的英国玄学派诗人进行赞扬，这更是促使多恩在英国诗人中的地位发生了巨大的改变。自此，欧美文学评论界对玄学派，尤其是多恩作品的研究热情不断高涨。

在我国，有关诗人多恩的研究起步比较晚。这个研究领域也是一个为大家所不断认识的新兴研究领域，因此目前研究的学者

---

① 或译邓恩、但恩。

不是很多。在20世纪80年代之前，只有一些零星的多恩诗歌翻译和评论文章发表。80年代末90年代初，有关多恩研究的文学作品才陆续见刊。这些早期的文学作品大多就多恩在英国文学史上的地位、作品特色、诗韵特点等进行一些综合性的介绍。多恩的名字常见于一些文学史以及文学作品集。比如刘炳善的《英国文学简史》（1981年）、王佐良等的《英国文学名篇选注》（1983年）、卞之琳的《英国诗选》（1983年）、吴伟仁的《英国文学史及选读》（1988年）、王佐良的《英国诗选》（1988年）等。

80年代末，裘小龙开启了国内的多恩研究。他首次将多恩的六首爱情名诗《成圣》《告别辞：节哀》《太阳升起了》《破晓》《告别辞：哭泣》《圣骨》译成中文。同时，裘小龙在《世界文学》上发表了《论多恩和他的爱情诗》（1984年）一文，分析了多恩爱情诗的特点。裘小龙从思想性、艺术性两个方面出发，对诗人多恩的《早安》《告别辞：哭泣》《圣骨》等几首具有代表性的爱情诗进行了研究分析。通过文本细读，裘小龙发现，不能仅仅将多恩的爱情诗作为一般的爱情诗来看，而应该将其放在文艺复兴后期这个时代背景之下才能获得较为全面、较有历史感的理解。他指出："多恩的爱情诗是文艺复兴后期一种独特的产物。"① 裘小龙认为，多恩之所以超越同时代的其他诗人成为大家，关键在于他在同样的时代气息之下会潜意识地根据自身的感悟通过一定的文学作品对人性加以张扬和折射，也就是说，在多恩的爱情诗歌中出现了诸多同时代诗人作品没有出现过的能够真正体现人道主义精神的爱情的一元论。多恩作品中的新的爱情哲学是一种符合人文主义的关于人的理想的爱情哲学。显然，裘小龙"把文本与多恩的生平和文艺复兴后期的社会背景相结合，在

---

① 裘小龙：《论多恩和他的爱情诗》，载《世界文学》，1984年第5期，第211页。

批评方法上有较浓烈的马克思唯物辩证法的气息"①。

在多恩的单首诗歌的基础性研究方面,胡家峦的研究具有代表性。胡家峦对多恩的两篇诗歌《告别辞:莫伤悲》《早安》进行了由浅入深、精辟独到的赏析。他在文章《天体、黄金和圆规——读约翰·邓恩〈告别辞:莫伤悲〉》(1991年)中指出,为了阐释情侣之间融为一体的精神力量,诗人从天文、金匠技艺和数学领域借来似乎毫无关联的意象——天体、黄金和圆规,将它们糅合在一起进行论证。文章对《告别辞:莫伤悲》中的天体、黄金和圆规意象进行了细致的分析,最后指出,多恩时代出现了文学史上所说的"人文主义危机",这种危机让多恩摒弃了莎士比亚时代娇柔缠绵的风格,代之以"圆"和"圆规"之类的看似荒诞不经的"奇思妙喻"。这是诗人矛盾的内心世界的反映,也是诗人对那个时代的一种反抗。胡家峦在《国外文学》发表了《圆规:"终止在出发的地点"——文艺复兴时期英国诗人宇宙观管窥》(1997年)一文,对多恩《告别辞:莫伤悲》一诗中的圆规意象再次进行了更为深刻的解读。他认为,圆规意象表现出一对情侣圆满的精神之爱,他们的灵魂融为一体,不可分离。圆规象征着诗人对灵魂的完美和生命的永恒的追求。可以看出,胡家峦在圆规意象的分析上见解独特。胡家峦在《一个新世界的发现——读约翰·邓恩的〈早安〉》(1993年)一文中又对多恩的另一首爱情诗《早安》逐节作了详细的文本解读。他认为,多恩在其作品《早安》中把文艺复兴时期西方两种常见的相关联的爱情诗的表现方式进行了巧妙的融合,一种是男方向女方吟唱的晨歌,一种是恋人晨醒时对话的晨曲。多恩从外部世界着手,慢慢升华到内心世界。真纯之爱让恋人最终发现一个完全属于他们的

---

① 林元富:《迟到的怪才诗人——中国的约翰·多恩研究概述》,载《外国语言文学》,2004年第2期,第62页。

全新的世界。

　　胡家峦这些针对文本的基础性研究为国内多恩研究奠定了坚实的基础。此外，胡家峦还撰写了《历史的星空：文艺复兴时期英国诗歌与西方传统宇宙论》（2001年）一书。在书中，他重点研究了英国文艺复兴时期诗歌与西方宇宙观，同时对多恩诗歌中所表现出的宇宙观的同质性与异质性进行了论述。这将多恩诗歌研究提升到了一个新的高度。胡家峦的研究不仅启发了学者们从诗歌语言和意象两个方面对多恩诗歌进行研究，而且还启发了学者们对多恩诗歌的研究不能停留在文本表面进行文字类的研究而应该研究文字背后意象所隐藏的思想和观念，同时对诗人的微观研究不能脱离对其所处时代的宏观研究。这一点和裘小龙关于多恩研究不能脱离时代烙印的观点有异曲同工之妙。

　　在多恩诗歌的基础性研究不断发展的同时，以张旭春为代表的对诗人多恩作品的比较研究也取得了很大的发展。张旭春在《四川外语学院学报》上发表了对李商隐与多恩诗歌比较研究的三部曲，即《曲喻张力结构——比较研究李商隐和约翰·多恩诗歌风格的契机之一》（1995年）、《反讽及反讽张力——比较研究李商隐和多恩诗歌风格的又一契机》（1997年）和《内心张力——作为哲学存在的李商隐和约翰·多恩》（1998年）。张旭春发现，晚唐诗歌和玄学派诗歌之间存在风格上的类同，这种类同体现为具有高度张力性的文本结构。张旭春的这三篇文章分别从曲喻、反讽、内心张力的角度挖掘出多恩与中国晚唐诗人李商隐的作品的共同之处。《曲喻张力结构——比较研究李商隐和约翰·多恩诗歌风格的契机之一》一文通过对李商隐的《无题》和《板桥晓别》以及多恩的《别离辞·节哀》和《别离辞·哀恸》进行实例论证，指出曲喻构成了两人相似的诗歌风格；曲喻张力性文本结构成为他们的诗歌言说手段。《反讽及反讽张力——比较研究李商隐和多恩诗歌风格的又一契机》同样立足于文本，重点分析了李商隐的《北齐二首》（其一）、《日射》和《安定城楼》，多恩的《圣骨》《神圣十四行诗：死神你莫骄傲》《圣谥》，最后得出结论：反讽以及反讽张力是李商隐和多恩文本张力结构的重要建构因素。张旭春的这两篇文章主要立足于文本细读，并没有涉及对两位诗人心理意向性的追寻和还原。张旭春发现，李商隐和多恩作品的类同并非一种巧合，而是相同的心理性因素导致的。于是，张旭春1998年发表《内心张力——作为哲学存在的李商隐和约翰·多恩》一文，从存在主义关于此在的本真生存状态和非本真生存状态的论述入手，再次解读了李商隐与多恩两位诗人的共同之处：两位诗人都有一种身心匮乏时代的诗人所具有的心态，这是一种作为哲学存在的内在张力性心态，即对个体的非本真生命形式的困惑感和焦虑感。从某些层面来看，张旭春的比较研究细微入里，为国内多恩研究开辟了一条比较研究的道路。

进入21世纪，对多恩诗歌的比较研究也迈上了一个新的台阶。王改娣关于多恩诗歌的比较研究的博士学位论文——《诗人不幸　诗之幸：约翰·邓恩与王维比较研究》于2003年问世。王改娣发现，8世纪中国唐代诗人王维和17世纪英国诗人约翰·多恩不论是在其人生经历还是诗歌创作上都有很多相似之处。王改娣主要从以下三个方面对多恩和王维进行了比较分析：第一方面，探讨两位诗人在生活和创作上的相似性；第二方面，分析对比多恩和王维第一阶段的非宗教诗作；第三方面，重点对比研究了多恩和王维的宗教诗歌。王改娣深刻地剖析了两位诗人人生际遇异同的深层次原因及其对各自创作的影响，考察了两人诗歌题材的不同侧重点，还分析了两位诗人的部分作品。王改娣对擅长抽象思维的多恩与擅长形象思维的王维进行了鞭辟入里的比较分析，从而为熟悉中国诗歌文化的多恩研究者提供了一个解读多恩诗歌的新角度。

张旭春和王改娣等人展开了诗人之间的比较研究，而李正栓把陌生化理论引入多恩诗歌研究，这为多恩研究提供了又一崭新的研究方法。李正栓的专著《陌生化：约翰·邓恩的诗歌艺术》（2001年）将俄国形式主义批评家维克多·什克洛夫斯基的陌生化理论运用到多恩诗歌研究中，挖掘出多恩诗歌内在的统一性。李正栓首先将陌生化视为一种思维模式而非技巧，并在此基础上探讨多恩在思维模式方面的陌生化，接着阐释了多恩在诗歌意象方面的陌生化，最后考察了诗人如何利用口语体语言和不规则标点与缩进。他的研究大胆而新颖，为解读多恩诗歌提供了新的视角。

此外，李正栓还发表了多篇从陌生化视角来研究多恩诗歌的文章。他在《玄学思维与陌生化艺术——约翰·邓恩〈跳蚤〉赏析》（2005年）中指出，《跳蚤》是多恩玄学思维和陌生化艺术集中表现的范例。他认为，多恩的《跳蚤》一诗表现出了"新"和"陌生"。《跳蚤》一诗的"新"体现在多恩突出的玄妙思想上，其"陌生"则体现在思维方式和表达上。李正栓强调，在《跳蚤》一诗中，陌生化的思维首先表现为一种非人格化的思维，其次表现在神圣与世俗的结合上。在陌生化的表达方面，他认为，《跳蚤》一诗运用了戏剧独白、戏剧化的行动以及口语化的表达方式。李正栓还在《外国文学研究》上发表了《新旧科学知识：邓恩玄学思维与陌生化表达的重要源泉》（2010年）。他在文中指出，多恩广博的科学知识为其诗歌创作提供了不竭的源泉。李正栓从数字命理学、几何知识、炼金术、地理知识、天文知识以及元素理论等新旧科学的角度对多恩的诗歌做了细致入微的阐释。他认为，这些科学意象不是为了阐释某个科学理论，而是借此表达诗人对爱情的认识。正是通过这些科学意象，多恩将自己的情感和诗歌形式巧妙地结合，传达出了独特的生命体验。李正栓在《社会科学论坛》上发表的《暴力与救赎：邓恩的思维模式与陌生化表达》(2010年)从宏观与微观相结合的角度论述了多恩神学诗和爱情诗中的暴力词句、暴力音韵和暴力意象。他认为，多恩正是通过"暴力"这种新颖独特的写作技巧，将救赎意识和陌生化艺术构思融入诗歌，从而创造出独特的艺术效果。

李正栓不仅从陌生化的角度研究多恩，还从多个独特的视角阐释多恩诗歌。他撰写的《英国文艺复兴时期诗歌研究》(2006年)重点探讨了英国文艺复兴时期大环境下的诗歌创作，并将多恩与其他几位诗人的作品进行比较探讨和研究，从多视角对多恩诗歌进行再认知、再解读。李正栓在《河北师范大学学报》发表的《邓恩〈歌〉中的格律音乐与数字命理意象》(2008年)从多恩的《歌：去，去抓住一颗陨星》的文学和历史语境出发，通过分析诗歌中意象、格律和数字象征的运用，展现出多恩的《歌与短歌集》对彼特拉克式诗歌传统的影射和解构。发表于《外语与外语教学》期刊上的《邓恩诗歌创作心理初探》(2009年)分别以多恩的三首诗歌《歌》《跳蚤》《神圣十四行诗第1首》为蓝本，解释和追述了多恩诗歌创作的心理本源。李正栓以弗洛伊德精神分析批评理论中的利比多压抑和超我的自我救赎为切入点，对多恩的诗歌进行了分析。多恩诗歌由初期对情色的渲染，发展到后来的理性思考，再到最后的人神合一。从精神分析学的角度来看，总体上来说，正是内心深处利比多的躁动和压抑以及超我的自我救赎带给了诗人源源不断的创作灵感。同时，李正栓也指出，不能简单地把多恩的诗歌作品完全归于利比多的影响，弗洛伊德的精神分析学说对于理解多恩及其诗歌有一定的补充和匡正作用。李正栓和赵烨发表的《邓恩诗歌中张力实践与新批评张力理论关联性研究》(2014年)引入了张力理论来认识和研究多恩的诗歌。他们认为，"矛盾和谐"的张力思维是多恩诗歌的特质，具体表现为特异逻辑中的矛盾和谐、陌生化意象中的矛盾和谐、感性和理性中的矛盾和谐、表象冲突中的矛盾和谐。正是这种特质增强了多恩诗歌的表现力，给读者带来了强烈的情感体验和审美震撼。他们还特别强调，多恩的"矛盾和谐"思维恰是新批评张力理论的灵感和基石，对张力理论产生了至关重要的影响。与此同时，新批评张力理论对多恩诗歌研究的繁荣与发展又起到了积极的促进作用。可以说，多恩的诗歌和新批评张力理论是相辅相成的，两者彼此推动。

相对于胡家峦的基础性研究、张旭春与王改娣的比较研究、李正栓把陌生化理论引入多恩诗歌研究而言，晏奎则立足于多恩诗歌的文本细读，从不同侧面系统地分析多恩诗歌。他在《昭通师范高等专科学校学报》上陆续发表了《论多恩的爱情诗》（1990年）、《多恩诗的特征》（1992年）、《个人小宇宙与社会腐败——评多恩诗中的时空观》（1994年）、《论多恩的创作思想》（1994年）、《多恩诗中的"死亡"意象》（1995年）、《爱的见证——评多恩〈告别辞：节哀〉中的"圆"》（2003年）。《论多恩的爱情诗》一文从多恩的生活经历及所处时代入手，较为系统地阐释了多恩爱情诗的"恒变"主题的五个侧面：爱在人间、世无贞女、莫求信男、爱在朝夕、爱终有一别。《多恩诗的特征》对多恩的创作技巧——思想与激情并重、严肃与讽刺同存、悖论与巧思趋同做了系统的分析与评述。《个人小宇宙与社会腐败——评多恩诗中的时空观》指出，多恩的诗作旨在探索人生真谛，从宗教宇宙观的角度唱出一曲悲凉的挽歌。多恩的时空观既高远深刻又有强烈的失落感。晏奎在《论多恩的创作思想》中指出，现有多恩研究多涉及多恩的风格特点，而极少涉及多恩的整体创作思想。由此，晏奎从宇宙重建意识、恒变悖论意识、灵与肉的悖论意识、时空悖论意识和独化的个人意识五个方面论述了多恩的创作思想和他的宇宙人生观的关系。《多恩诗中的"死亡"意象》指出，多恩诗歌的意象极为丰富，而以"死亡"意象最为重要。多恩诗歌中的"死亡"意象的内涵涉及历史、语言、性爱、宗教、神学，其核心是宇宙生发观念的有无论。同时，多恩诗歌中的"死亡"意象体现出了多恩对人生真谛的寻觅。晏奎在《爱的见证——评多恩〈告别辞：节哀〉中的"圆"》中指出，《告别辞：节哀》一诗通篇都是由圆构成，包括物质的、精神的、结构的圆，而结构的圆又包含了物质的和精神的圆。晏奎还指出，这些圆象征着爱情的完美和宇宙的和谐。此外，晏奎还发表了《互动：多恩的艺术魅力》（2001年）和《论多恩的宇宙人生意识》（2001年）等论文。

除发表论文外，晏奎还撰写了两本研究多恩诗歌的著作。他的系统化的文本细读与研究，目前在国内的多恩研究中较为突出。《约翰·多恩：诗人多恩研究》（2001年）从多恩的作品入手，对多恩作了历史的、辩证的、发展的、全方位的研究。在该书中，晏奎首先对多恩的爱情诗进行了主题归纳，并从人生观、价值观、文化观以及哲学和伦理学角度，将多恩的作品和其他诗人的作品进行了比较；接着晏奎分别论述了多恩的神学诗和散文创作，发现它们在内容、形式、风格等方面都与爱情诗息息相关。该书在细致比较分析多恩的创作思想和艺术以及西方的多恩研究的基础上，提出了文学创作的"互动观"。晏奎的另一本著作《生命的礼赞：多恩"灵魂三部曲"研究》（2004年）以多恩的三部长诗《灵的进程》《第一周年》《第二周年》为切入点，再现了多恩对生命真谛的追寻。晏奎发现，可以将《灵的进程》《第一周年》《第二周年》这三首长诗视为首尾相连、自成一体的"灵魂三部曲"，表现灵魂从天国来到人间，经过对尘世的体验之后又回归天国的一种完整的生命体验。作者以大量的篇幅，从纵向、横向和背景三个侧面，对《灵的进程》《第一周年》《第二周年》的结构、主题以及作品所包含的哲学和科学思想做了细致的梳理与论证。该书"凸显了作者敏锐的观察力、思维的灵活性与强劲的思辨力"①。

以上主要讨论了国内几位具有代表性的多恩研究学者的主要研究重点和研究方法。事实上,多恩研究正成为国内英国文学研究的一个热点,呈现出多样化的特点。近年来,随着国内研究多恩的学者越来越多,关于多恩诗歌研究的文章也陆续发表于国内各类学术期刊,而且很多文章见解独到。

目前,不少研究者重点考察了多恩诗歌的艺术特色,包括多恩诗歌的意象、隐喻、悖论和张力等。南方和栾丽梅的《约翰·邓恩诗歌中的太阳意象解读》(2010年)主要从多恩诗歌中反复出现的"太阳"这一意象着手,探讨了诗人的爱情观和宗教观。该文认为,多恩诗歌中的"太阳"代表了完美而恒久的爱情,体现了至深的宗教情结。肖岚在《论多恩爱情诗中的死亡意象及死亡观》(2012年)中,分析了多恩爱情诗歌中所描写的各种死亡意象。通过对诗歌中死亡意象的分析,肖岚发现了多恩既向往死亡又拒绝死亡的矛盾心理。而多恩的这种矛盾心理与他改信国教以及他的婚姻有着密切关联。陆钰明的《多恩诗歌意象的历史性解读》(2012年)对多恩诗歌中的意象进行了一番历史性的、文化上的解读。陆钰明将多恩诗歌中常见的意象结合多恩所处的时代背景、文化传统、多恩的思想意识以及个人经历展开研究。该文对多恩诗歌中的意象进行了较为全面的论述。熊毅和贾琳的《论多恩诗歌中的"灵"意象》(2015年)基于格式塔心理美学的核心理论——"异质同构",探讨了多恩诗歌中"灵"意象的多重表现样式——灵魂、幽灵和圣灵。他们认为,"灵"意象的多重样式从不同的物理场映射到不同的生理场,体现出诗人相同的爱情观——追寻忠贞之爱。

---

① 李正栓、刘露溪:《21世纪初中国的约翰·邓恩研究》,载《外国文学研究》,2008年第2期,第168页。

潘宇文的《约翰·邓恩爱情诗中的爱的隐喻与爱的原型》（2001年）运用舍尔的隐喻理论和荣格的"原型"理论对多恩爱情诗歌中典型的爱的隐喻进行了分析，指出隐喻使得多恩诗歌魅力无穷，同时反映出诗人的爱情观。张金凤的《漫谈隐喻和多恩的爱情诗》（2003年）重点分析了多恩诗中备受争议的隐喻，强调了这些隐喻在表达诗歌主题方面的重要性。刘富丽在《邓恩爱情诗圆形意象的隐喻意义》（2007年）中提到，如果根据传统的修辞学的观点来解读多恩诗歌，那么多恩式隐喻就显得"牵强附会，荒诞不经"。而理查兹的"互相作用"理论强调的是思维的互相交流而非词语的相互作用。基于此，刘富丽运用"互相作用"理论分析了多恩爱情诗歌中的圆形意象的隐喻意义。

张慧馨的《约翰·多恩〈歌与短歌集〉中的悖论》（2008年）从克林斯·布鲁克斯的"悖论"理论出发，对多恩爱情诗歌集《歌与短歌集》中的悖论进行了专门研究，重点解读了诗歌中的三个悖论——圣与俗，一与多，生与死。张慧馨还指出，多恩诗歌中的悖论看似令人费解，实则富含哲理。通过悖论的运用，诗人所呈现的爱情世界在情感的外衣之下暗含了理性与哲学思辨。李正栓和赵烨的《邓恩诗中悖论现象与新批评悖论理论的关联性研究》（2013年）选取多恩的爱情诗《女人的忠贞》《周年纪念日》《一枚寄送的墨玉戒指》《禁令》《劝诫》、神学诗《神圣十四行诗第14首》以及《花冠》组诗，对其中的悖论进行了细致入微的分析。同时，文章指出，多恩诗歌中的悖论是新批评悖论理论的基石，对新批评悖论理论产生了深远的影响。反之，悖论理论的提出又对多恩研究起到了促进作用。

熊毅发表了四篇关于多恩诗歌张力的文章：《多重审美感受的整合——多恩诗歌情感张力的建构》（2003年）、《论多恩玄学诗风的张力》（2005年）、《对"恒定"的企慕——多恩内心张力探幽》（2005年）、《博弈与契合：动态隐喻生命的建构——浅论多恩诗歌的主题张力》（2005年）。《多重审美感受的整合——多恩诗歌情感张力的建构》一文指出，多恩诗歌理性与感性相结合，激情与哲理相并重。熊毅认为，多恩诗歌情感张力的形成和强化主要是通过诗人主体的生命体验在诗歌中的映射和种种理性化表现手法的巧妙运用来实现的。《论多恩玄学诗风的张力》重点分析了玄学派诗歌的时代张力场以及后世英美作家对多恩诗歌语言张力表现技巧的继承和发扬。《对"恒定"的企慕——多恩内心张力探幽》认为，处在风云变幻时代的多恩经历了对自身理念的解构与建构，正是诗人对"爱"与"灵"的恒定追求，让他的内心充满了张力感。《博弈与契合：动态隐喻生命的建构——浅论多恩诗歌的主题张力》从隐喻的角度入手，讨论多恩诗歌的"合一"的主题以及诗歌所表现出来的主题张力。秦雨虹的《试析多恩爱情诗中的情感张力美》（2006年）分析了多恩早期爱情诗中的情感张力美。

也有众多研究者针对多恩的某一首诗作单独进行赏析或解读。李新博的《两情若是久长时　又岂在朝朝暮暮——爱情名诗〈告别辞：请勿哀伤〉赏析》（2001年）指出，《告别辞：请勿哀伤》一诗借助一系列新颖的比喻和独具匠心的类比推理，形象地论证了性爱与情爱的差别，表达出性爱与情爱的完美结合才是理想的爱情模式的爱情观。南方的《从〈圣露西节之夜〉看约翰·多恩诗歌中的现代性》（2005年）分析了多恩《圣露西节之夜》一诗中的虚无性、意象的暗示性和随意性以及叙述方式的复杂性，从而揭示出多恩诗歌中的现代性特点。杨剑和胡静的《悖论中的和谐统一——读约翰·邓恩的〈宣布成圣〉》（2009年）主要从主题、意象、逻辑关系等方面论述了多恩《宣布成圣》中的悖论的运用，揭示出诗人对人生、宗教以及爱情的困惑，以及经过内心的挣扎后的释然。南健翀的《精致的诗意之瓮——约翰·多恩的诗歌〈太阳升起〉的"形式主义"解读》（2010年）从形式主义的"陌生化"视角出发，探究多恩的《太阳升起》所凸显的诗学、美学意蕴及其现代性。南健翀认为，多恩正是以背离传统的情感表达、奇特的意象、反讽、歧义与悖论、戏剧化的诗歌技巧给读者构建了一个"精致的诗意之瓮"。朱黎航的《论多恩诗歌〈出神〉的双重诗意》（2014年）从理性和感性两个层面进行解读，发现《出神》是一首精心构思，具有灵肉双重意味的诗歌。他认为，诗歌语义表层探讨的爱情玄学和深层隐喻的情爱世界与诗人所要表达的灵肉合一的爱情观是统一的。

继张旭春和王改娣之后，又有不少学者将多恩与中国诗人和词人进行了比较分析。孟志明在《约翰·多恩与杜甫的离别诗比较》（2004年）一文中通过比较多恩的《告别辞·节哀》和杜甫的《新婚别》，发现两首诗歌在表现手法上有异曲同工之妙，而且两首诗表现出了中西文化不同的价值取向。欧荣的《同为赠别诗，情境各不同——约翰·多恩的〈别离辞：莫伤悲〉和柳永的〈雨霖铃〉的对比》（2005年）从诗人生活的时代背景、两首诗歌所体现的文化价值观以及诗人写作手法的差异等角度解析了两者不同的审美效果。而李正栓和杨丽的《邓恩诗歌意象研究——兼与李清照诗词意象比较》（2006年）立足于多恩诗歌的意象与李清照诗词意象的相似点指出，虽李清照与多恩异域异时，但是两人在艺术思维与意象运用方面却均具有玄学因素。

在多恩研究中，令人耳目一新的是张德明的《玄学派诗人的男权意识与殖民话语》（2001年）。张德明认为，单纯地从文本的角度去分析多恩诗歌构思的巧智和奇喻是有失偏颇的，因为巧智和奇喻还是来源于现实和物质的生活本身，受到时代的、民族的整个话语系统和知识系统的制约。于是，张德明从女性主义批评和后殖民主义批评角度入手，以《上床》一诗为分析样本，揭示出该诗完全是一个男权话语中心的文本，表现出了强烈的男权意识。然而，汪小英的《多恩爱情诗中的女性声音》（2016年）

则从女性主义的角度对多恩的爱情诗解读出了新的内涵。她认为，多恩爱情诗中的女性不论在场与否、沉默与否，都以某种方式发出了自己的声音，表达出自己的意志，影响男性说话者的意识，左右男性说话者的行动，挑战男性话语权威，甚至反叛主流意识形态。

值得注意的是，国内的多恩研究者很少将多恩的所有爱情诗作为一个整体来进行研究，且对于多恩神学诗的研究还较少涉及。其中，刑锋萍的《他们不一样的上帝——多恩与赫伯特神学诗中的上帝形象之比较》（2015年）对比分析了约翰·多恩和乔治·赫伯特两位诗人笔下的上帝的差异。刑锋萍强调，虽然多恩和赫伯特在个人生活和诗歌创作方面有很多交集，但是两位诗人的神学诗展现了不同的宗教体验。多恩的神学诗带给人一种焦虑和恐惧感，而赫伯特的神学诗则充满了温情和仁爱。多恩笔下的上帝是无声的、被动的，而赫伯特笔下的上帝是有声的、主动的。李正栓和刘丽芳在《约翰·邓恩神学诗中的神圣与世俗元素研究》（2016年）中指出，多恩的神学诗歌是诗人自我反省和自我克制的体现。他们认为，多恩的神学诗是诗人对宗教的一种沉思，既有对上帝的虔敬，又交织着恐惧的情感；同时诗歌又具有世俗性，表现为多恩对妻子的挚爱、对死亡的恐惧以及对上帝的救赎的担忧。

多恩的诗歌晦涩难懂，国内对多恩诗歌的翻译相对滞后，这也给国内学者的研究带来了一定的困难。飞白、卞之琳、裘小龙、胡家峦、李正栓、晏奎等也只是对自己感兴趣的几首多恩诗歌进行过翻译。傅浩翻译并出版了第一本多恩诗集《艳情诗与神学诗》（1999年），填补了我国多恩研究的一大空白。此书翻译了多恩的55首爱情诗、20首哀歌和30首神学诗。

综上所述，我国的多恩研究出现了百家争鸣的良好气氛，研究者们不断地探索着多恩研究的新领域。国内的多恩研究趋于系统化、多元化，研究者应集大家之所得，继续拓展研究视野，发扬独创精神，努力探究诗人多恩复杂的内心世界，品味诗人所构建的如诗如画、如梦如醒的美妙世界。

第 二 章

多恩爱情诗之思想情感研究

第一节 多恩爱情诗中的"他者"女性

多恩的爱情诗最能代表他的诗歌艺术成就,他的 55 首《歌与十四行诗》和 20 首《哀歌》都以爱情为主题。在爱情世界中,女性扮演着不可缺少的角色。因此,在多恩的爱情诗中,女性具有不容忽视的重要性,且一直是批评家关注的一个焦点。多恩爱情诗中的女性形象复杂多变,有些甚至是矛盾对立的:有的忠贞,有的善变;有的神圣,有的世俗;有的传统,有的现代。① 然而,这些矛盾对立的女性形象构成了多恩诗歌的一道独特的风景。仔细品读多恩爱情诗中的女性,会发现不论她们是忠贞还是善变,是顺从还是叛逆,是女神化还是凡俗化,大部分都处于一种被动的、沉默的"他者"状态,体现出诗人的一种强烈的男权意识。

多恩生活在一个新旧思想交替和人文主义思想带来巨大发展的社会变革时期。虽然人文主义思想家们提出了女性接受教育的大胆设想,但是他们并没有把女性放在与男性同等的地位去考虑,女性被边缘化,也免不了作为二等公民参与教育活动。② 不可否认的是,人文主义教育在一定程度上使女性获得了实惠,使得女性在现实生活中的地位有所变化,但是社会主流仍然是以男权为中心。男性完全处于主导地位,控制着思想,掌握着权威;而女性只是男性认同的对象,没有话语权。男权对女性的界定仍然是温柔、顺从、谦卑、贞洁和缄默。赛义德(Edward Said)

---

① 李正栓:《英国文艺复兴时期诗歌研究》,保定:河北大学出版社,2006 年,第 101 页。

② 杨金才:《从人文主义教育看英国文艺复兴女性观》,载《外语与外语教学》,2005 年第 1 期,第 35 页。

曾在他的《世界、文本、批评家》中提到，文本的物质性和自足性是十分可疑的，文本总是存在于一定的时空社会关系之中，受到社会、政治、经济的制约。文本因存在于世界中而具有世界性，同样，各种历史和意识形态也会影响实际的文本。换句话说，作家无法摆脱他的时代。他们生活在一定的社会历史中，他们既在塑造那段历史，同时又被那段历史所塑造。多恩自然也无法脱离他的时代。多恩在其爱情诗中刻画了形象丰富多彩而又矛盾重重的女性，而这些女性恰恰反映出了诗人对当时社会性别定式的一种回应。

在多恩爱情诗中，说话者或者处于话语主体地位的往往是男性，而女性通常是说话者的意识客体，或被动的、沉默的说话对象。《歌：去，去抓住一颗陨星》[1] 就描写了两位男性的对话，他们谈论世间难得寻见一位忠贞而貌美的女子，而女性只是作为男性说话者的意识而存在。

男性说话者开篇就以命令的口吻要求男性听话者完成一系列不可能完成的事情："去，去抓住一颗陨星，/让人形草也怀孕胚胎，/告诉我，过去的岁月哪里去找寻，/是谁把魔鬼的脚劈开，/教教我如何听美人鱼歌唱，/或如何躲开嫉妒的刺伤，/去弄清什么风/能将老实人提升。"[2] 诗歌第二节中，说话者假设，即便听话者具有奇特视力，能看透无形的事物，能够寻觅到一件件奇闻轶事，但是就像不可能完成那七件事情一样，在人世间不可能找到一位"忠实又美丽"的女子。说话者通过首先罗列一系列不可能完成的事情做铺垫，紧接着运用有限时间"一万个夜与日"来表述无限的时间，极为夸张地表达出远游世界直到头发雪

---

[1] 本诗原标题为《歌》，为与多恩的其他同名诗歌相区分，这里加上了诗歌的第一句作为副标题。本书中其他同名诗歌也采用了类似方法，下文不再一一注明。

[2] 李正栓：《英国文艺复兴时期诗歌研究》，保定：河北大学出版社，2006年，第94页。

白也无法寻到所觅之人,天下无奇不有,然而最怪之事竟是天地之大,却根本找不到一位既忠贞又美丽的女子的观点。假如听话者找到了,出于好奇心,男性说话者要求对方告知他。但是男性说话者又迟疑了,觉得这样的女子是不可能寻觅得到的,因为"假如初遇时她还有真情,/忠实到你把情书写成,/她却已还没等我送过去/就将两三个人抛弃"①。

在两位男性的对话中,男性说话者在整个话语过程中处于主导地位,苦口婆心地劝诫男性听话者不要无谓地浪费时间和精力去追寻那不可能存在的忠贞女子。当然,忠贞而又美丽的女子是许多男子的理想与追求,而追求的过程称得上是美妙而甜蜜的"朝圣"。可是,这样的"朝圣"注定是没有收获的。通读全诗,男性说话者尽其所能夸大了女性的善变,对女性进行了彻底否定。可以看出,男性说话者对女人的不忠、善变表现出满腔的怒气,充满了对女人的愤恨。同时,男性说话者的愤怒将女性的声音彻底淹没。整首诗围绕两位男性针对女性忠贞问题的对话而展开,但是女性的忠贞似乎只是男人们谈论的话题,只有男人才有权力去评判他们自己所制定的价值标准,这似乎与女性本身毫无瓜葛,她们丝毫没有发言权。全诗实质上就是男权社会中男性针对他们的所属物的品质的一种单方面的论调,是男权社会对女性的压迫的单向书写。

如果说《歌:去,去抓住一颗陨星》中,女性只是说话者的意识客体,连发言的机会都不存在,被直接剥夺了话语权,是一种存在的缺席,那么在《女人的忠贞》中,女性则是一个沉默的说话对象,是一种话语缺失的在场。在《女人的忠贞》一诗中,说话者声称"你"(女性)的忠贞只能维系一天的时间,说话者

---

① 李正栓:《英国文艺复兴时期诗歌研究》,保定:河北大学出版社,2006年,第95页。

（男性）完全掌控了整个对话的话语权，没有给予"你"一丝回答或者辩驳的机会。

在诗歌一开始，男性说话者对已经爱了他整整一天的"你"表现出担忧和怀疑。说话者十分担心"你"只能维持一天的忠贞，心中甚是忐忑不安，有诸多猜想和疑虑，于是一连提出了六个问题：

> 明天离去时，你会说些什么？
> 那时你是否会把某个新编的谎言提前？
> 或者说目前
> 我们已不是我们曾经是的那两个人？
> 或者说，在对爱神的敬畏中，和爱神
> 震怒时所立的誓言，任何人都可否认？
> 或者说，一如真正的死亡将真正的婚姻解除，
> 恋人间的契约——婚姻的影子
> 仅在被睡眠——死亡的影子——破除之前才有效力？
> 或者说，要为你自己的目的辩护，
> 由于有了蓄意的变卦，和虚假，你
> 除了虚假之外便不可能有表现真诚的方式？①

可以看出，说话者提出的这六个问题由浅入深，层层逼近。在说话者看来，面对"你"自己的不忠，"你"会编造谎言来为自己的背叛开脱。"你"或许会宣称，时过境迁，"你""我"已经不再是曾经的"你""我"，以此否定"我们"的爱情；"你"或许会说，"我们"的爱情誓言是在爱神震怒时立下的，是可作

---

① 约翰·但恩：《艳情诗与神学诗》，傅浩译，北京：中国对外翻译出版公司，1999年，第6页。

第二章 多恩爱情诗之思想情感研究

废的;"你"也或许会说,"我们"的恋爱契约只有在被死亡破除之前有效。说话者从个人、神圣的爱神、时间的终结——死亡的角度步步深入,猜想"你"将如何编造为自己的不忠而辩护的谎言。最后,说话者猜测,"你"早已决意变卦,根本就谈不上忠贞,满口谎言,毫无真诚可言。

说话者的六个问题可以说是说话者的六种猜想,或许也道出一些实情。面对说话者的步步逼近,说话对象"你"并未做任何回答或辩驳,一直保持沉默。那么,说话对象"你"究竟是怎样的一个女性?是否如说话者所猜想的那样善变,并为自己的不忠寻来诸多说辞?整首诗歌通过男性的话语来表现女性的不忠,但是女性说话对象却丧失了话语权。表面上,全诗抒写着女性的谎言与不忠,实际上,这首诗是男性说话者的一场诡辩,是男性说话者作为社会主导者、权力话语中心者对与他所认同的传统女性相背离的女性的一种不满与贬斥。说话者强烈的男权意识在诗歌结尾处得到了充分的体现。面对不忠的"你","我能够,只要我愿意,/反抗,且征服这些遁词"①。对于女性说话对象的背叛,说话者表面上表现出男人的大度,表现出一种超然的洒脱,实际上他却耿耿于怀。"反抗""征服"两个词暗示了男性说话者对女性说话对象的强烈的控制和占有欲望。

文艺复兴时期英国的女性仍然生活在男权意识之下,遵循男性对女性享有父亲、丈夫、老师等父权的信条。好女人应该具有贞洁、忠诚、沉默和顺从的德行。② 女人应该对丈夫绝对忠诚,如有不忠,必会受到严厉的惩罚,被社会谴责与排斥。《女人的忠贞》中的说话者对于女子的不忠只是表现出一种假意的大度,

---

① 约翰·但恩:《艳情诗与神学诗》,傅浩译,北京:中国对外翻译出版公司,1999年,第6页。
② 杨金才:《从人文主义教育看英国文艺复兴女性观》,载《外语与外语教学》,2005年第1期,第34—37页。

而在《幽魂》中，说话者则对不忠的女子实施了报复。

《幽魂》描写了一位被心爱女子抛弃的男子化作厉鬼前来威吓、报复的故事，不免给人一种离奇和惊悚感。诗人在诗歌的第一行就直呼"你"为"女凶手"，采用对话的形式来展开"你""我"不寻常的故事。虽然是一场离奇的对话，但是在整个对话过程中，不管说话者如何侮辱与斥责女性听话者，女性听话者始终一言不发，只是一个沉默的"他者"。男性说话者开篇就斥责女子是"女凶手"，接着又侮辱她是"伪装的处女"。在17世纪，贞洁是对女性的一个重要要求，女性必须以处女之身进入婚姻的殿堂。① 男性说话者称女子是"伪装的处女"，无疑是对这位女子最致命的诋毁与侮辱，但是女子对此竟保持缄默，是默认，还是另有隐情？读者只听到了"受害者"的控诉，却听不到当事人的供认或辩护。说话者的幽魂跟着女子来到了她的床前，发现女子的委身者对她早已倦怠，女子"又摇又掐"想获得更多的爱，却备受冷落，"簌簌发抖"，落得"比我更像鬼"的下场。至此，说话者已用了"女凶手""伪装的处女""鬼"这三个词来斥责背叛他的女性说话对象。男性说话者对不忠女子的恐吓、谴责态度，实际上是他对不符合男权社会价值标准的女性的一种批判。对于不忠的女子，男性说话者的态度是十分强硬的，他有着强烈的男权意识，是一个典型的男权社会维护者，绝不容许女子挑战男性对女性的定义。原本前来恐吓女子的男性说话者见女子落得遭受冷落的境地，便不愿去恫吓女子，因为他想让女子在"痛苦之中悔恨"，不愿她因受到恫吓而"永葆纯真"。这是对不忠女子的最大的折磨，也是最严厉的惩戒。

不论是男性说话者在《歌：去，去抓住一颗陨星》中对不忠

---

① Thomas N. Corns：*The Cambridge Companion to English Poetry:Donne to Marvell*，Cambridge：CUP，1993，p.37.

女子表现出的满腔愤怒,在《女人的忠贞》中对不忠女子表现出的不满,还是在《幽魂》中对不忠女子所进行的恐吓与报复,都是男性对女性的不忠的一种谴责与批判,是男权社会对挑战其价值标准的行为的一种否定与压制。

值得一提的是,在文艺复兴时期的英国,人们不仅十分看重女性的贞洁,同样也要求男性保持贞洁。多恩年轻的时候行为放荡,这也是他的岳父强烈反对他和安·莫尔(Ann More)的婚姻的原因之一。然而在实际生活中,男性却被允许有更多的性自由。在那个男性主宰的社会,对于男性的忠贞,人们看得不如女性的忠贞那么重要。在《无分别的人》中,说话男子可以随便爱各种各样的女子,不管她是"白皙"还是"黑褐",是"丰腴"还是"娇弱",是"性喜孤独"还是"交游广阔",是"乡下出身"还是"城里养成",是爱哭还是从不哭泣。也正如《爱的高利贷》中所写,男性说话者可以"纵情恣意","从乡间的青青芳草,到宫廷的蜜饯甜食,/或城市的精致小菜,任人们非议"①。这里的"青青芳草""蜜饯甜食""精致小菜"指的是不同风格的女性:村姑、宫廷贵妇、城市主妇。说话男子可以随意去往任何一个女性听话者那里"辛苦劳作",但是女子却别妄想用自己的真心"捆绑"住男子,别妄想将男子变成自己"永久的奴隶"。对于说话男子来说,对爱情不忠是理所当然的,就连爱神维纳斯也被他请来为他辩护作证,而忠诚专一则是一种奴役。然而,女性对爱情的不忠则是十恶不赦的,忠诚专一则是理所当然的。显然,诗歌反映出了男权社会对男子的不忠的放任与诡辩。女性为何就必须做到贞洁、忠诚?正如西蒙·波伏娃(Simone de Beauvoir)在《第二性》一书中指出:"一个女人之为女人,与

---

① 约翰·但恩:《艳情诗与神学诗》,傅浩译,北京:中国对外翻译出版公司,1999年,第14页。

其说是'天生'的，不如说是'形成'的。没有任何生理上、心理上或经济上的定命，能决断女人在社会中的地位，而是人类文化之整体，产生出这居间于男性与无性中的所谓'女性'。"① 女性要遵循男尊女卑，维护自己的贞洁，保持忠诚，无疑是男权社会所要求的。多恩的诗歌体现出对不忠女子的愤怒、敌意、不满、威吓与谴责，而对男性的不忠却放任自流。这充分揭示出诗人强烈的男权意识。此外，在《毒气》一诗中，男性说话者使用猥亵的言语明确地指出女子不论在生理还是精神方面都比不上男性，表现出强烈的男权主义倾向。

多恩诗歌中的所谓"不忠""善变"的女子在某种程度上反映出这些女子在性爱方面随心所欲，追求性自由，走出了传统道德观的牢笼，摆脱了男权社会对她们的束缚，具有一定的反叛精神。多恩诗歌表达出的对不忠的、善变的女子的批判实则是男权社会对追求性自由的女性的批判。而这种批判恰恰是男权社会自我恐惧的表现，是畏惧男权社会所建构的以男权为中心的一整套道德理论被撼动，甚至崩溃、解体的表现。《上床》一诗就充分展现了男性在性方面对女性的一种强烈的占有欲望和控制欲望。

《上床》开篇写道："来，女士，来吧，我的精力蔑视休闲，/到我分娩之前，我一直躺着有如临产。/经常望见对手的敌人由于久站/而厌倦，虽然双方还从未交战。"② 男性说话者首先就以命令的口吻诱惑女性听话对象。从第五行至第十八行，男性说话者又向女性听话对象发出一系列的命令："解开""脱下""宽松""摘掉""褪去""取下""脱掉"。男性说话者使出浑身解

---

① 西蒙·波娃：《第二性》，桑竹影、南珊译，长沙：湖南文艺出版社，1986年，第23页。
② 约翰·但恩：《艳情诗与神学诗》，傅浩译，北京：中国对外翻译出版公司，1999年，第185页。

数劝诱女子宽衣解带，让女子赤裸裸地、毫无遮掩地展示在男性说话者面前，最终，如说话者所愿"踏入这爱情的神圣殿堂，这柔软的床铺"。全诗共四十八行，男性说话者在前十八行都是以命令的口吻与女性听话者对话，宛若一位将军在开战之前对士兵发号施令一般。显然，男性说话者在一开始就已经站在主导者的位置，对女性听话者进行了降格，使她处于被动地位。同时，男性说话者在诗歌伊始就明确指出，男女的性爱就如同一场军事战役。那么，男女性爱也就有了胜负之分，有了侵占与被占、控制与被控制的浓厚色彩。

紧接着，男性说话者似乎放低了身段，表现出对女子的礼貌和谦卑，请求女子"恩准"他去探索她的身体。说话者运用了一连串的方位词，如"上上、下下、中间、前前、后后"，表现出对女子身体的完全占有与征服。然而，女性说话对象并没有发出任何言论，也没有任何行为。她是欣然同意了男性说话者的请求，还是进行了某种反抗，读者无从得知。女性说话对象对自我身体的控制权和表达自己的话语权被完全剥夺。

男性说话者对女子身体的完全占有表现出满足、欣喜的情绪。诗歌这样写道：

哦，我的亚美利加，我的新发现的大陆，
我的王国，最安全时是仅有一男人居住，
我的宝石矿藏，我的帝国疆土，
发现你如此，我感到多么幸福！
进入这些契约，就是获得了自由权利；
我的手落在哪里，我的印就盖在哪里。①

---

① 约翰·但恩：《艳情诗与神学诗》，傅浩译，北京：中国对外翻译出版公司，1999年，第186页。

男性说话者将对女子的占有比作他对"新大陆"的发现与征服，表现出一种胜利者的惊喜与满足。男性说话者又将女性听话对象比作他的"王国""宝石矿藏""帝国疆土"。这几个比喻淋漓尽致地展现出了男性说话者的帝国主义情结。

多恩生活的伊丽莎白时代是一个新航线开辟、地理大发现的时代。随着新航线的开辟、新陆地的发现，欧洲人重新认识了世界，也重新认识了自己。人们对新世界充满了向往。同时，多恩生活的时代也是英国帝国主义势力向外急剧扩张的时代。英国先是击败西班牙的无敌舰队，成为海上霸主，随即建立东印度公司，征服爱尔兰，"五月花号"运载清教徒移民成功驶往北美殖民地。大不列颠帝国的势力不断深入北美、非洲等地。多恩作为大英帝国的一个臣民，同样向往着到新世界去冒险与开拓，也曾积极地参与英国帝国主义势力扩张的浪潮。1596年，多恩追随埃塞克斯伯爵（Earl of Essex）出征西班牙，攻陷西班牙南部沿海港口加的斯。1597年，他再次追随埃塞克斯伯爵出征西班牙的费罗尔。[①] 正如赛义德所说，一个作家是无法脱离他的时代的。每位作家的身上都会有时代的印迹，这些印迹或多或少地会投射到他的作品之中。多恩的这首诗就充分体现了他的帝国主义意识。而他的代言人——男性说话者因此带有强烈的帝国主义倾向。

男性说话者的帝国主义倾向体现在对女性身体的征服与控制上。再仔细看看这几个比喻，男性说话者将女子比作新发现的美洲，将女子看作自己的王国和帝国疆土，男性说话者自然就是治理和掌控这个王国的国王。在第三首哀歌《变动》中，男性说话者也同样声称，女人是男人的"土地"，被男人耕种与征服。女

---

① John Carey: *John Donne: Life, Mind and Art*, New York: Oxford University Press, 1981, pp. 64—88.

人是为男人所造,女人为男人所拥有与控制。这些比喻无疑透露出男性说话者对女性听话对象身体的占有与控制,暴露出男性说话者的男权主义倾向。

从整首诗来看,男性说话者极力劝诱女性展示自己的身体,似乎在鼓励女性去追求并享受性自由。尤其在诗歌结尾时,男性说话者的这种意图表现得更为突出,他说:"为了教你,我已经先行裸体,咳,那么/你还需要比一个男人更多的遮盖做什么。"① 多恩的第七首哀歌《指导》也同样表达了男性说话者对女性性自由的鼓励。在诗中,男性说话者教一位已婚女子如何躲避丈夫的监督而去享受偷情的愉悦。表面上,男性说话者在鼓励女性说话对象追求性自由,在挑战男权社会对女性的控制,但是所有的这一切都是以男性为话语中心,是男性话语对女性的一种劝说与控制。女性真正的想法并没有通过她自己的话语表达出来,女性仍然没有享有应有的平等权利。男性说话者对女性追求性自由的所谓鼓励实际上是为满足自己的肉欲而找来的冠冕堂皇的借口。脱去那光彩华丽的外衣,男权中心主义的内在就赤裸裸地暴露出来了。

多恩对不忠、不顺从的女性表现出厌恶与贬斥,完全淹没了女性自我辩护与反抗的声音;然而,即使是在他对女性的赞美声中,也无法听到女性自己的声音。

在《别离辞:节哀》中,多恩通过对话的形式来歌颂对待爱情的专一,表现了对女性忠贞的赞美。更为确切地说,这首诗是对妻子安·莫尔的忠贞的赞美。此诗作于 1611 年,是多恩准备随德鲁利一家(the Drurys)出使法国前写给妻子的离别诗。在诗歌的前六节,男性说话者均以"我们"的口吻来书写真心相爱

---

① 约翰·但恩:《艳情诗与神学诗》,傅浩译,北京:中国对外翻译出版公司,1999 年,第 186 页。

的恋人不会惧怕短暂的离别，因为对他们来说，距离只会将爱情延展。在诗歌的最后三节，男性说话者将"我们"转换成了"你""我"。在对话过程中，"我们"的口吻让听话者感到欣慰、亲切，减轻了恋人别离的痛苦，似乎在告诉听者，"我们"一直都是一个整体。最后，男性说话者将人称进行转换，"你""我"的口吻让听话者更加坚信他们的爱情能够经受得住别离，因为"你"——听话者就是"我"的中心：

> 就还算两个吧，两个却这样
> 和一副两脚规情况相同；
> 你的灵魂是定脚，并不像
> 移动，另一脚一移，它也动。
>
> 虽然它一直是坐在中心，
> 可是另一个去天涯海角，
> 它就侧了身，倾听八垠；
> 那一个一回家，它马上挺腰。
>
> 你对我就会这样子，我一生
> 像另外那一脚，得侧身打转；
> 你坚定，我的圆圈才会准，
> 我才会终结在开始的地点。①

在圆规的比喻之中，说话者将听话者"你"视为他的中心，没有听话者的坚定，他就无法远游，无法画出完美的圆，也无法

---

① 王佐良、何其莘：《英国文艺复兴时期文学史：五卷本英国文学史》，北京：外语教学与研究出版社，1996年，第377—378页。

回到起始之处。圆规意象无疑是对听话者的忠贞与坚定的写照,而通过圆规意象,多恩表达出了男性说话者对忠贞的爱人的赞美。然而,在对女性听话对象的肯定声中,虽然男性说话者将他的忠贞作为给予女性的最大回报,但是他并没有给予女性应有的平等的话语权来表达自己。值得注意的是,在圆规意象中,为何男性说话者将女性听话者看作定脚,而男性说话者是可以自由移动的另一脚?为何不是男性的忠贞使得女性坚定不移地保持忠贞?笔者认为,圆规比喻还暗示了男性说话者的一种传统女性意识。传统女性的活动范围被限定在住宅、本地社区等具有家庭和神圣特征的私人空间之中,而男性则拥有旅店、街道、广场等更为广阔的公共空间。女性的私人空间正是女性被期望活动的空间。自然,女性也就被期望待在家里忠贞不移地等待远游的丈夫。

再如《歌(最甜蜜的爱,我不走)》也表现了忠贞的女子守在家中等待远游丈夫的回归。远游丈夫的忠贞是对忠贞女子的回报。男性说话者相信他会比"既无欲望也无知觉"的太阳跑得更快,会很快回到女性说话对象的身边,因为他"带的翅膀和马刺比他多"。因此,男性说话者劝说女性说话对象不必为了这短暂的分别而叹息、哭泣,这些叹息、哭泣只会"叹掉了我的魂魄",使得"我的生命血液都枯竭","把你中我的生命挥霍"[①]。

虽然多恩的不少诗歌是在赞美女性的忠贞,但是他并没有从正面书写女性的忠贞,也没有给予女性话语权来表达她们的忠贞,只是从男性忠贞的回报这一侧面推断出女性的忠贞。显然,多恩这些赞美女性忠贞的诗歌仍然是以男性为中心来展开对女性的书写。女性始终被边缘化,是一个"他者"的形象。

---

① 约翰·但恩:《艳情诗与神学诗》,傅浩译,北京:中国对外翻译出版公司,1999年,第24页。

多恩的诗歌除了从以男性为话语中心的角度对忠贞女性进行赞美,还按照男性的审美理想对女性进行了神化。在《梦:亲爱的,要不是为了你》一诗中,女性说话对象就被神化为上帝。诗歌第二节这样写道:

> 是你那彷(仿)佛闪电,或烛光似的
> 眼睛,而不是你的声音唤醒了我;
> 而且初见的一刻,
> 我以为你是天使(因为你爱真实),
> 但是当我看出你看透了我的心情,
> 了解我的思想,胜过天使的本领,
> 当你知道我梦见什么,当你知道何时
> 过度的欢乐会弄醒我,于是前来之时,
> 我必须承认,无可选择,只能是
> 犯渎圣之罪,决不把你当做是你。①

女性说话对象并不是通过声音,而是用闪电般的、烛光似的眼睛将男性说话者唤醒。这就为女性说话对象的形象增添了一层神圣性与神秘性。起初男性说话者误认为那是天使之光,然而他发现女性说话对象可以"看透"他的心情,"了解"他的思想。显然,只有上帝才能洞悉人的心思,而天使不能。② 此诗节的最后一行更为明确地将女性说话对象比作上帝,只是这位"上帝"却多了些凡俗的气息。女性说话对象打断了男性说话者的"梦",

---

① 约翰·但恩:《艳情诗与神学诗》,傅浩译,北京:中国对外翻译出版公司,1999年,第54—55页。
② John Donne: *John Donne's Poetry*, Ed. Arthur L. Clements, New York and London: W. W. Norton & Company Inc., 1966, p. 23.

第二章 多恩爱情诗之思想情感研究

男性说话者便邀她"进入这怀抱中","一起把剩下的做了"①。此外,男性说话者认为既然女性说话对象知道他梦见什么,知道弄醒他的恰当时机,那么他就只能"犯渎圣之罪,决不把你当做是你"。这些言语都充满了世俗情爱的暗示。

在《空气与天使》一诗中,男性说话者又将女性听话者比作天使:

> 我已两遍或三遍爱过你,
> 在我知道你的容貌或名字之前;
> 时而以一种声音,时而以一团无形的火焰,
> 天使们常常影响我们,因而受到崇拜;
> 每当我来到你所在的地点,
> 我总是看见某种可爱而荣耀的虚无,
> 但是既然我的灵魂——爱情是她的孩子——
> 采用了肉体肢干,否则什么也不能做,
> 那么,比它的生养者更精微,
> 爱情若不也寄托于形体,必无法存活,
> 于是有了你是何许人,我
> 让爱情追求谁;既然
> 它选取你的身体,我就允许,
> 且把它固定在你的嘴唇、眼睛、和眉宇。②

男性说话者在诗歌一开始就用"一团无形的火焰"来形容他的恋人,接着又写道:"每当我来到你所在的地点,/我总是看见

---

① 约翰·但恩:《艳情诗与神学诗》,傅浩译,北京:中国对外翻译出版公司,1999年,第54页。

② 约翰·但恩:《艳情诗与神学诗》,傅浩译,北京:中国对外翻译出版公司,1999年,第29页。

某种可爱而荣耀的虚无",暗示女子的神圣性。这与《梦:亲爱的,要不是为了你》中对女性说话对象的描写极为相似。男性说话者认为,爱情脱离不了灵魂和肉体,单纯的精神恋爱"无法存活"。因此,他让爱情依附在女性说话对象的"嘴唇、眼睛、和眉宇"上。然而,女性说话对象的"每根头发对于爱情来说都太多",使得爱情的"轻舟超载了"①。那么,爱情就需要一个合适的载体。爱情是"既不能居于虚无,/也不能居于极端而散发着光辉的东西"②。诗歌结尾处,男性说话者将女人的爱情比作空气,男人的爱情比作天使。这似乎是对女性的天使般荣耀地位的降格。实则不然。原本无形无质的天使要向世人显形,就需要用空气给自己制造出人形。经院玄学认为,空气是最纯净的物质,但不具有精神的纯粹性,而天使则是一种纯粹的精神。③ 女人既然是天使,而天使又穿着空气的外衣,那么她的爱情也就具有了空气的纯净性,也同样具有天使的纯粹性。男人则处于一个凡俗的、低微的地位"向上"爱一位天使,因此,男人的爱情也就只具有天使的纯粹性。④ 男性说话者最后强调,"你的爱情也可以做我的爱情的天体"⑤。传统认为,每个天体上都居住着一位天使,

---

① 约翰·但恩:《艳情诗与神学诗》,傅浩译,北京:中国对外翻译出版公司,1999年,第29页。

② 约翰·但恩:《艳情诗与神学诗》,傅浩译,北京:中国对外翻译出版公司,1999年,第30页。

③ John Donne: *John Donne's Poetry*, Ed. Arthur L. Clements, New York and London: W. W. Norton & Company Inc., 1966, p. 13.

④ Helen Gardner: *The Business of Criticism*, Oxford: Clarendon Press, 1959, pp. 62-74. 转引自陆钰明:《多恩爱情诗研究》,博士学位论文,华东师范大学,2007年,第70页。

⑤ 约翰·但恩:《艳情诗与神学诗》,傅浩译,北京:中国对外翻译出版公司,1999年,第30页。

并由这位天使掌管着天体。① 那么,男性说话者的爱情与女性说话对象的爱情就如同天使与天体,两者相结合,成为完整的星辰。这体现出男性说话者对女子的依恋。男性说话者表面上对女性的天使地位进行了降格,实际上是进一步对女性进行了神化。

多恩诗歌中对女性的理想化甚至神圣化描写并不罕见,在伊丽莎白时期的英国文学作品中女性时常被描写为神圣的、完美的形象,受到男性的顶礼膜拜。斯宾塞的《爱情小唱》中的第15首,用一连串比喻来赞美女子的美貌,接着从外在的身体之美写到心灵之美:"但是最美的却无人知道:/她的心,那里有千种美德闪耀。"② 再如第34首,说话者将他的爱人比作北斗星,为他导航,指引他的航程。弥尔顿的《梦亡妻》将他死去的爱妻看作"圣女"(Saint)。显然,女性被男性诗人们塑造成了纯洁的、完美的理想女性或者天使。然而,男性对女性的神圣化只是一种虚构。在现实的生活中,爱情和家庭占据了女性的全部生活。社会将她们界定在了好女儿、好妻子、好母亲的范畴,可以说,婚姻和家庭就是她们的最终归宿。一旦女性想要跨越这条界线,就会受到来自各个方面的限制与压力。在诗歌中,女性只是男性美化的对象,这些被神圣化的女性仍旧是沉默的、被动的,没有平等的话语权。男性诗人在诗歌中也只是将被美化的女性用作装饰而已,以此衬托出男性对她们的界定。她们的神化形象实际是男性审美理想的一种寄托,这种审美理想剥夺了女性形象的生命,也是男性在父权社会中对女性的歪曲和边缘化。

多恩爱情诗中的女性要么忠贞、神圣,要么善变、凡俗,但是这些对立的女性形象都是不真实的,都隐藏着男权社会对女性

---

① John Donne: *John Donne's Poetry*, Ed. Arthur L. Clements, New York and London: W. W. Norton & Company Inc., 1966, p. 14.

② 王佐良:《英诗的境界》,北京:生活·读书·新知三联书店,1991年,第12页。

的歪曲与压抑。对女性的理想化与神圣化是男权社会对女性的自我或自我愿望的回避,这些女性形象是男性审美或道德价值的寄托;对女性的贬斥则是男性对跨越了他们所设定的界线的女性的一种厌恶与恐惧。不论是对女性的赞美还是贬斥,这些女性都没有发出自己的声音,没有表达出她们自己内心的真实情感,她们只是保持沉默的、任凭男性发表高谈阔论的"他者"。

第二节　多恩爱情诗中的女性主体
——安·莫尔

作为爱情诗的主体,多恩爱情诗中的女性尤其值得关注。女性的忠贞与善变是其爱情诗中永恒的主题。多恩诗歌中的女性多以善变、不忠的群体形象出现,很少以个体形象出现。在多恩的致贵妇人的诗体信中出现了不少贵妇的名字以及她们的完美个体形象。除了这些贵妇,多恩在许多爱情诗以及神学诗中或直接或含蓄地描述了另一位女性主体——安·莫尔。安·莫尔使得多恩诗歌中的女性形象出现了转折,成为他诗歌中忠贞女性的代表。在讨论多恩诗歌中的安·莫尔这位女性主体之前,十分有必要谈谈多恩与安·莫尔的那段轰动一时的爱情。

一、多恩与安·莫尔的忠贞之恋

提及诗人多恩,人们首先想到的便是多恩的才气以及其诗歌的奇思妙喻;谈及其感情生活,恐怕多数人会称他"浪子"。这和他年轻时期的风流经历有着密切联系。多恩在牛津的一个名叫理查德·贝克的朋友曾回忆,多恩居住在律师会馆时经常拜访女

第二章 多恩爱情诗之思想情感研究

人，出入剧院。① 多恩婚后四处奔波寻求职位时，在给好友詹姆斯·海的信中曾写到，他已得知好友尽全力引荐他，可君主记得他人生中最糟糕的部分，记得他青年时期的任性行为。② 多恩被贴上"放荡不羁"的标签与其露骨的爱情诗不无关系。爱得蒙·高斯（Edmund Gosse）就认为多恩的艳情诗是其现实生活的写照。国内关于多恩的介绍总会提到他年轻时行为放荡，而多恩与其妻子安·莫尔的那段感情则较少涉及。然而，这样一个"放荡不羁"的公子哥为何能与毁其仕途的安·莫尔相守15年，而在娇妻去世后，他又为何选择孤独终老？是多恩在寻寻觅觅中终于找寻到自己的真命天女还是另有他图？这就不得不从当时的历史背景以及多恩的作品中挖掘真相。

多恩在追随埃塞克斯伯爵出征西班牙时结识了英国女王的掌玺大臣伊格尔顿（Lord Keeper Egerton）的儿子。在伊格尔顿的儿子的推荐下，多恩在1597年被任命为伊格尔顿的秘书。从此，多恩的事业蒸蒸日上。同时，他也认识了伊格尔顿第二任妻子的侄女安·莫尔。1601年，两人秘密结婚。可能是由于多恩的天主教出身，可能是因其家族不够显赫、富有，也可能是因其年轻时放荡不羁，这段婚姻遭到了安·莫尔父亲的反对。愤怒中的岳父逼迫伊格尔顿解雇多恩，并把多恩送进了监牢。多恩在狱中频频向岳父和伊格尔顿写信致歉，希望能够得到宽恕并能官复原职。最终，虽然多恩得以免受牢狱之苦，但他却未能如愿重拾旧业。由于当时此事闹得沸沸扬扬、人尽皆知，多恩难以找到合适的职位，也难以接近上层社会。出狱后，多恩与安·莫尔穷困潦倒，靠朋友的救济度日，但他与妻子相亲相爱，妻子也不断为

---

① R. C. Bald: *John Donne: A Life*, New York and Oxford: Oxford University Press, 1970, p. 72.

② P. M. Oliver: *John Donne: Selected Letters*, New York: Routledge, 2002, p. 41.

他生育子女。多恩因为爱情而断送了前程,难怪沃尔顿评价多恩的此段婚姻是一个"极大的错误"。然而,实际上多恩是一个充满雄心壮志的人。

约翰·凯利(John Carey)就把多恩在 1596 年追随埃塞克斯伯爵出征西班牙的行为看作多恩具有远大抱负的体现。① 多恩在出征归来后,在掌玺大臣伊格尔顿的儿子的引荐下平步青云。雄心勃勃的多恩想借助与安·莫尔的婚姻巩固其仕途,这种可能性也是存在的。可是,在岳父施加的重重压力下,在遭受牢狱之灾、失业之时,在历经千辛万苦获取的功名即将毁于一旦的瞬间,多恩没有退缩。对于多恩来说,社交非常重要。处于社会中,个人才能有价值感、成就感。个人需要通过工作成为社会中的一员。② 满腹豪情壮志、渴求社交的多恩选择从辉煌的舞台上退隐,甘于过平淡的生活,足见他对娇妻的爱之深、情之切。如果说这还不足以说明多恩对安·莫尔是真爱,那么多恩在婚后的种种行为足以证明他的真情。

多恩与安·莫尔结婚后不久,于 1605 年搬迁到了米查姆。同时,他四处奔波,寻求新的升迁机会。据爱得蒙·高斯所言,多恩在 1605 年至 1607 年间结识并效力于当时以雄辩、机敏著称的莫顿(Thomas Morton),也就是后来的格罗斯特的主教。③ 成为主教后的莫顿再三劝多恩从事神职工作,被多恩婉言谢绝。多恩再次陷入无业状态。他在 1608 年春给好友亨利·古迪尔(Henry Goodyer)的书信中透露了对自己未来的绝望:"万物复苏,

---

① John Carey: *John Donne: Life, Mind and Art*, New York: Oxford University Press, 1981, pp. 64—88.

② John Carey: *John Donne: Life, Mind and Art*, New York: Oxford University Press, 1981, pp. 60—63.

③ Edmund Gosse: *The Life and Letters of John Donne*, Gloucester, Mass: Peter Smith, 1959, pp. 145—159.

而我却枯萎凋零,日渐衰老,体力枯竭,而负担沉重……"① 在多恩的生活再次陷入窘境之时,固执的岳父做出退让,向多恩提供了一份工作,但多恩并没有接受岳父的好意。岳父为了迫使多恩接受工作,不再给多恩夫妇提供经济资助,即便这样,多恩也没有改变初衷。② 由此,多恩借婚姻而巩固其仕途之嫌不攻自破。

在婚后,多恩因屡屡不得志的确有些焦虑不安甚至绝望,但是他不断地寻求机会讨好上层社会的恩主。多恩寻求庇护的恩主有不少是宫廷贵妇,如贝德福德伯爵夫人(the Countess of Bedford)、赫伯特夫人(Mrs. Herbert)等。这些贵妇结交广泛,通过她们,多恩可以结识更多的达官贵人从而得到升迁。约翰·凯利曾提到多恩在婚后为谋得一职而四处奔走,寻求结识权贵人物,他并不在意取得成功的途径,也不关乎恩主的道德品质。③ 如果说多恩与安·莫尔结婚是为了巩固其远大前程,那么他完全可以在穷苦潦倒时结束这段动机不纯的婚姻而依靠与某位贵妇的另一段婚姻使自己步步高升。然而,多恩仍然选择与安·莫尔相守。多恩在其宗教散文中回顾自己的婚姻时感谢上帝将他从情欲中拯救出来。④ 与安·莫尔的结合让他结束了放荡生活,安·莫尔可抵千万女子。

---

① Edmund Gosse: *The Life and Letters of John Donne*, Gloucester, Mass: Peter Smith, 1959, pp. 185—186.

② Edmund Gosse: *The Life and Letters of John Donne*, Gloucester, Mass: Peter Smith, 1959, p. 187.

③ John Carey: *John Donne: Life, Mind and Art*, New York: Oxford University Press, 1981, pp. 64—88.

④ John Donne: *Essays in Divinity*, Ed. Evelyn M. Simpson, Oxford: The Clarendon Press, 1952, p. 75.

二、多恩爱情诗中的安·莫尔

多恩于1601年与安·莫尔秘密结婚。虽然他与安·莫尔的婚姻遭到岳父的强烈反对,他也为此断送了远大前程,但这段婚姻最终得到了法律的认可。多恩年轻时在众人眼中是一个彻头彻尾的浪荡子,但在遇到安·莫尔后,他结束了放荡生活,与安·莫尔相亲相爱、相濡以沫。多恩与安·莫尔相守15年,直至她因生育而亡。在安·莫尔去世后,多恩没再续弦,而选择孤苦终生。多恩与安·莫尔相识之后,真正体味到人世间的真爱,并将他们的忠贞爱情写进了他的爱情诗和神学诗中。多恩在诗歌中往往从他的角度来描写与安·莫尔的深厚情感,安·莫尔则处于某种程度上的缺席状态,但是读者能深刻地感受到安·莫尔是其诗歌中的一个重要主体,也能深深地感受到她对丈夫的忠贞。《周年纪念日》《成圣》就是多恩在婚前创作的两首关于他与安·莫尔之间那份"永不衰退"的、坚如磐石的爱情的诗歌。多恩在婚后穷困潦倒,但是他对安·莫尔的爱始终如一,并铭刻在了永恒的诗句之中,如《爱的成长》《别离辞:节哀》《既然我所爱的她》《天父上帝赞》《圣骨》等。

《周年纪念日》是多恩为纪念与安·莫尔相识一年而作。① 艾略特·诺顿(Charles Eliot Norton)曾赞叹多恩的《周年纪念日》是其佳作之一,认为这首诗写出了多恩对安·莫尔的浓情蜜意。② 时间流逝,功名利禄不过是过眼云烟,万物也都在逐渐消亡,唯有他们的爱情"永不衰败";世间万象更新、变幻莫测,

---

① M. Thomas Hester: *John Donne's "desire of more": The Subject of Anne More Donne in His Poetry*, London: Associated University Presses, 1996, p.51.

② Charles Eliot Norton: Introduction, *The Poems of John Donne*, Ed. James Russell Lowell, New York: Grolier Club, 1895, pp. xxix, 220.

第二章 多恩爱情诗之思想情感研究

也唯有他们的爱情"忠实地保持它最初、最后、永恒的日子"。对他们而言，即便死亡也不能让他们分离，"必有两座坟墓掩藏你我的尸体，/假如一座即可，死亡便不是离异"①。此诗句字面的含义是，掩埋"你我的尸体"的坟墓应该是两座，但仅是"一座"的话，死亡就无法将"你我"分离。该诗句暗含了多恩的"一"理念。在毕达哥拉斯看来，"元一"是宇宙万物之法则。"'元一'生不定的'元二'，'元二'是材料之基，'元一'则是因；从'元一'和不定的'元二'而生各种数；由数生点，由点生线，由线生平面，由平面生立体，由立体生各种感官所及的物体……"② 晏奎在《约翰·多恩：诗人多恩研究》中称多恩并没有沿袭毕达哥拉斯学说中的"元一"论，并通过研读其诗歌总结出了多恩的哲学理念：一—二，无—众，和平—战争，生—死。③ 其中，有限的"一"并不是万物之源，而是"一"即"二"，"二"即"一"。虽然"你我"埋葬于两个墓穴中，但是"你我"的灵魂因真爱而合二为一，早已摆脱外界的束缚，正如《别离辞：节哀》中所写，"两个灵魂打成了一片"（Our two souls therefore, which are one④）。因此，死亡并不能阻碍他们相爱。虽然死亡最终让他们"必须离弃这些眼睛，和耳朵"，不再拥有肉体的欲望，但"爱情常住的灵魂"会让他们信守"真诚的誓言"。他们相依相偎：

---

① 约翰·但恩：《艳情诗与神学诗》，傅浩译，北京：中国对外翻译出版公司，1999年，第33页。
② Wikipedia, the free encyclopedia, http://en.wikipedia.org/wiki/Pythagoras. 转引自晏奎：《生命的礼赞：多恩"灵魂三部曲"研究》，北京：北京大学出版社，2004年，第155页。
③ 晏奎：《约翰·多恩：诗人多恩研究》，成都：四川大学出版社，2001年，第115—116页。
④ John Donne: *John Donne's Poetry*, Ed. Arthur L. Clements, New York and London: W. W. Norton & Company Inc., 1966. 本书中多恩的诗歌英文均引自此书。

> 在这人世上,我们是君王,且惟有我们
> 能够做如此君王,也能够做如此臣民;
> 谁又能像我们这样安全?除了我们两人中的
> 一个,谁也不能对我们做叛逆之事。①

他们就是君主,彼此拥有对方的世界,除了他们自己,没有人能够让他们相互背叛。这不禁让人想起《孔雀东南飞》中的焦仲卿与刘兰芝,"君当作磐石,妾当作蒲苇,蒲苇韧如丝,磐石无转移"。多恩即使遭到众人的反对,即使身败名裂,也要坚守与安·莫尔的誓言。正如他在《成圣》第一节中所写:

> 看上帝面上请住嘴,让我爱;
> 你可以指责我中风兼痛风,
> 可以笑我鬓斑白、家道穷,
> 且祝你胸有文采、高升
> 发财,
> 你可以选定路线去谋官,
> 看重御赐的荣耀和恩典,
> 仰慕御容或他金铸的脸
> 对你的路固然要刮目看待,
> 但是你要让我爱。②

世人可以随意将"我"的爱视为疾病,也可以责骂"我"的"荒谬",但"我"选择"我"的爱;世人可以去追逐世俗名利,

---

① 约翰·但恩:《艳情诗与神学诗》,傅浩译,北京:中国对外翻译出版公司,1999年,第34页。

② 布鲁克斯:《精致的瓮:诗歌结构研究》,郭乙瑶等译,上海:上海人民出版社,2008年,第244页。

但是"我"放弃一切去追求爱情。多恩在这里提到的宁可放弃一切世俗成就也要追求的爱就是他与安·莫尔之间的爱情。爱得蒙·高斯曾指出多恩的《成圣》描述的就是他的婚姻。虽然多恩与安·莫尔的婚姻终于在1602年8月27日得到法律的认可,但他们仍不能如同其他夫妻一样生活在一起。此时,多恩写下这首诗以泄心中之怨愤。① 虽是为泄愤,但这首诗也反映了多恩对安·莫尔的忠贞不渝。在诗歌的第二节中,多恩表现出了对世事的消极态度,但他仍大胆地追求属于自己的爱情。无论他们的爱情在这个世界显得多么"荒谬",至少不会妨碍到世界。至此,多恩向读者传达了他的一个理念——真爱应经得起时间、变迁等重重考验。或许多恩在作此诗的时候就已经预感到了这段感情将给他带来考验。他们选择成为在烈火中重生的凤凰,虽"非靠爱而生",但"总能死于爱":

> 随你怎么说,我们禀性于爱;
> 你可以把她和我唤做蜉蝣,
> 我们也是灯芯,不惜以死相酬,
> 鹰和鸽深藏在我俩心怀;
> 我们使凤凰之谜更增奇妙,
> 我俩合一,就是它的写照,
> 两性结合,构成这中性的鸟。
> 我们死而复生,又照旧起来,
> 神秘之力全来自爱。②

---

① Edmund Gosse: *The Life and Letters of John Donne*, Gloucester, Mass: Peter Smith, 1959, p.117.
② 布鲁克斯:《精致的瓮:诗歌结构研究》,郭乙瑶等译,上海:上海人民出版社,2008年,第245页。

多恩把"我们"比作"蜉蝣""灯芯""凤凰"。布鲁克斯(C. Brooks)在《悖论的语言》中提到,以凤凰比喻这对恋人是最恰当不过的了。①"我俩合一",就是这凤凰。它燃烧着,但是它却会在火中涅槃。"我们"也将如这火凤凰般死而复生。而这一切都将归于"神秘之力"——"我们"的真爱,彼此的忠贞不渝。

俗话说,婚姻是爱情的坟墓。多恩与安·莫尔婚前的浓情蜜意能否经得住岁月的消磨?约翰·凯利等研究者认为,从多恩给好友的书信中感受不到他作为一名父亲的快乐,也体会不到他对婚姻生活的欣喜。凯利还特意引用了多恩给好友亨利·古迪尔的一封书信加以佐证。书信这样写道:

> 我现在坐在客厅的壁炉旁给你写信,三个好玩的孩儿正吵吵闹闹,妻子也在我旁。是我让她变成了一个可怜之人,因此我努力用真诚来掩饰心中的愧疚,与她相伴、谈笑……②

在这封书信中,的确读不出多恩对家庭生活的满足,读不出他的快乐。但是凯利似乎忽略了当时多恩的实际境况。多恩在1605年至1607年间效力于当时以雄辩、机敏著称的莫顿,也就是后来的格罗斯特的主教。成为主教后的莫顿一再规劝多恩从事神职工作,被多恩婉言谢绝。③ 多恩再次失业。多恩的处境正如

---

① 布鲁克斯:《精致的瓮:诗歌结构研究》,郭乙瑶等译,上海:上海人民出版社,2008年,第17页。

② John Carey: *John Donne: Life, Mind and Art*, New York: Oxford University Press, 1981, p. 74.

③ Edmund Gosse: *The Life and Letters of John Donne*, Gloucester, Mass: Peter Smith, 1959, pp. 145-159.

第二章 多恩爱情诗之思想情感研究

其挚友弗兰西斯爵士（Sir Francis Wolley）所说，若是他再得不到救济，孩子们就可能失去母亲或者父亲。① 多恩这样一个一心想谋求官职，想跻身上层社会的才子遭遇困境，又有妻儿要供养，难免郁郁寡欢。美国心理学家亚伯拉罕·马斯洛（Abraham H. Maslow）指出，当一个人某一层次的需要相对满足以后，就会向高一层发展。② 当时的多恩正为一家人的生计而烦恼，可以说是连最基本的生理需要与安全需要都无法满足，他又怎会有心思去享受家庭生活的快乐？然而，这并不能说明多恩对妻子感到厌倦，或对妻子的爱消减。恰恰相反，糟糕的境况见证了他对娇妻的深情。多恩在婚后穷愁潦倒，但是他与安·莫尔的爱情始终"忠实地保持它最初、最后、永恒的日子"。多恩在《爱的成长》中说道：

> 我简直不能相信我的爱情竟如此纯洁，
> 一如过去我曾经所想，
> 因为它确实经受过
> 起伏的命运和变换的季节，有如草芥；
> 我觉得整个冬天我都在撒谎，当我发誓，
> 我的爱情是无限的，假如春天又使它增长之时。③

爱得蒙·高斯曾推断《爱的成长》写于多恩一家正定居米查

---

① Edmund Gosse: *The Life and Letters of John Donne*, Gloucester, Mass: Peter Smith, 1959, p. 208.
② 李小融：《心理学》，成都：四川大学出版社，2002 年，第 45—47 页。
③ 约翰·但恩：《艳情诗与神学诗》，傅浩译，北京：中国对外翻译出版公司，1999 年，第 47 页。

姆且生活较安宁的时期，即 1605 年至 1607 年间。① 虽然具体的时间不能确定，但是可以肯定的是此诗作于多恩与安·莫尔共筑家庭时期。多恩在此诗中宣称的"经受过/起伏的命运和变换的季节"且"如此纯洁"的爱情暗示的就是他与安·莫尔的那段让他断送了大好前途的爱情。多恩年轻时放荡不羁，他在诗中把这段时间看成"冬天"。在此期间，他并没有真正懂得爱情，因此他"都在撒谎"。年少时不堪回首的风流往事让他无法相信自己居然还能获得"如此纯洁"的、真正的爱情。与安·莫尔的"纯洁"感情让他迎来了人生的春天。而"到了春天，爱情成长得不是/更壮大，而是更明显"②。虽然多恩年少时有不少风流轶事，但是在结识安·莫尔后他便坚定了真爱的信念。过往的烟云不会削减多恩对安·莫尔的爱，恰如"冬天也将不会减少春天的增添"③。多恩对安·莫尔的一往情深让她誓死相随。在多恩入狱后，安·莫尔不仅被父亲禁足，同时还得忍受旁人对丈夫过往情感生活的种种评论。可是，她没有动摇对丈夫的爱。想来多恩在《别离辞：节哀》中使用的夫妻间忠贞不渝的圆规意象最能体现多恩与安·莫尔的深厚情感。

《别离辞：节哀》是多恩在 1611 年随德鲁利一家出访法国前写给妻子的一首诗。那时多恩与安·莫尔虽已结婚 10 年，但是短暂的分离对于这对恩爱夫妻来说仍然是一种折磨。多恩为劝慰爱妻写下了这首经久不衰的诗歌。分别的时间再久，两人的距离再远，只要夫妻如同圆规的两脚相依相随，就无须过度忧伤。圆

---

① Edmund Gosse: *The Life and Letters of John Donne*, Gloucester, Mass: Peter Smith, 1959, p.119.
② 约翰·但恩：《艳情诗与神学诗》，傅浩译，北京：中国对外翻译出版公司，1999 年，第 47 页。
③ 约翰·但恩：《艳情诗与神学诗》，傅浩译，北京：中国对外翻译出版公司，1999 年，第 48 页。

规的两脚由一个固定轴连接,这就像夫妻间的结合点。用圆规画圆时,必须有一脚固定,而另一脚绕固定点旋转。只有两者相互连接才能画出一个完美的圆。多恩在安慰妻子的同时极富哲理地描绘出了他与妻子间忠贞不渝的爱情。

对恩爱夫妻而言,即使是短暂的离别也是悲伤的,那么永远的死别便是最为痛苦的事。1617年,安·莫尔生下一死胎后与世长辞。多恩在当年为哀悼亡妻写下了一首十四行诗:

> 既然我所爱的她,已经把她的最后债务
> 偿还给造化,她和我都不再有好处可得,
> 她的灵魂也早早地被劫夺,进入了天国,
> 那么我的心思就完全被系于天国的事物。
> 在尘世间,对她的爱慕曾激励我的心智
> 去寻求上帝您,好让河流现出源头所在;
> 可是尽管我找到了您,您把我渴意消解,
> 一种神圣的消渴病却依然使我日益憔悴。
> 但是为什么我要乞求更多的爱,既然您
> 拿出您所有的一切,为她的灵魂而物色
> 我的灵魂:您不仅担心,我会放纵听任
> 我的爱移向圣徒和天使、圣物体之类货色,
> 而且,心怀着您温和的嫉妒之意,疑虑
> 尘世、众生,对,还有魔鬼会把您斥逐。①

多恩在前六行诗句中并没有像一般的悼亡之作一样表达痛失爱妻的哀伤,恰恰相反,他认为妻子的离世是一件好事,因为妻

---

① 约翰·但恩:《艳情诗与神学诗》,傅浩译,北京:中国对外翻译出版公司,1999年,第224页。

子"进入了天国",而他"的心思就完全被系于天国的事物"。然而,从第七句开始,多恩所压抑的亡妻之痛彻底爆发出来。虽然上帝能够给予他爱,足以把他的"渴意消解",但是他"要乞求更多的爱"(I beg more love)。笔者认为,多恩在此处运用了双关,"更多的爱"还特指安·莫尔的爱(Ann More's love)。不仅上帝无法满足他的爱,而且上帝的"温和的嫉妒之意"摧残了他两次。上帝"担心,我会放纵听任/我的爱移向圣徒和天使、圣物体之类货色",此处"圣徒和天使、圣物体之类货色"暗指天主教。这里暗示了上帝的嫉妒致使他脱离天主教。同时,上帝的嫉妒也使他失去了爱妻,"疑虑/尘世、众生"。从全诗看来,多恩虽未直接表露丧妻之悲痛,可他却真真切切地道出了上帝的神圣之爱对他来说抵不过妻子对他的爱,无法弥补这所谓的"世俗情爱"。即使在安·莫尔去世后多年,多恩对妻子仍念念不忘。多恩在1623年写下《上帝天父赞》:

I

您会饶恕那罪过吗?我生命从中开端,
虽然它早已犯下,也还是我的罪过。
您会饶恕那些罪过吗?我在其中滚翻,
而且不断在滚翻:虽然我不断悔过。
当您完工之时,您并未完善,
因为我还有更多。

II

您会饶恕那罪过吗?我曾成功地诱劝
别的人去犯罪,且以我的罪为楷模。
您会饶恕那罪过吗?我确曾有一两年
避开了它:却在其中翻滚了廿年多。
当您完工之时,您并未完善,

第二章　多恩爱情诗之思想情感研究

因为我还有更多。
III
我有一种恐惧之罪，恐怕我一旦缠完
我最后一缕线时，我将在此岸逝灭；
但以您自身起誓，您的儿子在我死前
将一如既往普照，将普照一如此刻；
完成这个之后，您才算完善，
我不再感到惶惑。①

根据沃尔顿所述，多恩在写此诗时已病入膏肓。多恩担心自己对亡妻的无法停滞的爱会是一种罪恶，会让他无法获得上帝的宽恕。在诗的前两节，多恩列举了自己所犯下的一连串罪行，期望能够得到拯救。每节结尾都用了一个叠句，"当您完工之时，您并未完善，/因为我还有更多"（When thou has done, thou hast not done，/For, I have more）。在叠句中多恩以人名作双关，其暗含的意思是"当您完工之时，您尚未拥有多恩，/因为我还有莫尔"。该叠句暗示多恩对妻子莫尔的永恒的爱可能让他无法得到上帝的饶恕。对妻子的尘世之恋让他无法全心全意地、忠贞地爱上帝，使他远离上帝之爱而无法获得救赎。如果上帝能够减少自己的恐惧，他便能继续爱着亡妻，也将相信基督会拯救他。在诗歌末尾，多恩最后选择放弃亡妻，但是也表达出了一种希望——如果上帝能确保给予他恩赐，宽恕他的所有罪过，那么上帝不会要求他放弃对亡妻的爱。② 多恩在自己生命可能完结时才担忧对妻子无法割舍的爱会让自己得不到上帝的救赎。由此可以看出，在安·莫尔

---

① 约翰·但恩：《艳情诗与神学诗》，傅浩译，北京：中国对外翻译出版公司，1999年，第250—251页。
② M. Thomas Hester: *John Donne's "desire of more": The Subject of Anne More Donne in His Poetry*, London: Associated University Presses, 1996, p. 212.

去世的数年中，多恩对妻子的爱未曾消减，可谓"生死两茫茫，不思量，自难忘"。帕斯夸里（M. Di Pasquale）和噶博瑞（Achsah Guibbory）都曾指出，即使在妻子去世多年后多恩仍旧渴求和妻子的肉体结合。① 笔者认为，其诗《圣骨》可为证。

多恩在《圣骨》中提到，当有人把他的坟墓掘开之时，在他与爱人的灵魂飞升天堂之前，他们还有最后片刻的灵肉的交融，"使他们的灵魂在最后的忙乱之日/在这墓中相会，且盘桓片时"②。路加福音中提到，一个女子先后嫁给了七个人，那么在复活的时候，她究竟是谁的妻子？耶稣的回答是，唯有配得上那个世界而且从死里复活的人也不娶也不嫁。因为他们和天使一样不能再死。显然，多恩相信天堂无婚姻。因此，他与爱人的灵魂要抓住最后的机会完婚。然而，多恩在此诗中所描写的与他相拥的女子究竟是谁却一直是学者们所争论的焦点。一些研究多恩的学者，比如利什曼（J. B. Leishman）认为多恩所写的是马格德拉·赫伯特（Magadalen Herbert），③ 而另一些学者，如莫林·萨宾（Maureen Sabine）却认为这位女主人应该是安·莫尔。④ 慢慢品味《圣骨》的第三节，可从中发现一些端倪：

---

① M. Thomas Hester: *John Donne's "desire of more": The Subject of Anne More Donne in His Poetry*, London: Associated University Presses, 1996, pp. 183—195.

② 约翰·但恩:《艳情诗与神学诗》, 傅浩译, 北京: 中国对外翻译出版公司, 1999年, 第97页。

③ J. B. Leishman: *The Monarch of Wit: An Analytical and Comparative Study of the Poetry of John Donne*, London: Hutchinson University Library, 1951, pp. 163—168. 转引自 M. Thomas Hester: *John Donne's "desire of more": The Subject of Anne More Donne in His Poetry*, London: Associated University Presses, 1996, p. 65.

④ M. Thomas Hester: *John Donne's "desire of more": The Subject of Anne More Donne in His Poetry*, London: Associated University Presses, 1996, pp. 228—233.

第二章 多恩爱情诗之思想情感研究

> 起初，我们融洽且忠诚地相爱，
> 却不知我们爱什么，为什么爱，
> 我们丝毫不知道性别差异，
> 一如我们的守护天使那般蒙昧；
> 来时和去时，我们
> 偶尔也许接吻，但不在三餐之间的时刻；
> 我们的手从不触摸
> 那近来被法律戕害的自然天性所解放的印信：
> 我们曾造就这些奇迹；但是如今，咳，
> 一切韵律，和一切语言，我都应当超越，
> 如果我竟然说得出她是何等一个奇迹。①

在这一节中，多恩写出了他和爱人的相知相恋，虽不知道因何相恋，但两人的命运却早已注定。"我们的手从不触摸/那近来被法律戕害的自然天性所解放的印信"（Our hands ne'er touched the seals /Which nature, injured by late law, sets free）透露出该段恋情曾受到法律的限制。这就不禁让人联想到多恩与安·莫尔不被世人接受的婚姻，想到多恩甚至因此被追究法律责任而身陷囹圄。他们最终获得的"解放"也就是两人共同造就的"这些奇迹"。沃尔顿在《约翰·但恩博士的生平》中曾记录下多恩谈及亡妻的话语，"因为这坟墓已是她的屋舍，那么我也要赶紧进去；那样我们就可以在黑暗中构建我们的温床"②。多恩的描述与《圣骨》中的主题是如此相似，这不得不让读者想到多恩在本诗中所写的那位是"何等一个奇迹"的女子就是安·莫尔。

---

① 约翰·但恩：《艳情诗与神学诗》，傅浩译，北京：中国对外翻译出版公司，1999年，第98页。
② M. Thomas Hester: *John Donne's "desire of more":The Subject of Anne More Donne in His Poetry*, London：Associated University Presses, 1996, p. 61.

三、结语

出身天主教家庭的多恩原本胸怀大志,却因个人宗教信仰而仕途受阻,但他最终通过自己的奋斗得到器重。为了与安·莫尔的那份爱情,多恩将辛苦开创的事业弃之不顾,所有艰辛付诸东流。在他看来,功名利禄岂能与"永不衰败"的真爱相提并论。因此,不管岳父如何固执地反对他与安·莫尔的婚姻,也不管世人如何看待这段"荒谬"的婚姻,多恩也要坚守与安·莫尔的誓言。虽然多恩也渴求成功,但是为与安·莫尔厮守到老,他放弃了前程,甘愿过清苦的生活。婚后,多恩与妻子如同圆规的两脚相依相随,共筑完美之爱。在安·莫尔因生育而不幸离世之后,多恩对她深情依旧、念念不忘。两人可谓"在天愿作比翼鸟,在地愿为连理枝"。多恩为安·莫尔所写的墓志铭最能体现出这位曾是浪子的丈夫对妻子的爱——"最珍爱的、最纯真的妻子"(A spouse most dear, most chaste)[①]。当然,读者无法还原历史,无法得知安·莫尔究竟是怎样一个女子,但是通过品读多恩的诗歌,我们可以肯定的是多恩对安·莫尔的情真意切是对安·莫尔的忠贞的一种回应。从多恩对与安·莫尔的这段感情的执着可以看出,安·莫尔不仅改变了多恩的人生轨迹和感情世界,而且走进了多恩的诗歌世界,使得多恩诗歌中的女性形象更加丰富、饱满。

第三节 多恩爱情诗中的矛盾思想

阅读多恩的爱情诗,读者不难发现矛盾是一个重要特点。可

[①] M. Thomas Hester: *John Donne's "desire of more":The Subject of Anne More Donne in His Poetry*, London: Associated University Presses, 1996, p. 21.

以说，多恩就是一个矛盾体。在多恩的诸多爱情诗中，各种思想和观点交织在一起，体现了他思想上的矛盾性。在多恩的诗歌中，女性有时被刻画成天使，有时被刻画成妖妇，有时顺从，有时叛逆，多恩表现出对女性既贬斥又赞美的复杂态度。在灵魂与肉体的问题上，就灵与肉的本质关系而言，多恩既认同灵与肉的独立性，又肯定灵与肉的相互依赖性；就爱情层面而言，多恩既沉迷于肉体之爱又追求灵魂上的精神之爱。在生与死的问题上，多恩经常将生看作死亡的开始，而将死亡看作另一种形式的生命存在，死亡使得生命通向不朽与永生。生与死的界限被模糊化。

一、忠贞与善变的女性形象

多恩在他的爱情诗中刻画了一群复杂而矛盾的女性。她们时而忠贞，时而善变；时而顺从，时而叛逆；时而高贵，时而卑微。正如弗吉妮亚·伍尔夫所说，多恩爱情诗中的女性形象和他本人一样复杂。[①] 多恩笔下对立矛盾的女性形象体现出他对女性既爱又恨，既赞扬又谴责的复杂态度。

忠贞与善变是多恩爱情诗的一个核心主题。多恩在其爱情诗中高度赞扬了忠贞女性。最能体现多恩对忠贞女性的赞美的爱情诗要数《别离辞：节哀》。本诗是多恩在1611年随德鲁利一家出访法国前写给妻子的一首诗。《别离辞：节哀》是一位即将远游的丈夫在临别前写给妻子的离别辞。诗人一改其以往爱情诗的浮浪口吻，语气严肃，感情真挚。诗歌一开始，诗人就将生离比作死别，用德高望重的人轻松对待死亡的态度比喻忠贞的恋人不会惧怕短暂的别离。因为距离只会将恋人们的爱情延展，而知心爱人就如同圆规的两脚：

---

① 李正栓：《英国文艺复兴时期诗歌研究》，保定：河北大学出版社，2006年，第101页。

你的心是定脚,似乎不移动,
另一个一动,它才向外倒。

虽然它自己坐镇在中心,
但当另一个在远处奔波,
它也侧身向它倾听,
等它回到家,才重新端坐。

你对我就是这样,我难免
像那圆周脚,四处奔忙,
你坚定,我才能画得圆,
才能结束在我开始的地方。①

诗人用圆规的比喻来安慰守在家中的妻子,坚定了妻子保持忠贞的信念,而妻子的忠贞又坚定了诗人保持忠贞的信念。虽然两人暂时分别,相隔甚远,但是只要夫妻如同圆规的两脚相依相随,就无须过度忧伤。诗人与妻子的完美爱情是由他们彼此的忠贞所建构。圆规意象烘托出一位在家中等待远行丈夫归来的忠贞女性的形象。圆规意象是对忠贞女性的写照。整首诗歌洋溢着对忠贞女性的赞美。

《成圣》一诗也描写了女主人公的忠贞不渝。爱得蒙·高斯曾指出,多恩的《成圣》描述的是他的婚姻。多恩在1601年与安·莫尔秘密结婚,但他们的婚姻并未得到岳父的认可,他也因此被投进监狱。多恩写下了这首诗以发泄心中的怨愤。② 本诗中的女主

---

① 吴伟仁、张强:《英国文学史及选读(学习指南第一册)》,北京:中央民族大学出版社,2002年,第168页。

② Edmund Gosse: *The Life and Letters of John Donne*, Gloucester, Mass: Peter Smith, 1959, p.117.

人公仍然是诗人的妻子安·莫尔。诗歌第一节写道：

> 看上帝面上请住嘴，让我爱；
> 你可以指责我中风兼痛风，
> 可以笑我鬓斑白、家道穷，
> 且祝你胸有文采、高升
> 发财，
> 你可以选定路线去谋官，
> 看重御赐的荣耀和恩典，
> 仰慕御容或他金铸的脸
> 对你的路固然要刮目看待，
> 但是你要让我爱。①

"笑我鬓斑白"暗示了多恩与安·莫尔两人的年龄差距，"家道穷"暗示了多恩与安·莫尔两家的等级差距。多恩与安·莫尔的婚姻使得多恩的政治生涯陷入泥潭。可以说，他的婚姻是他仕途上的灾难，使他的政治理想破灭。即使谋官发财之路就此断送，诗人也并不在意，也要选择去爱。因为诗人与他的妻子这对生死恋人早已抛开凡俗的眼光、世人的指责，也抛开世俗的财富、权力以及荣耀，他们心中只装着彼此。他们是为爱而牺牲的"蜉蝣""灯芯"，也是为爱死而复生的"凤凰"。他们是对爱情忠贞不渝的圣徒：

> 我们若非靠爱生，总能死于爱，
> 如果配不上灵车和厚葬，

---

① 布鲁克斯：《精致的瓮：诗歌结构研究》，郭乙瑶等译，上海：上海人民出版社，2008年，第244页。

> 我们的传奇至少配得上诗章；
> 如果我们不配在史册上记载，
> 就在十四行诗中建筑寓所，
> 如此精制的骨灰瓮独具高格，
> 不会比占半英亩的墓葬逊色。
> 这些颂歌将向普天之下告白：
> 我们成圣是由于爱。①

  一句"我们若非靠爱生，总能死于爱"表现出男女主人公为爱而死的从容与自信。他们为了爱情而甘愿放弃尘世的一切，体现出其自信与果敢。他们情愿放弃"灵车和厚葬""半英亩的墓葬""史册"，而接受这"十四行诗"作为他们"精制的骨灰瓮"。这"十四行诗"不仅仅是一个存放男女主人公骨灰的瓮，更让他们成为爱情的圣徒，成为其他恋人们膜拜的爱神。男女主人公的爱情成为典范，被神圣化了。诗歌中的女主人公也成为诗人大加赞颂的忠贞不渝的女子的楷模。

  不仅在《成圣》一诗中，多恩将女性称颂为对爱情忠贞不渝的圣徒，他的《圣骨》也同样将女性赞美为受"女人，还有一些男人"所崇拜的爱情圣徒。当掘墓人重新挖开坟墓，发现"一圈手镯似的金色头发围着骨头"②。"金色头发"就是女主人公的头发，"骨头"即男主人公的白骨。男女主人公在死后，虽然肉身已经腐烂，但是他们对彼此的爱并未消减。女人的头发还紧紧缠绕在男人的白骨上，表达了女子对男子忠贞不渝的爱情。正因男女主人公忠贞不渝的爱情，若他们生在迷信统治的地方和时代，

---

① 布鲁克斯：《精致的瓮：诗歌结构研究》，郭乙瑶等译，上海：上海人民出版社，2008年，第245页。
② 约·多恩：《诗六首》，裘小龙译，载《世界文学》，1984年第5期，第203页。

第二章　多恩爱情诗之思想情感研究

这缠绕着金发的尸骨定会被献给主教和帝王，被封为"圣骨"。"你将是个马利亚·抹大拉，而我，/附近的某一个家伙"①。马利亚·抹大拉原来是名妓女，后来成为耶稣的虔诚信徒，后世将她尊为圣女。在这里，诗人将女子称为马利亚·抹大拉，实际是对女性的高度赞美与神圣化。在诗歌末尾，诗人将对忠贞女性的赞誉推向了极致。诗人写道：

    我们造成了这些奇迹；但现在，吁，
    纵然我能使用所有的方法和言语，
    我可能讲出她曾是个什么样的奇迹？②

  虽然男女主人公曾创造爱的奇迹，但是女主人公本身就已经是一个奇迹。无疑，这是对女性的高度赞誉。

  多恩的《梦：亲爱的，要不是为了你》则将女性神圣化为上帝：

    是你那彷（仿）佛闪电，或烛光似的
    眼睛，而不是你的声音唤醒了我；
    而且初见的一刻，
    我以为你是天使（因为你爱真实），
    但是当我看出你看透了我的心情，
    了解我的思想，胜过天使的本领，③

  多恩的诸多爱情诗刻画了一群忠贞不渝的女性，她们被神

---

① 约·多恩：《诗六首》，裘小龙译，载《世界文学》，1984年第5期，第203页。
② 约·多恩：《诗六首》，裘小龙译，载《世界文学》，1984年第5期，第204页。
③ 约翰·但恩：《艳情诗与神学诗》，傅浩译，北京：中国对外翻译出版公司，1999年，第54页。

化，以完美的楷模形象出现在读者面前。这些诗篇洋溢着诗人对女性的高度赞美。然而，仔细品读多恩的爱情诗可以发现，多恩对不忠、叛逆女性的指责也是十分明显的。最具代表性的是他的《歌：去，去抓住一颗陨星》。

在《歌：去，去抓住一颗陨星》中，诗人表达了他对不忠女性的极度不满以及毫不留情的谴责与抨击。诗人认为女性的善变是一个司空见惯的现象，而世间也无一位既忠贞又美丽的女子。要找到一位美丽而忠贞的女子就如同要去"抓住一颗陨星"，"让人形草也怀孕胚胎"，去寻找"过去的岁月"，去"把魔鬼的脚劈开"，去学会听"美人鱼歌唱"的技巧，去"躲开嫉妒的刺伤"，去提拔一个"老实人"一样艰难，甚至是不可能的。[①] 虽然知道要找到一位美丽而忠贞的女子是不可能的，但是诗人仍然抱有一丝幻想。他鼓励听话对象踏遍世界去寻觅"忠实又美丽"的女子，但他始终不相信世间会有这样的女子，如果真能够找到这样的女子，那一定要让他知晓。然而，这种可能性却马上被诗人完全否定了，"假如初遇时她还有真情，／忠实到你把情书写成，／她却已还没等我送过去／就将两三个人抛弃"[②]。这是对女性的彻底否定，声音里包含了对女性的不满与怨恨，体现出对女性的不忠的极度愤怒与批判。

在《女人的忠贞》中，男主人公宣称女子只能维持一天的忠贞。在男主人公看来，女子会找来种种理由为自己辩护。男主人公步步紧逼，向女子提出了六个问题。第一问，明天离去时，"你"会有什么说辞？第二问，"你"是否会编造一个谎言来搪塞"我"？第三问，"你"是否会说"我们"已经不再是曾经相爱的

---

① 李正栓：《英国文艺复兴时期诗歌研究》，保定：河北大学出版社，2006年，第94页。

② 李正栓：《英国文艺复兴时期诗歌研究》，保定：河北大学出版社，2006年，第95页。

那两个人?第四问,"你"是否会说曾经的誓言是不算数的?第五问,"你"是否会说恋人间的契约直到死亡才会被解除?第六问,"你"是否只有虚情假意,没有表现真诚的方式?最后,男主人公意识到,女子满口谎言,毫无真情可言。女子的所有辩护对于男主人公而言都是徒劳的,她只是个"徒劳的疯子"。"徒劳的疯子"这个称谓集中反映了男主人公对善变女子的强烈不满与讽刺。在《幽魂》《爱的炼金术》等诗中男主人公还将女性称为"女凶手""伪装的处女""鬼""木乃伊"等,体现了诗人对不忠女性的贬斥与谴责。

《口信》一诗描写了女子的虚伪。整首诗充满了对女性的虚情假意的愤怒和斥责。诗歌第一节和第二节这样写道:

> 把我迷途已久的眼睛寄还给我,
> 它们(哦)居留在你身上太久了,
> 可是既然它们已学会这般恶习,
> 如此矫揉的作风,
> 和虚伪的激情,
> 以至被你
> 造就得
> 不登大雅,那就永远留给你。
>
> 把我无害的心儿给我寄还,
> 什么无益的思想都不能将它污染,
> 但是如果它被你的心教会了
> 制造刻薄的
> 玩笑来取乐,
> 和拒不实践
> 许诺和誓言,

那就保留它吧，它已不再属于我。①

男主人公先是要求女子把他的眼睛寄还给他，但是由于它们在女子身上居留太久而学会了"矫揉的作风，/和虚伪的激情"，变得登不了大雅之堂，那就干脆不要了，留在女子那里罢了。紧接着，男主人公又要求女子寄还不能被无益思想污染的他的"无害的心儿"，但是如果它被女子的心教坏了，变得刻薄、虚情假意和不信守承诺，那就索性留给女子吧。男主人公由眼到心，由外在到内在，环环相扣，表面在说自己的眼与心已被污染而宁愿将它们舍弃，实际上矛头直指女子。诗歌的前两节从侧面将女性的虚伪展现得淋漓尽致。在诗歌最后一节，男主人公则从正面指出女子的虚伪。他最后还是选择要回他的眼睛和心，因为他决定用他的眼和心去看穿女子的"谎言"，并且当女子因爱上某个同她一样虚伪的男子而憔悴、烦闷时，他可以"大笑"。一方面，男主人公斥责女子的虚情假意，另一方面，他也在诅咒与嘲笑女子。从对女性的诅咒声和嘲笑声中可以明显地感受到男主人公的快意与无比欣喜。

《一枚惠寄的墨玉戒指》则通过与一枚墨玉戒指对话的独特方式来描写女子的负心。诗歌写道：

> 你不像我的心，那么黑，
> 也没有她的心，一半儿脆弱；
> 你要说什么？你所体现的我们两人的财产将被说成：
> 一则恒定无比，一则极易破损？

---

① 约翰·但恩：《艳情诗与神学诗》，傅浩译，北京：中国对外翻译出版公司，1999年，第65页。

第二章 多恩爱情诗之思想情感研究

> 结婚戒指不用这种材料订制；
> 哦，为什么该用不太珍贵，或不太坚硬的东西
> 象征我们的爱？除非以你的名义，你曾教它这样说话：
> 我是廉价的，除了时髦一钱不值，把我扔掉吧。

> 然而，留下吧，既然你已经来到这里，
> 环抱这无名指尖吧，你曾拥抱她的大拇指。
> 正当地感到骄傲，为安全而高兴，因你与我住在一起，
> 而她，哦，打破了她的忠诚，不久就会打破你。①

诗歌伊始，男主人公就将墨玉戒指同他和他的恋人进行了对比。这枚墨玉戒指没有男主人公的心那么黑。黑色象征恒定，同时又代表了哀伤。男主人公对爱情的忠贞是这枚墨玉戒指所无法比拟的。然而，虽然墨玉戒指易碎，但它也没有女子的心那么易碎。墨玉戒指代表了男主人公对爱情的"恒定无比"，又代表了女子"极易破损"的情感。由于墨玉戒指非常廉价，"除了时髦一钱不值"，它被寄回男子这里。墨玉戒指的廉价暗示了女子对待爱情的态度，即认为爱情没有价值，可以随意抛弃。既然被寄回，男子便劝墨玉戒指留下。虽然墨玉戒指曾戴在女子的大拇指上，但是戴在女子的大拇指上存在着潜在的危险，因为女子早晚会背叛男子，将它打碎。而若与男子一起，它可以感到"安全而高兴"，因为男子忠贞无比，永远不会将它抛弃。诗人通过墨玉戒指意象向读者传达出一种理念，即女子的情感脆弱，不如男子坚贞恒定，她们认为爱情没有任何价值，可以随意抛弃。从与墨玉戒指的对话中，读者可以感受到诗人对负心女子的不满与

---

① 约翰·但恩：《艳情诗与神学诗》，傅浩译，北京：中国对外翻译出版公司，1999年，第103页。

嘲讽。

在《爱的饮食》一诗中，诗人则以一种幽默诙谐的方式表达出对女性的嘲讽与攻击。诗歌一开始，男主人公就称，要给他的笨拙、臃肿的爱情减肥：

> 我的爱情曾经长得何等
> 讨厌笨拙，累赘肥硕，
> 而我为使它瘦损，
> 保持匀称的体格，
> 给它规定了饮食，使它以
> 爱情所最不堪忍受的，分离，为食。①

给爱情节食、减肥，大概是诗人的独创。这样的构思不禁令人感到惊讶，同时也创造了一种喜剧效果。在男主人公看来，他与恋人之间的爱情在逐渐消减，而他与恋人的分离是给"累赘肥硕"的爱情减肥的最好时机。那么，究竟如何让爱情节食、减肥呢？在诗歌的第二、第三节中，男主人公列举了两种让爱情节食的方法。第一种方法是每天最多给爱情吃半声的"叹息"。如果它想要从男主人公的情人那里偷得"一声她的轻叹"，并想要大吃一顿，那么男主人公就会告诉它，那声轻叹是虚假的。恋人间爱的叹息不再是真情的流露，显然，男主人公在暗示情人的虚伪。第二种方法是给爱情吸吮一滴浸泡了"轻蔑或耻辱"的眼泪。如果它想吸吮情人的眼泪，那么男主人公就会告诉它，那眼泪是"假造的"，因为可以向所有人转动的眼睛流出的只是汗，称不上是真诚的泪水。男主人公通过泪水意象再次向读者暗示他

---

① 约翰·但恩：《艳情诗与神学诗》，傅浩译，北京：中国对外翻译出版公司，1999年，第86页。

的情人的虚伪与不专情。诗人运用了相同的笔调来书写如何给爱情减肥,从侧面表现出女子的虚伪。诗歌第四节更加深刻地揭示出了女子的虚伪与不专情。如果说叹息和眼泪含有虚假的成分,相比之下,情书可以说是最能直接地表达恋人间的爱情的。如果爱情收到了女子的情书,肯定会因恩宠而肥胖起来。而男主人公会再次告诫它,情书也是不足为道的,因为即便那封情书让它获得好处,那也只不过被列在了第四十位。女子的不专情被彻底暴露出来。叹息、眼泪、情书这些用于描写爱情的彼特拉克传统所惯用的意象成为男主人公情人的虚伪与不专一的见证。失恋以及女人的虚伪与不忠已经不再令他痛不欲生,男主人公选择了用一种幽默的、轻松的方式来应对。诗人通过喜剧性的方式将对女人的讽刺与抨击推向顶点。

　　多恩对待女性的态度有时是赞美,有时是谴责,这与他所处的时代以及个人情感经历有着密切的关系。他受到当时社会风气的影响,刻画出与男性对立的女性形象,表现出对女性的矛盾态度。伊丽莎白时期的英国仍然是一个以男权为中心的社会。男权社会对女性的价值的界定在很大程度上限制和压抑了女性。女性的生活范围被限定在住宅、本地社区等一些具有家庭、私密特征的空间。当时的行会大厅、主要街道、校园等公共空间是男性活动的场所。女性无法摆脱家庭与婚姻的狭小圈子,无法走进社会,也无法获得和男性一样的权力,无法摆脱社会和时代对她们的限制。一方面,多恩无法接触到与之层次相同的女性,很容易走进极端的泥潭,深陷其中而不能自拔;另一方面,多恩自身也无法摆脱男权主义的束缚,渴望女性成为男性所认同的理想审美对象,因此自然会对忠贞女性大加赞赏,对不忠、虚伪、负心的女子大肆谴责与攻击。

　　当然,社会和时代只是影响多恩对待女性的态度的一个方面,他的个人情感经历也是不容忽视的。多恩早年生活放荡,被称为"浪子"。他已经见惯了,也厌倦了那些放荡不忠的女子。因此,在多恩的一些诗歌中,他对女子的不忠、虚伪进行了无情的批判。然而,机缘巧合之下,1597年多恩与安·莫尔相识,1601年两人最终喜结连理。可是,这段婚姻遭到了安·莫尔的父亲的强烈反对。愤怒的岳父把多恩送进了监牢,多恩的政治理想就此破灭。由于当时此事闹得满城风雨、人尽皆知,多恩再难找到合适的职位,也难以接近上层社会。出狱后,多恩与安·莫尔穷困潦倒,靠朋友的救济度日,但他与妻子相亲相爱,妻子也不断为他生育子女。安·莫尔于是成为他诗歌中忠贞女性的代表。

时代与个人情愫交织在一起,多恩纷繁复杂的思绪造就了他的爱情诗中复杂多样的女性。多恩笔下丰富多彩的、复杂矛盾的女性形象,体现出他对女性问题的深邃思考,他的作品表现出一种对待女性时而赞美、时而贬斥的矛盾态度。

二、灵魂与肉体

灵魂与肉体的哲学关系问题,一直都是先哲们关注的一个重要话题。提到灵魂与肉体,不能不追溯到毕达哥拉斯、柏拉图和亚里士多德。毕达哥拉斯和柏拉图都认为灵魂既可以与肉体相分离而独立存在,也可以寄生于肉体,它们寄生于什么肉体是毫无限制的。人在诞生之时,将灵魂摄入而囚禁于肉体之内,灵魂终生跟随肉体活动。在人死亡之时,灵魂脱离肉体恢复自由。两位先哲都曾宣称,灵魂是神圣的、永恒的,但是一旦与肉体结合就

第二章 多恩爱情诗之思想情感研究

不再纯洁；它离开肉体会回归其所属。① 亚里士多德则提出与毕达哥拉斯和柏拉图截然不同的观点。他认为，具有灵魂的生物，必须是形式和物质的统一。灵魂是形式，是实现，而肉体是物质，是潜能。灵魂不是肉体，但是不能脱离肉体而独立存在。灵魂必须关联一个肉体，存在于肉体之内，即灵魂依赖于肉体而存在。②

在灵与肉的本质关系问题上，多恩表现出矛盾的态度。在一些诗歌中，他认为灵魂与肉体是相互独立的，同一灵魂可以寄生于任何肉体之中；而在另一些诗歌中，他又深信灵魂与肉体是相互依存的。

在《葬礼》一诗中，诗人描写了男主人公死后其灵魂与肉体的分离：

> 无论谁来裹我的尸身，都不要损坏
> 也不要多问
> 那环绕我臂膀的、精致的头发花环的来历，
> 那秘密，那标记，你不得触碰，
> 因为这是我体外的灵魂、
> 代理的总督；那当时已飞升天国的灵魂
> 将委托这位摄政，

---

① Cornelius Aggripa: *Of the Vanitie and Uncertaintie of Artes and Sciences*, in Richard D. Jordan, *The Quiet Hero: Figures of Temperance in Spenser, Donne, Milton, and Joyce*. Washington D. C.: The Catholic University of American Press, 1989, p. 66. 转引自晏奎:《生命的礼赞：多恩"灵魂三部曲"研究》，北京：北京大学出版社，2004 年，第 27 页。

② 亚里士多德:《灵魂论及其他》，吴寿彭译，北京：商务印书馆，1999 年，第 90 页。

并保持这些肢体,她的郡县,不离析分崩。①

在诗歌第一节,关注点落在了"环绕我臂膀的、精致的头发花环"上,围绕这头发花环诗人展开了对灵魂与肉体的关系的分析。诗人认为,人在死后,灵魂会摆脱肉体的囚禁,"飞升天国",回归它的所属。

在《一场热病》中,诗人首先祈求恋人不要死,否则会将所有女人厌恶。接着,为了表达对恋人的赞美与崇拜,诗人夸大了恋人的作用,认为恋人直接关系到整个世界的存亡。他将恋人比作"世界的灵魂",而把世界看作承载"世界的灵魂"的肉身。如果"你"——"世界的灵魂"走了,那么尚存的世界也不过是"你的尸体"。显然,这个暗喻反映了灵魂与肉体可以相互分离而独立存在的观点。

多恩的《花朵》一诗则反映了灵魂与肉体关系的另一面——灵魂与肉体的相互依赖。他在此诗的第四节写道:"一颗有思想的赤裸的心,从不招摇"②(A naked thinking heart, that makes no show)。"有思想的赤裸的心"指的就是充满美与善的理性灵魂,"从不招摇"则暗示出独立的灵魂无法实现其作为。如果说此行诗句只是对灵与肉关系的暗示,那么在诗歌末尾,多恩便明确地指出了灵与肉的关系:"乐于拥有我的身体,一如拥有我的心灵。"③(As glad to have my body, as my mind.)

《出神》一诗进一步诠释了灵与肉的相互依存。赫伯特·格

---

① 约翰·但恩:《艳情诗与神学诗》,傅浩译,北京:中国对外翻译出版公司,1999年,第91页。
② 约翰·但恩:《艳情诗与神学诗》,傅浩译,北京:中国对外翻译出版公司,1999年,第94页。
③ 约翰·但恩:《艳情诗与神学诗》,傅浩译,北京:中国对外翻译出版公司,1999年,第94页。

第二章 多恩爱情诗之思想情感研究

瑞厄森曾指出,本诗是多恩阐释爱情玄学,阐释肉体和灵魂的相互依赖关系的最重要的抒情诗之一。① 在本诗的前十二节,诗人描述了一对热恋中的爱人,他们彼此对望出神,恋人的手掌中涌出的香膏让他们的手紧紧粘连在一起,使他们成为一体,他们的灵魂也因此逸出身体,相互交流,从而获得净化,成为更健全的灵魂。在诗歌的后七节中,诗人则明确地阐述了灵魂与肉体的关系:

  可是呵,咳,为什么我们
  要这么久这么远地背弃我们的身体?
  它们是我们的,虽然它们不是我们,
  我们是神明,它们是天体。

  我们感谢它们,因为最初它们
  确实如此把我们运送给我们,
  把它们的力气、感觉呈献给我们,
  对于我们,它们不是渣滓,而是合金。

  上天的影响并非直接作用于人,
  而是首先在空气上刻铸印记,
  同样灵魂可以流入灵魂,
  虽然它首先去依附肉体。②

---

① H. J. C. Grierson: *The Poems of John Donne*(*Vol. 2*), Oxford: Clarendon Press, 1912, p.41. 转引自朱黎航:《论多恩诗歌〈出神〉的双重诗意》,载《东北师大学报》,2014 年第 1 期,第 123 页。

② 约翰·但恩:《艳情诗与神学诗》,傅浩译,北京:中国对外翻译出版公司,1999 年,第 81 页。

在多恩看来,"它们"(即肉体)是灵魂的"天体","我们"(即灵魂)则是肉体的"神明"。没有灵魂的肉体,就像"墓葬的雕像",既不能改变姿势,也不能说一句话,即便是处于热恋中的被强力的香膏紧紧粘连为一体的爱人也只能躺在那里,无所作为。没有肉体的灵魂也将无法获得"力气、感觉",既不能为感官所触及,也不能使自身健全。正如上天的影响并非直接作用于人,而是必须先在空气中刻下印记,灵魂要有所作为就必须首先依附肉体。只有灵魂下降到情感和肉体,"感官才可以触及和感知",否则就像一个关在囚牢里的王子,无法统治王国。

多恩在他的布道文中也同样强调了灵魂与肉体的依存关系。在1623年的复活节布道文中,多恩这样说道:

> 灵与肉是天然地连在一起的……所以不要怀疑你的幸福;不要说上帝要的是心,也就是灵魂,因此也奖赏灵魂、或惩罚灵魂,而对肉体则不给予考虑;……灵魂所做的一切,是在肉体内、与肉体一道、并依靠肉体而做成的。……故此,当我们的肉体在海中融化、在土中堕落、在火中化为灰烬、在空中消散的时候,Velut in vasa sua transfunditur caro nostra〔我们的肉身就有如被倾入器皿一般〕,整个世界就是上帝的小屋,而水、土、火、气,则是适当的盒子,上帝把我们的肉体放在里面,为了日后的复活。①

多恩之所以强调灵魂与肉体的彼此依存,是因为他相信,只有灵魂与肉体的结合才能让人成为完整的人。

可以看出,在不同的爱情诗中,多恩对灵肉关系的论述是矛

---

① 转引自晏奎:《生命的礼赞:多恩"灵魂三部曲"研究》,北京:北京大学出版社,2004年,第59页。

第二章 多恩爱情诗之思想情感研究

盾的。然而，有时即使是在同一首诗歌中，多恩对灵魂与肉体关系的阐释也是矛盾对立的。最为明显的是他的《灵的进程》。《灵的进程》讲述的是原本寄身于伊甸园的禁果之中的灵魂由于亚当与夏娃的摘取而坠落凡尘，先后置身于植物、动物和人的肉体之中。显然，从《灵的进程》中能够看到毕达哥拉斯和柏拉图的灵魂不朽、灵魂转世说的影子。然而，纵观全诗，肉体因拥有了灵魂才有了情爱的体验，才能发挥其能力；而灵魂又需要依托肉体才能"去验证那感官法则"。这一论点又与亚里士多德的观点相契合。

在《第一周年》中，多恩写道，随着德鲁利小姐肉身的消亡，她的灵魂也飞离尘世，去往天堂，留下了如同僵尸般的腐朽世界。德鲁利小姐的灵魂也就是整个世界的灵魂，即宇宙灵魂。宇宙灵魂脱离了肉体的束缚而重获自由，回归本源，然而，现实世界作为宇宙灵魂的载体因没有了宇宙灵魂而变得脆弱、枯朽。整首诗不仅反映了柏拉图的灵与肉彼此独立的观点，而且体现了亚里士多德的灵与肉相互依赖的观点。

多恩对灵魂与肉体关系的哲学性理解直接影响到了他的爱情世界中的灵魂与肉体的关系，确切地说即精神之爱与肉体之爱的关系。在有些爱情诗中，多恩表现出对肉体的强烈渴望和对肉体之爱的沉迷；而在另一些爱情诗中，他又表现出对精神之爱的追求。

在多恩的爱情诗《跳蚤》中，男子对女友百般劝说、引诱，以实现与女友肉体的结合。

你看看，你瞧瞧这跳蚤，
你否认我的成分能有多少？
它先咬了我，此刻又咬了你，
我俩的血已在它里边融为一体；

要承认,这件事不能被说成是羞耻、
或罪过,也算不上你贞操的损失,
而它却未求婚就先得快意,
合我俩的血为一体,涨大它的腹肌,
唉,它做得远远超过我们自己。

啊,住手,饶过这跳蚤里的三个生命。
在它体内,我们不止是结了婚,
它是你是我,是我们花烛温床,
是我们婚姻的殿堂;
尽管父母和你都不愿意,我们还是聚在一起。
同居于这乌黑的活墙里。
尽管习俗使你轻易杀我,
但不要把三个生命剥夺,
不要再加上自杀和渎圣的罪过。①

  诗人将令人厌恶的跳蚤写进诗中,通过跳蚤阐释了男子对肉体之爱的渴望。男子通过一只吮吸了他和女友的血液的跳蚤来劝说女友放下矜持,与他一同享受肉体之爱。既然这只跳蚤已经将俩人的血液融为一体,已经尽情地享受了肉体之爱,那么男子与女友的肉体的结合也就算不上是什么羞耻与罪过。为了进一步劝说女友,男子提到跳蚤那涨大的身体,这预示了爱情的开花结果。这只跳蚤不仅"未求婚就先得快意",而且还"涨大它的腹肌",并敢于将自己怀孕的身躯暴露在世人面前。这只小小的跳蚤比男子与女友显得更加勇敢。男子试图通过跳蚤的勇敢打消女

---

① 李正栓:《英国文艺复兴时期诗歌研究》,保定:河北大学出版社,2006年,第43页。

友对世俗谴责、惩罚的顾虑，让女友顺他的意，与他进一步温存。在诗歌第二节，男子进一步强调，在这只跳蚤的体内，他们"不止是结了婚"，这只跳蚤还是他们的"花烛温床"，是他们"婚姻的殿堂"。诗人通过大胆的想象，把对肉体之爱的渴望展现得淋漓尽致。

在《上床》一诗中，诗人也同样表达出对女性肉体的渴望。在诗歌前十八行，诗人一直在劝诱女子脱去衣裳，踏入"爱情的神圣殿堂"——柔软的床铺，与他一起享受肉体的欢愉。

> 来，女士，来吧，我的精力蔑视休闲，
> 到我分娩之前，我一直躺着有如临产。
> 经常望见对手的敌人由于久站
> 而厌倦，虽然双方还从未交战。
> 解下那腰带，仿佛璀璨的天河之带，
> 不过却环抱着一个远为精美的世界。
> 脱下你所围戴的那缀满珠饰的胸衣，
> 忙碌的愚夫们的目光会被定在那里。
> 宽松你自己，因为那来自你的和谐
> 钟声告诉我，现在是你就寝的时刻。
> 摘掉那幸福的束胸，它令我羡妒，
> 永远能挨在，永远能站在那近处。
> 你褪去衣裙，袒露出如此美丽的形体，
> 彷（仿）佛山丘的阴影从开花的草原上逃逸。
> 取下那银丝打制的头饰，而展现
> 那生长在你头顶之上的柔发冠冕；
> 现在脱掉那双鞋，然后安全地踏入

这爱情的神圣殿堂，这柔软的床铺。①

诗人运用了一连串的动词，如"解下""脱下""宽松""摘掉""褪去""取下""脱掉"等，劝诱女子宽衣解带。在费尽心思地劝诱女子的同时，诗人不忘赞美女子的衣物以及身体。解下的腰带所环抱的是一个"精美的世界"；衣裙所遮蔽的是"如此美丽的形体"；银丝头饰所装饰的是"柔发冠冕"。诗人的赞美透露出他对女子身体的极度向往。紧接着，诗人赞美女子是"天使"，但是这个"天使"随身带有"一个穆罕默德的乐园般的天堂"。在此，诗人形象地表达出对肉欲享受的渴望。

经过一番赞美和劝诱之后，诗人实施了劝诱计划的第二步，请求女子"恩准"他去探索她的身体。诗人对女子身体的探索是全方位的、多方面。他运用了一连串的方位词"上上、下下、中间、前前、后后"，描写了对女子身体的完全占有与征服，揭示出对肉体之爱的享受。接着，诗人再次劝诱女子裸露她的美丽身体，"充分地裸露，一切欢乐都由你而起。/为了品尝完满的欢乐，灵魂须脱离肉体，/肉体也必须脱去衣裳"。诗句描写了诗人劝诱女子脱去衣裳与他尽情地享受肉欲的欢乐，暴露出诗人对肉欲之爱的追求。在诗歌末尾，诗人进行了最后的劝诱："为了教你，我已经先行裸体，咳，那么/你还需要比一个男人更多的遮盖做什么。"② 可以说，这一句是全诗最为直接的、最为露骨的劝诱。

在《太阳升起了》中，诗人直接把他的爱人拉到床上享受肉欲的欢乐，不许太阳打扰、窥探：

---

① 约翰·但恩：《艳情诗与神学诗》，傅浩译，北京：中国对外翻译出版公司，1999年，第185页。
② 约翰·但恩：《艳情诗与神学诗》，傅浩译，北京：中国对外翻译出版公司，1999年，第186页。

> 忙碌的老傻瓜，蛮横的太阳，
> 你为什么又来叫我们——
> 透过窗子，透过帘子，一路来叫我们？
> 难道爱人的季节也得和你运转得一样？
> 鲁莽又迂腐的家伙，你去训戒
> 满腹牢骚的徒工，上学迟到的学童，
> 去告诉宫廷的猎人，帝王就要出猎，
> 去唤来乡下的蚂蚁，秋收不能误工；
> 可爱情都是一样，季节或天气，不会分辨，
> 或钟点、日子、月份——这些是时间的破布片。①

如上所述，在一些爱情诗中，多恩书写了轻佻、风流的内容。在这些内容的背后，是多恩对肉体之爱的热衷与渴望。然而，多恩的有些诗歌则体现出他对精神之爱的追求。在《圣骨》一诗中，多恩描写了一对恋人纯洁而神圣的精神之爱，认为他们创造了"奇迹"。

> 首先，我们爱得热烈，爱得执着，
> 但又不知道爱的是什么，或为什么，
> 也不知道男人和女人不同的地方，
> 就和守卫着我们的安琪儿一样；
> 来来去去，我们
> 也许亲吻，但不在那一餐餐中间；
> 我们的手从不去碰那些让自然
> 解放了的封条，虽然又为新法所损：
> 我们造成了这些奇迹；但现在，吁，

---

① 约·多恩：《诗六首》，裘小龙译，载《世界文学》，1984年第5期，第198页。

> 纵然我能使用所有的方法和言语,
> 我可能讲出她曾是个什么样的奇迹?①

　　这对恋人只是忠诚地、热烈地爱着对方,但是却丝毫不知道性别的差异,就如同天使一般。正如天使一样,来去之时,这对恋人只是亲吻,他们的手"从不去碰那些让自然/解放了的封条"。这里的"封条"指的是性器官。显然,天使之间的爱仅仅是关乎灵魂的纯洁的爱,没有性的欲望,没有世俗的杂念。多恩将这对恋人比喻为天使,暗示了他们之间的爱只是纯粹的精神之爱,与性爱无关。诗人将恋人之间的神圣、纯洁的爱情称为他们所创造的"奇迹"。这首诗字里行间流露出诗人对纯粹的精神之爱的赞美。

　　《担保》一诗则表达出精神之爱是一件了不起的事情,"胜过九大名人的业绩"。

> 我干了一件杰出的事情,
> 胜过九大名人的业绩,
> 由此又有一件更杰出的派生,
> 那就是,保守那秘密。
>
> ……………
>
> 但是发现了内在之美的人
> 会鄙视所有外在的东西,
> 因为爱慕颜色和皮肤的人

---

① 约·多恩:《诗六首》,裘小龙译,载《世界文学》,1984 年第 5 期,第 203—204 页。

只喜爱它们最旧的外衣。

如果，像我所做过的，你也
把女人看做美德的衣饰，
且敢于爱她，也敢于如此说，
而忘记了他与她的差异；

如果纵然如此，你把这爱隐藏，
不让渎神的人们知道，
他们绝不会对此产生信仰，
要么，就只会产生嘲笑：

那么你就干了一件杰出的事情，
胜过九大名人的业绩，
由此又有一件更杰出的派生，
那就是，保守那秘密。①

  诗人在诗歌一开始就提到，他做了一件了不起的事情，甚至"胜过九大名人的业绩"。这里的九大名人指的是赫克托尔、亚历山大、尤里乌斯·恺撒、约书亚、大卫、犹大斯·马卡比、亚瑟、查理曼、布隆尼的戈德弗雷。人们化装游行时，十分喜欢扮演这九位大人物，扮演者往往会对他们的业绩大吹大擂。然而，诗人认为有功勋不张扬反而更胜一筹。因此，诗人提到他所做的了不起的大事，就是自己有功绩却又能"保守那秘密"，不张扬。这究竟是怎样的功绩呢？

---

① 约翰·但恩:《艳情诗与神学诗》，傅浩译，北京：中国对外翻译出版公司，1999年，第7—8页。

诗人宣称，纯洁而神圣的爱情是去发现"内在之美"，而鄙视"所有外在的东西"。"内在之美"指的是灵魂之美，暗示精神之爱；"所有外在的东西"则指肉体之爱。爱女人，就应该爱她的美德，而不是爱慕她的"颜色和皮肤"这些感官的东西。这样，他的爱情就是纯洁的精神之爱。诗人不仅鼓励人们去追求"忘记了他与她的差异"的纯粹的精神之爱，而且鼓励人们去把"这爱隐藏"。虽然那些"渎神的人们"绝不会对这样的爱情产生信仰，只会嘲笑，但是这纯粹的精神之爱却丝毫没有肉体感官享受的张扬，它只注重内在之美。如果能够坚持这样的爱情，难道不是干了一件比九大名人的业绩还要杰出的事情吗？诗人将精神之爱与九大名人的业绩做比较，虽略显夸张，但是却彰显了诗人对精神之爱的高度赞誉与追求。

通读全诗可以看出，诗人采用前后照应的方法不断强调和深化一个理念——纯洁的精神恋爱是一件非凡之事，诗人对精神之爱的赞美溢于言表。

多恩有对肉体之爱的热衷，也有对精神之爱的渴望与追求，反映出多恩丰富而矛盾的情感与思想。这也同时反映出他的灵魂与肉体相互独立的观点。然而，正如多恩认为灵魂与肉体是彼此依存的，他有时也认为爱情应该是肉体之爱与精神之爱的完美结合。在他看来，肉体之爱与精神之爱的结合才是完美而光荣的，因为肉体与精神的结合一方面是对肉体之爱的升华与净化，另一方面也是对精神之爱的物质性补充。

《出神》一诗集中体现了多恩的精神之爱与肉体之爱相结合的观点。诗歌描写了一对热恋中的情侣的灵魂逸出肉体，最终又回归肉体的升华的过程。在诗歌的开始部分，诗人刻画了一对恋人肉体的接触和灵魂的出神。

第二章 多恩爱情诗之思想情感研究

> 迄今为止，如此嫁接我们的手掌
> 是我们成为一体的仅有方式，
> 我们眼睛中反映出的影像
> 是我们全部的繁殖。
>
> 犹如在两支势均力敌的军队之间，
> 命运之神高悬未卜的胜券，
> 我们的灵魂（为了提升它们的地位，
> 已逸出躯壳）悬浮在她与我之间。①

在这对恋人出神的过程中，他们感悟到了爱情的真谛——完美的爱情应该是灵魂之爱与肉体之爱的结合。为了相互交融，恋人的灵魂首先脱离了各自的肉体，当二人的灵魂脱离肉体而相互结合后，便成了"更健全的灵魂"。在此，似乎诗人在强调抛弃感官享受的精神之爱。但是，从诗歌的第十三节起，诗人却开始对他之前的论断表示怀疑甚至否定。单纯的精神之爱无法获得"力气、感觉"，既不能为感官所触及，也不能使自身健全。也就是说，爱情要近乎完美，纯粹的精神恋爱是不够的，它离不开对肉体的依恋。只有当爱情下降到情感和肉体，"感官才可以触及和感知"，否则就像一个关在囚牢中的王子，无法统治他的国家。无论精神之爱多么纯洁、美好，脱离了与肉体的结合，爱情就是不完整的。因此，恋人既不能只热衷于肉体的感官享受，也不能抛弃肉体之爱，一味追求纯洁的灵魂之爱。

---

① 约翰·但恩：《艳情诗与神学诗》，傅浩译，北京：中国对外翻译出版公司，1999年，第79页。

> 那么我们就回到我们的体内，那样
> 软弱的人们就可以看到爱情的启示；
> 爱情的秘密确实在灵魂中成长，
> 但是肉体却是他的书籍。
>
> 假如某位恋人，比如我们俩，
> 听见这异口同声的对话，
> 就请他时常监督我们，他将会看到，
> 我们回到躯体中之后，也很少变化。①

  这对恋人最终选择了精神与肉体的合一，而他们的爱情也将给予人们启示："爱情的秘密确实在灵魂中成长，/但是肉体却是他的书籍。"单纯的精神之爱不能为感官所触及，它让爱情变得虚无缥缈，没有任何实际意义。然而，单纯的肉体之爱无法将爱情"炼得精纯"，无法让爱情获得"净化"。显然，精神之爱与肉体之爱的结合才是对完整爱情的最好诠释。正如傅浩所说，多恩把"现实主义的追求自由享乐的肉欲之爱与理想主义的崇尚忠贞契合的灵魂之爱糅合了起来"②。

  在《空气与天使》中，诗人也表达了完满的爱情是精神之爱与肉体之爱的融合的思想。男主人公一开始就将女友看作天使，暗示了他与女友之间的爱情是一种精神之恋。但是，男主人公马上又提出，脱离了肉体的爱情"什么也不能做"，爱情如果不"寄托于形体，必无法存活"。换句话说，单纯的精神恋爱是无法长久的，也是没有任何实际意义的。因此，男子让他的爱情依附

---

① 约翰·但恩：《艳情诗与神学诗》，傅浩译，北京：中国对外翻译出版公司，1999年，第82页。
② 约翰·但恩：《英国玄学诗鼻祖约翰·但恩诗集》，傅浩译，北京：北京十月文艺出版社，2006年，译者序，第11页。

在女友的"嘴唇、眼睛、和眉宇"。然而，女友的"每根头发对于爱情来说都太多"，使得爱情的"轻舟超载了"。因此，爱情需要一个合适的载体，因为爱情是"既不能居于虚无，也不能居于极端而散发着光辉的东西"。① 至此，男主人公明确表达出完美的爱情是精神之爱与肉体之爱的和谐与融合的观点。

虽然多恩承认爱情的萌发源自灵魂，崇拜纯洁的精神之爱，但是他也强调真正的爱情并不是超凡的精神之恋，而是精神与肉体相融合的爱。超凡的精神之爱离不开肉体之爱，只有与肉体之爱相结合才能实现理想爱情。

三、生与死

多恩在他的爱情诗中书写着人世间真诚而细腻的、美好的情感，但同时又掺杂了人类最为恐惧的死亡。在他的爱情诗中，有诸多诗歌与死亡主题相关。约翰·凯利曾指出，在多恩的爱情诗中，有32首或多或少地涉及死亡。② 多恩的爱情诗歌充斥着幽魂、尸体、骷髅、白骨、死人、木乃伊、坟墓、墓志铭、骨灰瓮、遗产等与死亡有关的意象。多恩热衷于对死亡主题的书写，反映出他对人类生命的深刻思考。面对生与死的问题，多恩有着复杂而矛盾的情愫。他有对死亡的恐惧，也有对死亡的渴望。在对死亡的渴望中，生与死的界限模糊化，传递出生与死相互转化的观点。

在《歌（最甜蜜的爱，我不走）》一诗中，多恩就表达出对死亡的恐惧。而这种恐惧感是从与恋人的别离中生发的。

---

① 约翰·但恩：《艳情诗与神学诗》，傅浩译，北京：中国对外翻译出版公司，1999年，第29—30页。
② John Carey: *John Donne: Life, Mind and Art*, New York: Oxford University Press, 1981, p. 201.

> 最甜蜜的爱，我不走，
> 若只因对你心生倦怠，
> 或希望这世界能够
> 给我一个更合适的爱；
> 可是既然我必
> 最终死去，那最好，
> 拿我自己开玩笑，
> 这样靠装死而死。①

诗歌一开始诗人就直接表明，"我"不愿离开这"最甜蜜的爱"。虽然略显突兀，却写出了"我"难以舍弃这份甜蜜的爱。"我不走"不仅仅简单地指活着的人短暂分离，同时还暗指死亡。对于多恩来说，与爱人分别就如同经历了死亡。在与恋人分离时，他感到死亡在吞噬他。诗人指出，即使"我"要离开，也不是因为对"你"产生了厌倦，也不是因为"我"找到了一份新的恋情，而是因为有一天"我"终将死去，终将离开这份甜蜜的爱。那"我"就不妨假装自己死去，让死亡来考验自己与"你"的爱情，也让"我们"习惯永恒的分离。诗人决定离开爱人，通过假死的方式来减轻真实死亡带来的痛苦，这是诗人克服对死亡的恐惧的一种方式，也是他对死亡的高度警惕性的体现。在诗歌结尾，"我"告诉爱人，"我们"的死亡只不过是"转向一侧去睡"，但是"我们"仍然"保持活着"，永远不会分离。这既是对爱人的劝慰，也是诗人对自己的抚慰。

多恩将对死亡的恐惧转换成了与恋人的分别，也许只有与恋人的频繁别离才能让他习惯面对死亡，减轻对死亡的恐惧。《遗

---

① 约翰·但恩：《艳情诗与神学诗》，傅浩译，北京：中国对外翻译出版公司，1999年，第23页。

产》一诗就这样写道：

> 我上回死去时——亲爱的，我死亡
> 就像与你离别一样频繁，
> 虽说那是一小时以前，
> 而恋人的每个小时都仿佛地久天长，①

诗人将每次离别都看作死亡，即便与恋人仅仅分离一个小时，因为与恋人的每个小时都显得"地久天长"。对于诗人来说，离别是一种死亡。这首诗字里行间透露出诗人对死亡的恐惧。为了减轻对别离——死亡的恐惧，诗人安慰自己说，他要把自己的心寄给爱人，以延续他们的爱情。但是，他发现：

> 可是我呀，当撕开我，在心
> 所在之处搜寻时；却什么也找不着，
> 这又一次杀了我，因为我生前一向诚实，
> 却竟然在最后的遗嘱中欺骗了你。
>
> 然而我找到了近似心的某种物品，
> 但它有许多颜色，和棱角，
> 它既不算坏，也不算好，
> 无人拥有它的全部，极少人拥有一部分。
> 它似乎被艺术造就得尽可能
> 美好；因此，为弥补我们可悲的损失，
> 我意欲寄赠这颗心，以替代我的心，

---

① 约翰·但恩：《艳情诗与神学诗》，傅浩译，北京：中国对外翻译出版公司，1999年，第25页。

可是呵，没有人能保住它，因为那是你的心。①

诗人原本以为，在死后能够成为自己遗嘱的执行人，并将自己的心寄出以延续与恋人的爱情。可是，当他剖开自己，发现却找不到心。"这又一次杀了"他。找不到心加剧了诗人对死亡的恐惧，因为死亡终将阻止他与恋人的爱情，而他对此却无能为力。

如果说《歌（最甜蜜的爱，我不走）》和《遗产》传达出的是由短暂的别离或者说由一种想象的死亡而生发的对死亡的恐惧感，那么《夜祷，作于圣露西节，白昼最短的一日》则表达出真实的死亡给诗人带来的巨大恐惧。

在《夜祷，作于圣露西节，白昼最短的一日》中，诗人对现实死亡的恐惧被置换为一种极度的虚无感。整首诗歌笼罩着一层悲伤、恐惧的情绪。从诗歌标题看，圣露西节让读者联想到它与死亡相关的起源。露西是意大利西西里的殉道者。圣露西节是12月13日，即露西殉难日。此日被认为是一年中白昼最短的一天，太阳将进入山羊宫。有评论者认为此诗是写给1612年至1613年间病重的贝德福女伯爵露西的。也有人认为是写给诗人1617年8月15日去世的妻子安·莫尔的，因为圣露西节正好是诗人的妻子去世四个月的追思日。根据天主教的传统，从亲人去世之日或者下葬之日算起，在第一年要按月追思亡亲，之后便按年纪念。② 笔者认为，本诗应该是诗人为追思亡妻而作。诗歌中明确写道："可是我因她的死（这个字使她委屈）／而从起初的虚

---

① 约翰·但恩：《艳情诗与神学诗》，傅浩译，北京：中国对外翻译出版公司，1999年，第25—26页。

② M. Thomas Hester: *John Donne's "desire of more": The Subject of Anne More Donne in His Poetry*, London: Associated University Presses, 1996, p.155.

无，变成了灵丹仙药"①。说病重的贝德福女伯爵露西已身亡，无疑是一种不敬，因此不太可能是写给女伯爵的。

在诗歌伊始，诗人就堆砌了"衰竭"的太阳、"微弱的火花""闪烁不定的光线""焦渴的大地""墓志铭""坟墓""混沌""尸骸"等意象来渲染黑暗、死亡的气氛。世界耗尽了它的所有精力，吞噬着生命的灵气。整个世界被死亡与虚无笼罩，然而世界的一切与诗人相比却显得如此美好，因为"我是它们的墓志铭"，是"已死的家伙"。这一切都源于妻子的离世。妻子的死亡让诗人变得既非人，也非兽，也非植物、石头或影子般的虚幻之物，而进入一种"什么也不是"的极度虚无的状态。读者可从诗句中感受到妻子的离世给诗人带来的对死亡的强烈恐惧。

多恩对死亡的恐惧与他的个人生活经历有着紧密的关联。多恩的一生都笼罩在死亡的阴影之下，他时刻警惕着死亡，思考着生命。多恩在四岁的时候就经历了父亲的死亡。五岁的时候，大姐伊丽莎白病逝。九岁时，五妹玛丽和六妹凯瑟琳相继病逝。过早地接触到死亡，无疑让多恩懵懂的心灵对死亡产生一种畏惧。成年以后，死亡也时常走入他的生活。二十一岁时弟弟亨利因卷入宗教纷争遭逮捕入狱而死于瘟疫。之后，妻子以及四个儿女的相继死亡让他几度精神崩溃。此外，当时的伦敦瘟疫横行，大量居民死亡，多恩也曾多次感染瘟疫，病情危重，直面死亡。死亡意味着至亲的永恒消亡，与亲人的永世隔离。没有任何人能够逃脱死亡这把无情的镰刀。多恩对死亡有着强烈的恐惧感，这也是情理之中的事情。

虽然多恩对死亡有一种高度的警惕感与恐惧感，但是他有时却又表现出对死亡的极度渴望。这和他的天主教家庭背景分不

---

① 约翰·但恩：《艳情诗与神学诗》，傅浩译，北京：中国对外翻译出版公司，1999年，第68页。

开。多恩从小接受的是基督教的殉教和复活思想。在基督教中，殉教被认为是生命的不朽，是生命的最高境界。这让多恩渴望死亡，并在面对死亡时表现出一种轻松，有时甚至是蔑视的态度。然而，在多恩的爱情诗中，他对死亡的渴望并非为了殉教，而是为了殉情。他相信，为爱赴死是对爱情的忠贞，能让人成为爱的圣徒。

在《成圣》中，多恩就明确地表达了这样的思想。虽然诗人与恋人的爱情遭到了世俗的谴责，但是他们丝毫不在乎外人"指责我中风兼痛风"，"笑我鬓斑白、家道穷"，他们仍然"禀性于爱"。不论他人将诗人与爱人称作自不量力的"蜉蝣"还是生命短暂的"灯芯"，诗人与爱人都愿意"以死相酬"，愿意做那"死而复生"的凤凰。他们选择以死来诠释他们的爱，书写他们对爱情的忠贞不渝。至此，诗人表露出一种对死亡的渴望，表露出为爱而慷慨赴死的决心。即便诗人与恋人的殉情配不上世俗的"灵车和厚葬"，也无法载入史册，但是他们仍然选择为爱而死，因为这十四行诗将成为他们的骨灰瓮，丝毫不逊色于那些凡俗的墓葬，将他们的爱情公布于普天之下。死亡让这对璧人摆脱了世俗的纷争与指责，摆脱了功名利禄。死亡成就了这对璧人，他们的爱情因此成为"典范的爱"。①

《葬礼》明确地表达出诗人成为"爱的殉道者"的愿望。在"我"为爱而死之后，"我"的尸骨上便环绕了"精致的头发花环"。这头发花环就是"我体外的灵魂"。"我"的尸骨与这头发花环延续着"我"的爱情，"我"的爱情将成为世俗的典范：

---

① 布鲁克斯：《精致的瓮：诗歌结构研究》，郭乙瑶等译，上海：上海人民出版社，2008年，第244—245页。

>无论她是什么意思,都把它与我一起掩埋,
>因为既然我是
>爱情的殉道者,它也许会产生出偶像崇拜,
>假如这些圣骨落入了别的人手里;
>正如把一个灵魂
>所能行使的全部权力交给它,这是出于谦恭,
>既然你不愿意拯救我任何部分,
>我就把你的一部分埋葬:这就算得上英勇。①

《成圣》与《葬礼》十分明显地表达出了渴望为爱而死的思想,然而,在《爱的交换》一诗中,诗人选择了较为隐晦的表达方式。在本诗中,诗人发动了一场与爱神的战争。在这场爱的战争中,爱神是最高统帅,也是征服者,而诗人则是一个被"猛烈炮击"的"顽强坚守的小城"。在爱的战争中,诗人最终被"压服",成为爱神的俘虏,而且"不得签订协约以求恩典"。

>为此,爱神对我震怒不已,
>但还没有下毒手。假如我必须成为
>未来反叛者的榜样;假如尚未出世者
>必须看我被宰割、撕裂而学习功课:
>那就杀死,并解剖我,爱神;因为这
>是与你自己的目的的相违背的折磨:
>被拷打致残的尸体不是好的解剖标本。②

---

① 约翰·但恩:《艳情诗与神学诗》,傅浩译,北京:中国对外翻译出版公司,1999年,第91—92页。
② 约翰·但恩:《艳情诗与神学诗》,傅浩译,北京:中国对外翻译出版公司,1999年,第50页。

既然在爱的战争中被征服，那么诗人自愿为爱而死，从而成为未来反叛爱情者的榜样，也成为尚未出世者的学习对象。一句"那就杀死，并解剖我，爱神"表现出诗人为爱而死的慷慨与英勇。通观全诗，表面上诗人刻画了自己作为爱情的反叛者，为摆脱爱情与爱神的厮杀。然而，诗人实则是通过描写自己被爱神征服表达出他已经完全陷入爱情。诗歌末尾指出，在与爱神的交战中，诗人被爱神征服，最终选择了死亡。这实际上表达了诗人甘愿成为爱情的俘虏，甘愿为爱而死的思想。

　　多恩对死亡的渴望，除了暗含了他对忠贞不渝的爱情的渴望外，还表现出一种对死亡的强烈的征服与支配欲望。在《断气》中，诗人就表达出他想要主动掌控自己的命运，征服死亡的愿望。

> 好了，好了，分开这最后的伤悼之吻吧——
> 它吸吮两个灵魂，使二者都气化而逝灭；
> 把你的魂魄转向那边，让我转向这边吧，
> 让我们自己把我们最快乐的白昼变成黑夜，
> 我们无须请求恩准而相爱；我们也将什么都
> 不欠，一个死竟如此廉价，就像说：走；
>
> 走；如果这个字还没有把你置于死地，
> 那就以死来安慰我，吩咐我也走吧。
> 哦，如果它杀了你，就让我的话把我惩治，
> 对一个杀人凶手施以公正的处罚。
> 除非太迟了，无法把我像这样杀戮，

第二章　多恩爱情诗之思想情感研究

已身为双重的死者,一边走,一边叫:走。①

在诗歌第一节,诗人表达出他与恋人不需要亏欠任何人,也不需要请求任何人的"恩准而相爱",他们宁愿选择把"最快乐的白昼变成黑夜",即死亡。而死亡对于他们而言,显得如此廉价,不值一提,就像说"走"。一个"走"字生动形象地刻画出这对恋人在死亡面前所表现出的轻松与坦然。在第二节,诗人表现出强烈的赴死愿望。诗人想要通过一个"走"字将爱人与自己一同杀死。如果一个"走"字无法将爱人杀死,那么就请求爱人自杀,"以死来安慰我"。而诗人自己也选择与爱人一同赴死,"吩咐我也走吧"。然而,命运却和这对恋人开了一个玩笑,爱人死了,而他却活着。虽然他没有被"杀戮",但是他渴望死亡,"一边走,一边叫:走"。

从整首诗歌来看,诗人表现出对死亡的漠视态度。如果死亡无法将他与爱人杀死,那么他们就从容地选择自杀。虽然他自杀未遂,但他仍旧渴求死亡。诗人似乎与死亡展开了一场征服对方的较量。多恩的自杀倾向传递出他摆脱死亡的掌控的强烈渴望,是他渴望征服、支配死亡的一种表现。可将多恩的神学诗《致死神》看作他对死神的宣战。如果说《断气》是以自杀的行为来表达对死亡的蔑视与征服,那么《致死神》则是从死神无能的角度来表达诗人对死亡的征服。诗人大胆宣称:

死神,你莫骄傲,尽管有人说你
如何强大,如何可怕,你并不是这样;
你以为你把谁谁谁打倒了,其实,

---

① 约翰·但恩:《艳情诗与神学诗》,傅浩译,北京:中国对外翻译出版公司,1999年,第108页。

> 可怜的死神，他们没死；你现在也还杀不死我。
> ……………
> 睡了一小觉之后，我们便永远觉醒了，
> 再也不会有死亡，你死神也将死去。①

在诗歌结尾处，死神必死的这一论断一方面充分显示出诗人对死亡的蔑视与征服，另一方面则暗示了生与死循环往复、相互转换。前文已述，多恩从小深受天主教影响，而多恩对基督教的复活理念深信不疑，他坚信死亡并不是生命的终结，而是另一种生命存在的起点，是一种比生更具有活力的存在状态。

因此，多恩认为生与死没有明确的界限，生可以看作走向死亡的开始，而死亡则是另一种形式的生命存在。多恩在《紧急时刻的祷告》的第十七章中曾说：

> 教会安葬一个人也与我有关，因为所有人的生命都是同一位作者的作品，都属于同一卷书；一个人死了，就好像书中的一章，并不会被撕去，而是被转变为另一种更美好的语言；书中的每一章都会这样加以美好的转变；上帝藉不同的形式来转变每个人的生命：有的通过年龄，有的通过病痛，有的通过战争，有的通过审判；不过，上帝之手行动在每一次转变中，就像在图书馆中整理好书籍，让所有的书彼此敞开。②

多恩相信人死之后，上帝会赐予其另一种更美好的存在，即

---

① 吴伟仁、张强：《英国文学史及选读（学习指南第一册）》，北京：中央民族大学出版社，2002年，第168—169页。
② 约翰·多恩：《丧钟为谁而鸣：生死边缘的沉思录》，林和生译，北京：新星出版社，2009年，第141页。

永生。多恩的一些布道文反映出他对基督教教义中的复活理念深信不疑。他曾在一篇布道文中写道：

> 我们在这世界上有两件大事要做：第一，我们必须了解这个世界不是我们的家，其次，在我们活在世上的时候，要给我们自己准备另外一个家。所以先知说："你们起来，离开这里，这里不是你们休息的地方。"世俗的人们看得不远，认为可以在这世界上得到一些休息。（富人对自己的说："灵魂啊，你多年以来积累了这么多财富，安逸一番吧，吃喝快乐吧！"）但这不是你的休息，简直说不上是什么休息，至少不是你的休息。你必须离开，通过死亡离开这世界，你才能得到休息；但是在你没有离开以前，你先得起来；因为只有在没有离开之前，你能再度站起来，在这世界上获得了神恩，才能在你离开之后，在你死后的世界里复活而获得荣光。①

依照多恩的理解，"这世界"并不是人类的终极家园，人类还有另外一个"家"——"死后的世界"。而"死后的世界"才是人得以休息的美好世界，因为在"死后的世界"中，人可以复活并获得荣光。这体现出多恩对复活思想的深信不疑，也体现了他生与死相互转换的思想。在多恩看来，死即是生，生即是死，生与死的界限已经模糊。这一点在他的爱情诗中也有十分明显的体现。

在《周年纪念日》中，多恩通过与死亡对比，强调他与恋人之间永不衰败的完美爱情。在诗歌第一节，诗人认为世间万物诸如"君王""宠臣""名誉""美貌""才智"，甚至包括太阳这个

---

① 杨周翰：《十七世纪英国文学》，北京：北京大学出版社，1985年，第119页。

时间的统帅都在慢慢地等待着死神的降临，都显得如此的腐朽不堪，唯有"我们"的爱情不受时间的限制，经受得住时间的摧残。"我们的爱情"并没有像所有其他事物一样随着时间的推移而渐渐衰败，而是"一直在跑"，始终如一，永恒不变。这里的"跑"指时间的流逝，指奔向永恒，奔向死亡而带来的永生。死亡并不是"我们"的爱情的终结，相反，它是新的起点。

> 必有两座坟墓掩藏你我的尸体，
> 假如一座即可，死亡便不是离异，
> 咳，像别的王子一样，我们
> （我们在彼此心中堪称是王子，）
> 最终必须离弃这些眼睛，和耳朵，在死亡里，
> 它们常常充满真诚的誓言，和又甜又咸的泪水；
> 但是，其中惟有爱情常住的灵魂
> （别的思绪都只是房客）那时将验证
> 这一点，或者当躯体移入它们的墓穴中，
> 灵魂从它们的墓穴中迁出时，那上空将增长一份爱情。①

在诗人看来，假如掩埋"你我"尸体的是一座坟墓，"死亡便不是离异"，因为爱情常住的灵魂"从它们的墓穴中迁出时，那上空将增长一份爱情"。因此，死亡不是爱情的终点，而是爱情在天国的一个起点，它从此获得永生。"我们的爱情"原本将随着时间的结束、死亡的到来而终结，但是却因灵魂、天国的存在而得到延伸、升华，并获得永恒。"我们"的爱情在走向死亡

---

① 约翰·但恩：《艳情诗与神学诗》，傅浩译，北京：中国对外翻译出版公司，1999年，第33—34页。

中获得了永生。显然,生与死的界限已经模糊化,死亡是通向生的必经之路,走向死也就意味着走向生。

《夜祷,作于圣露西节,白昼最短的一日》同样包含了生与死相互依存与相互转换的思想。整首诗不论从标题还是内容上看,都与死亡紧密联系在一起。诗歌中充斥着大量的死亡意象,给人一种死寂、阴沉感。爱人的死亡意味着她的生命的结束,与相恋之人的诀别带给诗人无限的悲痛。这也是诗人在诗歌中反复强调的一点,"她的死"让"我"陷入了极端的虚无,甚至让"我"进入了死亡的状态。可是,诗人却在诗歌最后一节写道:

> 既然她欣赏她的长夜的节庆,
> 就让我准备迎接她,让我把这时辰
> 称做她的除夕守岁,既然这
> 既是一年的,也是一天的深更半夜。①

"欣赏""节庆"暗示了"她"因摆脱了纷繁复杂的尘世而在极乐世界中彻夜狂欢。显然,死亡意味着幸福生活的开始,包含了复活的意义。因此,"我"准备随"她"而去,与"她"共享极乐,在死亡之中寻得一种安静、平和,寻得另一种存在。在诗人看来,死亡通向超自然的极乐世界,意味着新的生命形式的开始。

总而言之,在生与死的问题上,多恩表现出十分明显的复杂而矛盾的态度。他有时对死亡有一种强烈的恐惧感,有时又十分渴望死亡。多恩常常将自己对死亡的恐惧置换成与恋人的别离。他在与恋人的频繁别离中体味死亡,习惯面对死亡,从而减轻对

---

① 约翰·但恩:《艳情诗与神学诗》,傅浩译,北京:中国对外翻译出版公司,1999年,第68—69页。

死亡的恐惧。多恩也时常通过描绘为爱而死来表达他对死亡的渴望。他相信,死亡是忠贞不渝的爱情的写照,可以成就爱情,使得爱情被后世尊为典范,让恋人成为后世所膜拜的圣徒。从另一个角度来说,多恩对死亡的渴望也是他征服死亡的愿望的体现。此外,对死亡的渴望也包含了多恩的复活思想。死亡并不是生命的完结,而是生命的另一种存在。正如多恩在《紧急时刻的祷告》中所提到的那样,死亡并不意味着对存在的否定,而是给存在赋予了更美好的东西——永恒。生与死失去了明确的界限,两者并不是孤立存在的,而是相互依存、相互转化的。

第 三 章

多恩爱情诗的诗艺探幽

第三章 多恩爱情诗的诗艺探幽

第一节 多恩爱情诗中的悖论

一、引言

多恩的爱情诗往往充满着矛盾的情愫。在其诗歌中，读者能够看到忠贞与善变、神圣与世俗、高贵与卑微的对立。多恩爱情诗中一系列的矛盾与对立只是外在表现，它们实际上展现了多恩复杂而矛盾的内心世界。悖论作为修辞学中的一种修辞技巧，指的是表面上荒谬而实际上真实的陈述。悖论是诗歌语言和结构的各种平面的不断倾倒，能够产生种种差异和矛盾。[①] 悖论能有效地表达诗人心中真实的矛盾情感，能恰如其分地表现个人经历以及时代带给多恩的那种似是而非的情感。

多恩生活的时代是一个充满战乱的、多元化的时代。国家机构发生着重大的变革，人们的心理也随之发生着巨大的变化。"日心说"的发现让人们曾深信不疑的"地心说"遭到了前所未有的巨大冲击。宇宙中心的概念被彻底颠覆。哥白尼的"日心说"打破了"地心说"长期以来所建构的秩序，让人们深处矛盾之中，导致了怀疑论的产生。当时，随着宗教改革的推进，宗教纷争不断。在多恩早年，他的一些至亲就因宗教信仰而殉难。多恩也曾为求仕途而皈依国教，这让他后来自责不已。多恩的叛教直接导致了他的怀疑情绪，让他总是处于矛盾重重的状态中。在多恩生活的时代，各种新发现、新思想以及不同宗教派别都在相互较量，对人们的思想产生了巨大的冲击。面对这样一个充满矛

[①] 朱立元：《当代西方文艺理论第 2 版（增补版）》，上海：华东师范大学出版社，2005 年，第 111 页。

盾的复杂世界，多恩产生了不安和矛盾的情绪。各种思想似乎都力图在他的生命以及诗歌中占据一席之地。而多恩则巧妙地以悖论的方式将这些矛盾注入诗歌创作之中。

独特的个人经历和特有的时代环境诱发了多恩的矛盾情愫，使多恩对悖论这一修辞手法情有独钟。多恩爱情诗对悖论的频繁运用增强了其诗歌的思辨性，突出了其诗歌的哲理性。因此，其爱情诗备受新批评理论家的关注。其中，布鲁克斯在其代表作《精致的瓮：诗歌结构研究》中通过分析多恩的《成圣》指出，悖论是表达"成圣"的唯一办法。同时，布鲁克斯首次提出悖论是多恩诗歌的一大特色。[①] 事实上，多恩的爱情诗中包含了诸多悖论。笔者发现，一与二的悖论、生与死的悖论、无与万物的悖论是多恩爱情诗中十分常见的三种悖论。

二、一与二的悖论

多恩爱情诗中一与二的对立实际是毕达哥拉斯的对立元素——雄与雌的对立的一种衍生与变种。[②] 亚里士多德曾整理出毕达哥拉斯的十组原理：有限—无限，奇—偶，一—众，右—左，雄—雌，静—动，直—曲，明—暗，善—恶，正方—长方。其中，雄与雌的对立体现了存在的本质。雄与雌的对立是毕达哥拉斯哲学中构建整个宇宙的重要元素。但对于多恩而言，雄与雌的对立转变为了一与二的对立，成为其爱情世界的重要元素。

多恩在《早安》中描写了一对追求精神之爱的恋人。在一间小小的卧室之中，这对恋人于黎明时分醒来，他们相互凝视，男

[①] 布鲁克斯：《精致的瓮：诗歌结构研究》，郭乙瑶等译，上海：上海人民出版社，2008年，第19页。

[②] 晏奎：《约翰·多恩：诗人多恩研究》，成都：四川大学出版社，2001年，第117页。

方向女方倾诉衷肠。在诗歌的前两节，诗人写到，清晨"你""我"刚刚睡醒，似乎"我们"的灵魂也如梦初醒，渐渐意识到爱的真谛。曾经的肉体之爱并非爱，只是欲。现如今，"我们"的爱是完美的纯真之爱，已经超越了肉欲之爱。在诗歌的最后一节，诗人对"我们"的完美爱情进行了哲学的阐释。他写道：

> 我的脸映在你眼中，我眼中映着你的脸，
> 真诚坦荡的心灵安歇在两张脸上；
> 更好的两个半球，哪儿能找见：
> 既无寒冷的北方，又无日落的西方，
> 凡是消亡的东西都因混合得不谐和；
> 如果两个爱合成一个，或者你和我
> 爱得一样，那就谁也不会死，
> 只要爱不减弱。①

多恩在第一行中就通过眼睛意象巧妙地展现了二即一这一观点。"你"与"我"本是两个独立的个体，但是"你""我"却通过眼睛这一心灵之窗走进对方的世界，融入对方的世界，并成为一体。紧接着，诗人进一步深化一与二的悖论。他将"你""我"比喻为两个"半球"，而两个"半球"构成一个完美的圆球。这一类比表达出"你"与"我"已经融合，"我们"两个人成为一个整体，创造了一个属于"我们"的世界。这个恋人的世界不同于世俗世界。恋人的世界"既无寒冷的北方，又无日落的西方"。"北方"与邪恶相关，"西方"则与死亡相关。恋人的世界属于超然的精神世界，不像属于物质领域的世俗世界那样充满了变化、

---

① 胡家峦：《一个新世界的发现——读约翰·邓恩的〈早安〉》，载《名作欣赏》，1993年第5期，第91—92页。

腐朽与生老病死。只要"两个爱合成一个","我们"平等地付出爱,"我们"两个对称的"半球"就会构成一个平衡的爱情世界。"我们"的爱也将穿越时空、穿越生死,永恒存在。诗人通过一与二的悖论将读者引向了由恋人的不朽灵魂以及真纯爱情所构建的完全属于他们的新世界,从而淋漓尽致地刻画出了恋人间的永恒的真挚爱情。

多恩在《早安》中运用了一系列圆形意象来展开一与二的悖论。他在《告别辞:哭泣》一诗中同样通过堆砌大量的圆形意象来论述一与二的对立关系。诗歌伊始,多恩写道:

> 我在这里时,
> 让我把泪水洒在你的面前;
> 你的脸把泪水铸成钱,打上了印记,
> 经过这番铸造,泪水就成了有价值的东西,①

诗人将"我"的泪珠与"你"的肖像合成一个新的意象——带有"你"的面容的铸币。泪珠能映照并反射恋人的面容。诗人运用泪珠这一圆形意象将两个独立的个体紧密地联系起来,使之合成一体,最终将之造成铸币。这块新造的铸币暗示你中有我、我中有你,因此无比珍贵。这块铸币就是"你""我"爱情的见证。泪珠与肖像合二为一实际上就是二即一的悖论的体现。为进一步深化恋人间心灵相融的真挚爱情,诗人在第二节中又将泪珠比喻为地球。他写道:

> 在一只圆球上面,
> 一个有着范本的工人,能够

---

① 约·多恩:《诗六首》,裘小龙译,载《世界文学》,1984年第5期,第201页。

创造出欧洲、非洲，还有亚洲
　　很快地做成了，而那原是虚无一片；
　　因此含着你的
　　每一点泪滴，
　　一个地球，一个世界，就靠这种映象成长着，
　　最后你的和我的泪水一起，淹没了
　　世界，在你的泪水中，融去了我的天国。①

　　在一只圆球上画上欧洲、非洲和亚洲的地图就能构成一个地球。那么，印着爱人面容的泪珠也如同在一个圆球上绘上了地图，因此，泪珠也就成了一颗地球。泪珠因映照着恋人的形象而使地球有了生命，富含了情感，从而使得这个属于"你""我"的新世界充满生机与活力。在此，一与二的悖论进一步得到升华。泪珠、铸币、地球等圆形意象重叠在一起，象征着圆满的爱情。这些圆形意象与一与二的悖论紧密联系在一起，使诗歌主题得到升华。圆形意象同一与二的悖论的巧妙融合不仅充分地表达了两个灵魂的真心结合，而且让读者体会到诗歌中哲学思辨的独特魅力。

　　与前两首诗歌不同，多恩在《成圣》一诗中选择了带有异国风情的意象——凤凰来阐释一与二的悖论。诗人以一种愤怒的语调开篇。诗人向某一个人或者某位朋友建议，他大可去追求功名利禄，但是别干涉"我"（诗人）放弃一切去追求"我"的爱情。紧接着，诗人在第二节中运用"叹息""泪水""冰冷"等彼特拉克传统所惯常使用的意象来表达他的观点——不管"我们"的爱情多么荒谬，都不会危害他人，也不会危害世界。不管这个世界

---

① 约·多恩：《诗六首》，裘小龙译，载《世界文学》，1984年第5期，第201—202页。

如何看待"我们"的荒谬,"我们"就是"被爱情造成如此"。那么,究竟是怎样的爱情让"我们"甘愿放弃世俗浮华,让"我们"如此不顾一切呢?在诗歌的第三节,诗人通过引入新颖别致的意象与隐喻阐释了"我们"的爱情:

> 随你怎么说,我们禀性于爱;
> 你可以把她和我唤做蜉蝣,
> 我们也是灯芯,不惜以死相酬,
> 鹰和鸽深藏在我俩心怀;
> 我们使凤凰之谜更增奇妙,
> 我俩合一,就是它的写照,
> 两性结合,构成这中性的鸟。
> 我们死而复生,又照旧起来,
> 神秘之力全来自爱。①

诗人相继将"我们"比作蜉蝣、灯芯、鹰、鸽、凤凰。蜉蝣与灯芯的生命极为短暂,两者都是自我毁灭的形象。在多恩生活的时代,"死亡"往往被看成男女圆房。② 蜉蝣与灯芯的"死"暗示了"我们"之间的情欲。鹰与鸽分别代表了雄性(男人)和雌性(女人),是既冲突又相融合的两股力量。"凤凰之谜"体现了这两股力量的融合。诗人通过鹰与鸽意象引出了凤凰意象。凤凰乃雌雄同体,每五百年自焚为灰烬,再从灰烬中重生,如此循环而获得永生。凤凰也与蜉蝣、灯芯一样是一个自我毁灭的形象,但是凤凰却能在毁灭中重生。"我俩合一"就是凤凰。既然

---

① 布鲁克斯:《精致的瓮:诗歌结构研究》,郭乙瑶等译,上海:上海人民出版社,2008年,第245页。
② John Donne: *John Donne's Poetry*, Ed. Arthur L. Clements, New York and London: W. W. Norton & Company Inc., 1966, p. 8.

"我们"是凤凰，那么，"我们死而复生，又照旧起来"。凤凰的"死"也暗指"我们"的肉体的结合。"我们"在性爱之后也能回到重生的状态，这印证了"我们"的爱情并不仅仅是世俗的情欲，而是神圣之爱。如果说蜉蝣与灯芯隐喻揭示了"我们"爱情的世俗性，那么，凤凰隐喻则揭示出"我们"爱情的神圣性与永恒性。凤凰意象体现出二即一的悖论。"你"与"我"虽是不同的存在，但是"我们"彼此身心的结合造就了这只"凤凰"。"你"与"我"融合之后形成的是一种中性体，"我们"达到了一种你中有我、我中有你的和谐状态。"我们"的合二为一使"我们"的爱情得以净化与升华，使"我们"进入精神之爱的最高境界。

多恩的《赠别：论窗上我的名字》也运用了二即一的悖论。通读全诗可以发现，镌刻在窗户上的"我"的名字象征着"我"对"你"的坚定爱情。原本毫不起眼的一块玻璃因刻上了"我"的名字而变得珍贵，因为"你的目光"赐予了这玻璃"崇高的价值"，也让它"足以傲视／采自任何岩矿的钻石"。为何"你的目光"有如此威力？诗人在第二节中给出了答案：

> 诚然，玻璃应当是
> 坦白磊落，且透明如我，
> 尤其，它还让你看见你，
> 清楚地把你反映到你的眼波。
> 可是所有这些规律，都禁不住爱的魔力，
> 在此你看见我，我就是你。①

---

① 约翰·但恩：《艳情诗与神学诗》，傅浩译，北京：中国对外翻译出版公司，1999年，第35页。

玻璃所特有的物理属性使它可以映出"你"的影像。站在窗前的"你"不仅能看见"你"自己，还可以看见窗户上所镌刻的"我"的名字。那么，在"你"的眼中便有了"你""我"的融合。此外，玻璃上不仅有"我"的名字，同时还映有"你"的影像，也就形成了你中有我、我中有你的镜像。一句"你看见我，我就是你"表达出"你""我"的合二为一，浑然一体。这块普通的玻璃自然成为"你""我"坚贞爱情的象征，因此变得坚不可摧。镌刻在玻璃上的"我"的名字经得起岁月的考验，阵雨、暴雨也无法将它的一个点冲刷掉。时光可以证明"我"的"始终不变"，而这块窗玻璃（代表着"我"）永远与"你"同在，便"更好地体现这忠贞之爱"。然而，"我"的名字在镌刻之时便注入了爱情与忧伤。这就注定了"你"与"我"爱之愈深，忧伤也就愈浓。"我"的远行注定让"你"哀伤，也注定惹来第三者"他"。当"你"背叛了"我"而执笔给"他"写情书时，"我"的名字"将从窗玻璃上流入你的幻想里。/于是，在遗忘中你才记忆得正确，/将不知不觉地写信给我"。① "你"在窗前所书写的情书投影到了玻璃上，而玻璃上又刻着"我"的名字，"我"自然就"流入你的幻想"之中，也在不知不觉中给"我"写了信。在此，"我"和书信合为一体，仍然体现了你中有我、我中有你的思想，也体现了二即一的悖论。只是，一与二的悖论在这里并未揭示出"你""我"之间心心相印的坚定爱情，而是揭示出"我"对"你"的背叛的一种无奈，一种自欺欺人。那镌刻了"我"的名字的玻璃可以满足"我"的虚荣，满足"我"对"你"的忠贞爱情的渴望。

此外，《别离辞：节哀》《跳蚤》等诗歌也同样运用了一与二

---

① 约翰·但恩：《艳情诗与神学诗》，傅浩译，北京：中国对外翻译出版公司，1999年，第35—37页。

的悖论来表达灵魂融为一体的完美爱情。《别离辞：节哀》把完美爱情看作两个灵魂的融合。恋人间有了灵魂的浑然一体，那么即使分离，他们的精神也是一体的。

> 两个灵魂打成了一片，
> 虽说我得走，却并不变成
> 破裂，而只是向外伸延，
> 像金子打到薄薄的一层。①

真心相爱的"我们"是不会惧怕短暂的别离的，因为距离对于"我们"而言，只会将爱情延展，爱情就像富有延展性的金子一样延展到无边无界。即便"我们"是两个灵魂，心心相印的"我们"也好比圆规的两脚。"你"是定脚，永远在中心，坚定不移，但是当"我"在转动时，"你"也就随之旋转。"你坚定，我的圆圈也会准/我才会终结在开始的地方"。这看似独立的两个灵魂实则是一个和谐的整体。只有两者完美融合才能画出最美的圆形，创造出完美的爱情。可以说，圆规意象暗含了二即一的悖论，充分体现了"我们"所追求的灵魂完美融合的精神恋爱。灵魂合二为一的思想在《跳蚤》一诗中也有体现：

> 看这个小跳蚤
> 你就明白你对我的否定是多么渺小
> 它先吮吸我的血液，然后是你
> 我们的血液在它体内融合在一起
> …………

---

① 王佐良、何其莘：《英国文艺复兴时期文学史：五卷本英国文学史》，北京：外语教学与研究出版社，1996年，第377页。

请停手,赦免这个跳蚤中的三条性命
在它体内我们已有婚姻的约定
这个跳蚤就是你与我的代替
就是我们的婚床和举行婚礼的圣地①

诗歌通篇围绕跳蚤意象展开。诗人大胆地将相爱的两个人的血液融进一只跳蚤的体内。相爱的两个人经过婚姻结合成为一个整体,而跳蚤在你的身上吸一滴血,在你所爱的人的身上吸一滴血,两人的血最终在跳蚤的体内融为一体。这跳蚤也就成了恋人的婚床、婚姻的殿堂。跳蚤是"你"与"我"的共体,暗示男人和女人在情爱中肉体的结合,以及灵魂的和谐相融。跳蚤意象强调的并不是一个主体对另一个主体的否定,而是两个主体的水乳交融。此诗所传递出的合二为一的思想不禁让人想到亚当在伊甸园中对夏娃的表白:"你的血肉便是我的血肉/我的血肉也是你的血肉/不论风雨,都不会将我们分开";也不禁让人想到莎士比亚曾写下的诗句:"因为我们两人结合一体,不可分割/你把我遗弃不顾,就是遗弃了你自己。"②

多恩在其爱情诗中广泛地运用了一与二的悖论。一与二的悖论看似匪夷所思,令人费解,实则内涵丰富,发人深思。多恩运用一与二的悖论来阐释爱情世界中的男女关系,使看似简单的男女关系富含深刻的哲理。事实上,多恩的一与二的悖论体现了一种合一性的思想,是对恋人间的整体性、和谐性的印证。

---

① 郭群英、毛卓亮:《英国文学教程》,石家庄:河北教育出版社,1998年,第99—100页。转引自李正栓:《英国文艺复兴时期诗歌研究》,保定:河北大学出版社,2006年,第127页。

② 韩金鹏:《约翰·邓恩爱情诗歌中的三种双性合体的意象》,载《北京大学学报(哲学社会科学版)》,1999年第S1期,第175—176页。

三、生与死的悖论

生与死是人类关注的一个永恒的话题。对于这一重要话题，多恩表现得十分敏感。在表达最炽热的爱情时，多恩也未曾遗忘过死亡。在多恩的以《歌和十四行诗》命名的 55 首爱情诗中，有 32 首在不同程度上涉及了死亡。在这些诗歌中，要么是多恩自己死了，要么是其爱恋的女子死了，要么就是两人都死了。[①]死亡曾让多恩恐惧，但是死亡又让多恩充满了渴望，因为死亡可以使得生命获得不朽与永生。多恩经常将生看作死亡的开始，而死亡则是另一种形式的生命存在。多恩在《紧急时刻的祷告》中曾说：

> 教会安葬一个人也与我有关，因为所有人的生命都是同一位作者的作品，都属于同一卷书；一个人死了，就好像书中的一章，并不会被撕去，而是被转变为另一种更美好的语言；书中的每一章都会这样加以美好的转变；上帝藉不同的形式来转变每个人的生命：有的通过年龄，有的通过病痛，有的通过战争，有的通过审判；不过，上帝之手行动在每一次转变中，就像在图书馆中整理好书籍，让所有的书彼此敞开。[②]

多恩对基督教教义中的复活理念深信不疑，他相信人死之后，上帝会赐予每个人另一种更美好的存在，即永生。在多恩看

---

① John Carey：*John Donne: Life, Mind and Art*, New York：Oxford University Press，1981，p. 201.

② 约翰·多恩：《丧钟为谁而鸣：生死边缘的沉思录》，林和生译，北京：新星出版社，2009 年，第 141 页。

来，死即生，生即死，生与死的界限已经模糊化。可以说，生与死的对立是多恩矛盾思想的重要体现。

在《周年纪念日》中，多恩虽是在阐释"我们"永不衰败的完美爱情，但他却是通过与死亡的对比来强调这份永恒的爱情。诗歌开篇第一节就表达出世间万物包括太阳这个时间的统帅都在慢慢地等待死神的降临，可是"我们"的爱情不受时间的限制，经受得住时间的摧残：

> 所有君王，及其所有宠臣，
> 所有名誉、美貌、才智的光荣，
> 制造流逝的时间的太阳自己，
> 如今，都比那时老了一岁，
> 那是你我初次相见的时节：
> 所有别的东西，都渐近毁灭，
> 惟有我们的爱情永不衰败；
> 这，没有明日，也没有昨日，
> 一直在跑，却从不从我们身边逃离，
> 而是忠实地保持它最初、最后、永恒的日子。[①]

在"我们的爱情"面前，"君王""宠臣""名誉""美貌""才智"，甚至"制造流逝的时间的太阳自己"都显得如此的腐朽不堪。"我们的爱情"并没有像所有其他的事物一样随着时间的推移而渐渐衰退，而是"一直在跑"，始终如一，永恒不变。这里的"跑"指时间的流逝，奔向永恒，也可以说是奔向死亡而带来的永生。死亡并不是"我们"的爱情的终点，相反，却是新的

---

① 约翰·但恩：《艳情诗与神学诗》，傅浩译，北京：中国对外翻译出版公司，1999年，第33页。

第三章 多恩爱情诗的诗艺探幽

起点。死开启了生。这似乎令人匪夷所思,但是在诗人看来,假如掩埋"我们"尸体的是一座坟墓,"死亡便不是离异",因为爱情常住的灵魂"从它们的墓穴中迁出时,那上空将增长一份爱情"。因此,死亡不是爱情的终点,而是爱情在天国的一个起点。"我们的爱情"原本就是人间俗物,将随着生命的结束、死亡的到来而终结,但是却因灵魂、天国的存在而得到延伸、升华,并达到永恒。"我们"的爱情在走向死亡中获得了永生。从整首诗来看,生与死的悖论充分展现出了"我们"的不朽爱情的魅力。又如《早安》一诗,多恩在最后一节强调,当恋人们的灵与肉和谐一致、融为一体时,他们是不会畏惧死亡的,因为死亡会让恋人进入一个充满活力和希望的世界。

《成圣》中的凤凰也淋漓尽致地展现了多恩死亡即复活与再生的思想。诗人将"我们"比作双性同体的凤凰:我俩合一,就是它的写照,两性结合,构成这中性的鸟。"我们"如若"非靠爱生",却"总能死于爱"。凤凰毁于自己的火焰之中,再从灰烬之中重生,循环不已。"我们"为寻求真挚的爱情而共同奔赴死亡,在熊熊烈火之中获得永生,从此远离尘世,追寻极乐。在多恩的时代,死亡多喻指性爱。凤凰的烈焰恰似"我们"的情欲之火。身处情感烈焰中的凤凰离开尘世,从死亡中走向不朽,走向永生:

> 我们死而复生,又照旧起来,
> 神秘之力全来自爱。①

"我们"的爱情并未沉溺于世俗的肉欲,而是圣洁的完美爱情。因此,只有这圣洁的爱情才配得上"在十四行诗中建筑寓

---

① 布鲁克斯:《精致的瓮:诗歌结构研究》,郭乙瑶等译,上海:上海人民出版社,2008年,第245页。

所",才让"我们"成圣。

在《计算》一诗中,多恩同样运用了生与死的悖论来深化"我"与"你"的不朽爱情。多恩写道:

> 最初的二十年里,从昨天算起,
> 我都难以相信,你竟然会离去,
> 以后四十年,我靠往昔的恩爱度日,
> 又四十年靠希望,只要你愿意,希望还会延续。
> 泪水淹没了一百年,叹息吹逝了二百岁,
> 一千年之久,我既不思想,也无作为,
> 意无旁骛,全部身心都只念着一个你;
> 或者再过一千年,连这念头也忘记。
> 可是,不要把这叫做长生;而应将我——
> 由于已死——视为不朽;鬼魂还会死么?①

多恩在本首诗中对时间进行夸张处理,营造出气势恢宏的氛围。诗人要表达的是"我"对"你"的刻骨铭心的爱情,但是他并没有直接描写"你""我"之间的情意绵绵,而是用了大量的数字来夸大时间的长度。"二十年"的时间也无法让"我"相信"你"已经悄然离开人世。"四十年"的时间靠往日的恩爱度日。另一个"四十年""你""我"的爱情还有希望会延续。在另一个"四十年"里,"我"也将远离尘世,但是"你""我"在死后仍有希望继续"我们"的爱情,因为只要"你""我"愿意,"我们"在尘世未完结的爱情会在天国得到延续。"我"对"你"的真挚感情并非短短几十年可以衡量的。一句"泪水淹没了一百

---

① 约翰·但恩:《艳情诗与神学诗》,傅浩译,北京:中国对外翻译出版公司,1999年,第109页。

年，叹息吹逝了二百岁，/一千年之久"通过彼特拉克式的传统意象和夸张的手法将"我"对"你"的深厚情感延伸至上百年，甚至上千年。这样，通过层层递进，时间被数倍地放大。在放大的时间的参照下，"我"对"你"的爱情也被放大，超越了时间的限制。正如多恩在《太阳升起了》中所吟唱的："可爱情都是一样，季节或天气，不会分辨，/或钟点、日子、月份——这些是时间的破布片"。① 在诗歌末尾，多恩强调"不要把这叫做长生"，而应将"我"视为"不朽"。"长生"即不死，而"不朽"则暗指死后的一种再生。显然，最后两行诗句表达了"我"对"你"的爱情并非短短几十年，也并非长生不死的永久，而是经历生死后的一种永恒，暗含了生与死的对立。可以看出，在诗歌结尾，"我"与"你"的爱情在生与死的对立中进一步得到了强化。

在多恩那里，死亡并不是一个人的终结，而是另一种生命存在的起点；也不是静态的，而是动态的。在《遗产》中，虽然"我"已经死去，但是却如活人一般，会说，会活动，会思考，还是自己的遗嘱的执行人：

> 我听见我说，"立即给她捎信，
> 说是我自己"——那是你，不是我——
> "杀了我"，当我感到要死的时刻，
> 我吩咐我在逝去后，寄出我的心；
> 可是我呀，当撕开我，在心
> 所在之处搜寻时；却什么也找不着，
> 这又一次杀了我，因为我生前一向诚实，

---

① 约·多恩：《诗六首》，裘小龙译，载《世界文学》，1984年第5期，第198页。

却竟然在最后的遗嘱中欺骗了你。①

在死后,"我"仍旧能够听见(heard)、感知(felt)死亡时刻的降临,吩咐(bid)寄出"我"的心,此外"我"仍旧记得"我生前一向诚实",也能理智地辨别自己的欺骗行为。人与植物、动物最大的区别是理性。整个宇宙的存在是多元的,有人类、动物、植物、金石等。多元的存在都是按照等级秩序由最高的存在逐渐下降,直到最低级的无生命的存在。金石只有存在,没有生命。植物则具有生命,但与动物相比等级较低。植物只有生长功能;动物既具有生长功能又具有感觉功能;人除了具有生长和感觉功能外,还有理性。② 在本首诗中,读者可以发现"我"虽然已经死去,但是"我"仍然具备作为生命存在的感知与理性。多恩在《悖论》一诗中宣称,"我"既是"我",又是"我"的坟墓和墓志铭;包括"我"在内的死人们在回忆并谈论彼此的前生,作为死者的"我"还能辨别谎言。这样的描述让读者感到人在死后还可以继续思考,而"我"既是死的,又是生的。显然,多恩式的死亡比生更具有生命力,正如他所说,"书中的每一章都会这样加以美好的转变"③。

此外,多恩的一些爱情诗还以死亡来抒写生的状态,体现出生与死的悖论。《别离辞:节哀》开篇就将生离与死别联系在一起:

---

① 约翰·但恩:《艳情诗与神学诗》,傅浩译,北京:中国对外翻译出版公司,1999年,第25页。
② 胡家峦:《历史的星空:文艺复兴时期英国诗歌与西方传统宇宙论》,北京:北京大学出版社,2001年,第97页。
③ 约翰·多恩:《丧钟为谁而鸣:生死边缘的沉思录》,林和生译,北京:新星出版社,2009年,第141页。

第三章 多恩爱情诗的诗艺探幽

> 正如德高人逝世很安然,
> 对灵魂轻轻的说一声走,
> 悲恸的朋友们聚在旁边,
> 有的说断气了,有的说没有。①

"我们"的短暂离别被看作德高望重的人的安然离世。短暂的分离被诗人夸大为永世相隔,但即使是面对死亡,"我们"也表现得十分轻松。一个简单的"走"字生动地刻画出"我们"对待死亡的泰然自若。多恩在《断气》中声称:"一个死竟如此廉价,就像说:走"。②死亡与活着似乎没什么区别。"泪浪""叹风"对于"我们"而言都是多余的,它们只会"亵渎我们的欢乐"。③诗人通过时间的终极——死亡来抒写生的状态,烘托出真心相爱的人对待别离的泰然自若。

在《歌(最甜蜜的爱,我不走)》一诗中,多恩拿自己开玩笑,将装死看作真死:

> 最甜蜜的爱,我不走,
> 若只因对你心生倦怠,
> 或希望这世界能够
> 给我一个更合适的爱;
> 可是既然我必
> 最终死去,那最好,

---

① 王佐良、何其莘:《英国文艺复兴时期文学史:五卷本英国文学史》,北京:外语教学与研究出版社,1996年,第376页。
② 约翰·但恩:《艳情诗与神学诗》,傅浩译,北京:中国对外翻译出版公司,1999年,第108页。
③ 王佐良、何其莘:《英国文艺复兴时期文学史:五卷本英国文学史》,北京:外语教学与研究出版社,1996年,第376—377页。

> 拿我自己开玩笑,
> 这样靠装死而死。①

  诗歌一开始就直接表明,"我"不愿离开这"最甜蜜的爱"。虽然略显突兀,却写出了"我"对这份甜蜜的爱难以割舍的心情。可是,既然"我"终将死去,终将离开这甜蜜的爱,那就不妨假装自己死去。在"我"看来,死亡可以考验自己与恋人间的爱情。因此,在诗歌结尾,"我"告诉爱人:"我们"的死亡只不过是转向一侧去睡,"我们"仍然是活着的,是永远不会分离的。这和本诗第一行中的"我不走"形成了照应。纵观全诗,"我不走"中的"走"不仅仅简单地指活着的人的短暂离开,同时还暗指死亡。即使是死亡也无法将"我"与"最甜蜜的爱"分离。整首诗歌传递出"我"的死亡的假亦是真、真亦是假,道出了在爱的世界中,生即死、死即生的生死悖论。

  生与死是多恩热衷运用的一个悖论。多恩爱情诗充满了他对生与死的思考。对于多恩来说,生与死的界限已经被消解、模糊化,他或者以生存的状态来抒写死亡,或者以死亡的状态来抒写生存。生与死相互依存,相互转变。值得注意的是,生与死的转变皆是由爱而引发的。多恩热衷于在诗歌中抒写生死,主要有两方面的原因。一是他的天主教家庭背景。多恩从小接受基督教殉教和复活思想的熏陶。殉教被认为是生命的不朽,是生命的最高价值。这让多恩渴望死亡,由此在面对死亡时表现出一种轻松,有时甚至是蔑视的态度。多恩对基督教的复活理念深信不疑,坚信死亡并不是生命的终点,而是另一种生命存在的起点,是一种比生更具有活力的存在状态。二是多恩的一生都笼罩在死亡的阴

---

① 约翰·但恩:《艳情诗与神学诗》,傅浩译,北京:中国对外翻译出版公司,1999年,第23页。

影之下。前文提到他在四岁的时候经历了父亲的死亡。五岁的时候,大姐伊丽莎白病逝。九岁时,五妹玛丽和六妹凯瑟琳病逝。二十一岁时弟弟亨利因卷入宗教纷争遭逮捕入狱而死于瘟疫。之后,妻子以及四个儿女的相继死亡让他几度精神崩溃。此外,瘟疫横行伦敦,导致大量死亡,多恩也曾多次感染瘟疫,病情危重,直面死亡。

四、无与万物的悖论

多恩爱情诗中的无与万物(nothing is all)的悖论体现出了他独特的人生观以及宇宙观。可以说,无与万物的悖论是多恩的独创。彼特·康拉德曾指出,在多恩的诗歌中,虚无无处不在。[①] 多恩的虚无又与爱情密不可分。

最能体现多恩无与万物的悖论的莫过于他的《夜祷,作于圣露西节,白昼最短的一日》。诗人在第一节中就着意通过刻画匮乏与空无来突显空虚感。世界的所有精力都已沉落,生命也在萎缩。整个世界弥漫着一种死寂般的虚无,然而世界的一切与诗人相比却显得如此美好幸福,因为"我是它们的墓志铭"。诗人把自己看作死亡与虚无的墓志铭,即死亡与虚无之极,也可以说是无中之无。

诗歌的第二、第三、第四节逐步揭示出诗人的虚无源于爱人撒手人寰使得诗人的爱情破灭。多恩写道:

> 那就研读我吧,你们,将在下一个世界,
> 也就是,在下一个春季恋爱的人们:
> 因为我是每一个在其中爱神

---

① Peter Conrad: *The Everyman History of English Literature*, London & Melbourne: J. M. Dent & Sons Ltd., 1985, p. 322.

实验过新的炼金术的已死的家伙。
因为他的艺术甚至从虚无，
从萧条匮乏，和贫瘠空虚，
压榨出一种纯粹的元素：
他毁了我，我被再生自
空缺、黑暗、死亡；不存在的东西。
············

可是我因她的死（这个字使她委屈）
而从起初的虚无，变成了灵丹仙药；
如果我是个人，我必须知道
我是人；如果我是什么野兽，
我就应当偏爱
某些目的，某些手段；植物、石头尚且知恨
知爱；一切，一切都具有某种特性；
如果我是一个普通的虚幻之物，如影子，
那么，必定有光和物体存在于此。①

在爱的世界里，"我"是"已死的家伙"，是虚无，而炼金术则"从虚无，/从萧条匮乏，和贫瘠空虚，/压榨出一种纯粹的元素"，"我"被再生自"不存在的东西"。"纯粹的元素"是维持生命的第五种元素——以太。中世纪哲学认为，土、水、气、火、以太这五种元素是天体的组成物质并存在于所有事物之中，而以太又是其精髓，是四大基本元素的创造者。也就是说，以太可创造世间万物。"我"——虚无经过提炼而生发了万物的创造者以

---

① 约翰·但恩：《艳情诗与神学诗》，傅浩译，北京：中国对外翻译出版公司，1999年，第67—68页。

第三章 多恩爱情诗的诗艺探幽

太。"我"似乎蕴含了世间万物,然而"我"又什么也不是,只是虚无。这揭示了诗人无即众、无即万物的观点。

在诗歌的第四节,诗人表明"她的死"将诗人从"起初的虚无"提炼成了"灵丹仙药"。"灵丹仙药"指上帝创造世界万物的精髓——以太,① 即"纯粹的元素"。诗人在此再次暗示了虚无生发了万物。然而,这里的万灵药并没有让诗人步入永恒,也没有为诗人与其恋人创造出属于他们的爱情世界,相反,却将让他变得非人、非兽、非物、非幻,而只是一种极端的虚无。世间有生命的、无生命的都有存在的价值,而诗人却无所适从,"什么也不是"。当爱人在世时,"我"就只能算作她的一个影子,既没有思想也没有知觉,是一种虚无。当爱人离世后,"我"连影子和死亡也不是,更是一种极端的虚无。爱情并没有将"我"的灵魂升华,相反,却将"我"炼成了"灵丹仙药",即"起初的虚无""纯粹的元素",让"我"走向了虚无之极。在爱的世界里,"我"就是爱人的宇宙,而爱人的死去让"我"回到了原初——无之极。"我"之所以能生发万物而成为爱人的世界,就在于"我"的深处所具有的无之极,"纯粹的元素"。"我"似乎能够生发世间万物,却似乎又是虚无。

如果说无与万物的悖论在《夜祷,作于圣露西节,白昼最短的一日》中体现的是多恩的个人价值观以及对待人生的态度,那么在《告别辞:哭泣》中反映的则是多恩的宇宙观。在诗歌的开始,多恩描写了泪珠和恋人的肖像。泪珠与肖像合二为一,铸成了一个带有恋人肖像的铸币。这块新造的铸币因此变得极为宝贵。紧接着,诗人将泪珠比喻为地球,因为映着恋人肖像的泪珠就如同在一个圆球上画出地图,这泪珠也就是一个地球,一个

---

① John Donne: *John Donne's Poetry*, Ed. Arthur L. Clements, New York & London: W. W. Norton & Company Inc., 1966, p. 28.

世界。

> 在一只圆球上面，
> 一个有着范本的工人，能够
> 创造出欧洲、非洲，还有亚洲
> 很快地做成了，而那原是虚无一片；
> 因此含着你的
> 每一点泪滴，
> 一个地球，一个世界，就靠这种映象成长着，
> 最后你的和我的泪水一起，淹没了
> 世界，在你的泪水中，融去了我的天国。①

　　只要工人照着范本，在一个圆球上画上欧洲、非洲和亚洲的地图就能构成一个地球。毕达哥拉斯传统宇宙论认为，"宇宙不仅是和谐的，而且是完美的，宇宙中所有天体的形状和它们的运动轨道都应该是完美的。他还认为一切立体图形中最美的是球形，而一切平面图形中最美的是圆形，因此天体的形状都应该是球形，而它们的运动都应该是匀速圆周运动"②，也就是说，圆形是最完美的，是宇宙和谐的最高形式。显然，不论是泪珠还是圆球，它们所体现的都是一个完美而和谐的世界。然而，在多恩看来，毕达哥拉斯学说所推崇的具有万物始基性质的"元一"并不是万物之源，也并不能生发和谐的世界。这个由万物构成的地球却源自"虚无一片"。在这里，无与万物的悖论折射出诗人的

---

　　① 约·多恩：《诗六首》，裘小龙译，载《世界文学》，1984 年第 5 期，第 201—202 页。
　　② 宣焕灿：《天文学史》，北京：高等教育出版社，1992 年，第 83 页。转引自晏奎：《生命的礼赞：多恩"灵魂三部曲"研究》，北京：北京大学出版社，2004 年，第 155 页。

一种独特的、与众不同的宇宙观。值得一提的是，在本首诗中，泪珠、地球、虚无被紧密联系在一起。泪珠象征着爱，一滴泪珠就是一个地球，而这个地球又源自虚无，那么爱也就等同于虚无。显然，爱是推动这个世界的巨大力量，是促进社会和谐的巨大力量。正如但丁在《天堂篇》中所说，是爱，动太阳而移群星。

在《否定的爱》中，多恩更为直接地阐释了创造世间万物的爱与虚无的关联。诗人在诗歌一开始就描述了一种无法了解自己的爱情的状态。诗人指出，"我"从未堕落到去追求一种关乎"眼""腮""唇"等感官的世俗情爱。同时，"我的爱情"又不是柏拉图式的精神之恋，因为"它们的品性/超不过美德或爱慕美德的心灵"。紧接着，诗人承认"我的爱情，虽然无知，却更出色"。为何"我的爱情"会更加出色？因为"我的爱情"是"否定的爱"。如果"我"知道"我"想要什么，那么"我"就会去追求"我"所爱的，但是每次追求"都会失误错过"。因此，"我的爱情"是"否定的爱"。那究竟是怎样的"否定的爱"呢？诗歌第二节写道：

> 如果除了用否定词语之外
> 无法形容表达的那才是
> 最单纯完美的，我的爱情即如此。
> 对所有爱一切的人，我说不。
> 如果有谁最擅长解难破疑，
> 能了解我们自己所不了解的事物，
> 就让他教给我那空无；这
> 迄今还是我的闲情和安乐，

虽然没有成果，但我不会出错。①

"我的爱情"是除了用否定词之外无法表达的，是"最单纯完美的"。这里的只能用否定词才能表达的"最单纯完美"的思想与《夜祷，作于圣露西节，白昼最短的一日》中无与万物的悖论极为相似。此处，无法用言语来形容的"最单纯完美的"暗指上帝，万物的集中。因为上帝不仅理解万物，而且还集中并统一了万物真正本质的全部完美性。这也就是为何乔治·威廉姆森（George Williamson）曾指出，在《否定的爱》中，"我的爱情"和上帝都被定义为否定的。②"我的爱情"和上帝是"无法形容表达的""我们自己所不了解的"，由"最擅长解难破疑"的"他"教给"我"的"空无"。换句话说，"我"的否定的爱情就是至纯至美的爱情，就是能够创造世界万物的虚无。

多恩爱情诗中的无与万物的悖论体现出多恩对生命与生存价值的苦苦探寻以及对人生的个性反思。在无与万物这对看似荒诞不经的悖论中隐藏了多恩强烈的矛盾性和虚无主义，这使得多恩的爱情诗歌远离了文艺复兴时期诗歌中常见的甜美与浪漫而具有一种现代性。想来这也是为何在几百年后多恩会赢得现代派诗人艾略特的青睐，会被誉为英国现代派诗歌的嫡系远祖的重要原因之一。③多恩所生活的时代是一个动荡不安、新旧交替的时代。面对这样一个不安的世界，人们自然会产生一种焦虑、矛盾的心理。而多恩对此表现得尤为敏感。当社会出现信仰"断裂"时，就会产生"荒原文学"，17世纪多恩所处的巴洛克时代就是典型

---

① 约翰·但恩：《艳情诗与神学诗》，傅浩译，北京：中国对外翻译出版公司，1999年，第105页。

② George Williamson: *A Reader's Guide to the Metaphysical Poets*, London: Thames and Hudson, 1987, p. 78.

③ 卞之琳：《英国诗选》，长沙：湖南人民出版社，1983年，第26页。

的荒原期。① 多恩曾这样描写当时的社会：

> 一切都在分崩离析，昔日的大一统已成过去；
> 一切正统，一切关系，
> 君君臣臣父父子子，而今安在！
> 人人皆想，他可以成为一只凤凰，
> 唯其如此，他才不是俗世的那个他，而是他自己。②

现代社会带给人的不稳定感、虚无感使人与社会相疏离。在多恩诗歌中，这种不稳定感、虚无感表现为其思想的神秘性，同时又代表着一种哲学思想和一种世界观，而这一切又都通过无与万物的悖论诠释得淋漓尽致。

五、结语

悖论是诗歌的一种重要表达手段，其核心在于矛盾性和冲突性，具有独特的艺术效果。多恩对悖论的运用十分娴熟，可以说到了炉火纯青的地步。多恩爱情诗中的诸多悖论极大地增强了其诗歌的思辨性，给读者带来了独特而新颖的情感体验。一方面，诗人通过一与二、生与死、无与万物的悖论进一步深化了诗歌的主题；另一方面，在对看似矛盾或冲突的一与二元素、生与死元素、无与万物元素进行阐释时，诗歌的丰富意义凸显出来，多恩的诗歌由此充满强大而特殊的情感张力，打破读者的惯有思维，带给读者一种陌生感，让读者体验到多层次的情感。

---

① 徐葆耕：《西方文学十五讲》，北京：北京大学出版社，2003年，第297页。
② 南方：《从〈圣露西节之夜〉看约翰·多恩诗歌中的现代性》，载《四川外语学院学报》，2005年第2期，第31页。

第二节　多恩爱情诗中的意象与奇喻

多恩是玄学派诗歌的鼻祖,其诗歌的最主要特点在于新颖而独特的意象和奇特的比喻,即我们常说的奇思妙喻。有诗评家曾指出,奇思妙喻中"说理辩论多于抒情,把不同的思想、意象、典故交揉在一起,意象则涉及各种知识领域,类比奇特"[①]。可以说,多恩对奇思妙喻的运用达到了炉火纯青的地步。多恩爱情诗歌中的意象纷繁复杂,涉及天文、地理、数字命理、化学、哲学等诸多领域,体现出多恩的博学多才、巧妙思辨以及深邃的思想。

一、宇宙意象

人类一直以来都对浩瀚的宇宙充满了好奇,并不断地建构着对宇宙的认识。多恩生活的时代正是人们对传统宇宙观提出质疑并对其重新进行建构的时期。传统的宇宙观指的是毕达哥拉斯－托勒密宇宙观或亚里士多德－托勒密宇宙观。希腊哲学家毕达哥拉斯最早用"宇宙"(cosmos,本义为"和谐""秩序")一词来形容和谐、具有界限的宇宙。传统的宇宙观强调宇宙的和谐性。亚里士多德从运动规律出发,认为世间万物都倾向于靠近宇宙的中心,到达地球便静止不动。之后,托勒密从天文学的角度确立了以地球为中心的宇宙结构。由此,从毕达哥拉斯至托勒密,形

[①] 王佐良、李赋宁等:《英国文学名篇选注》,北京:商务印书馆,1983年,第243页。

成了一套完整的宇宙观。① 毕达哥拉斯和托勒密的"地心说"影响了西方世界两千余年，一直占据着主导地位。直至16世纪中期，哥白尼的"日心说"的出现才逐渐打破了"地心说"的统治地位。在1543年，哥白尼出版《天体运行论》一书，他在书中描述了宇宙的总的结构，并做出了"太阳位于宇宙的中心"的论断。② 显然，哥白尼的"日心说"对以地球为宇宙中心的传统宇宙观提出了质疑。

多恩所生活的17世纪恰是新旧学说交替与共存的时期。1610年，伽利略出版《星际使者》一书，公开支持"日心说"，在欧洲引起了轰动。毫无疑问，新旧学说极大地冲击着当时人们的思想，使他们充满了怀疑与矛盾。而多恩对此显得尤为敏感。多恩既非全盘否定旧说，也非完全接受新说。新旧学说在多恩心中形成冲突，使他陷入了怀疑。多恩在1611年发表的长诗《第一周年》中写道：

> 还有那新学，叫人怀疑所有的一切，
> 而火的元素啊，已经被人全然扑灭；
> 太阳弄丢了，接着是地球，没有人，
> 能凭自身的智慧，去为它指点行程。
> 人们一致承认，这个世界已然丧尽，
> 哪怕搜遍了苍天，以及所有的行星，
> 想找寻些许新的线索，也徒是枉然，
> 连搜寻本身也都崩溃成无数的尘寰。③

---

① 胡家峦：《历史的星空：文艺复兴时期英国诗歌与西方传统宇宙论》，北京：北京大学出版社，2001年，第13页。
② 哥白尼：《天体运行论》，叶式辉译，武汉：武汉出版社，1992年，第19页。
③ 晏奎：《生命的礼赞：多恩"灵魂三部曲"研究》，北京：北京大学出版社，2004年，第142页。

显然，多恩虽然关注新学，但却对其抱有怀疑的态度，表现出强烈的悲观情绪。新学带来了毁灭，让人们"怀疑一切"。联系整首诗歌看，这里的"一切"既包括新学又包括旧学，所以才会有太阳和地球都被弄丢了的说法。多恩表达出一种两者皆可，两者又皆疑的态度。

在1623年"日心说"风靡欧洲之时，多恩在病中写下的《紧急时刻的祷告》中有这样一段关于"新兴哲学"即新学的描述：

> 我病愈了，似乎站起来了；我又开始四下走动；现在，我是那种新兴哲学的新兴道具，那种哲学声称，地球在转动；我当然不会不相信地球在转动！地球在我眼里并没有运动，我似乎在自己的位置上站稳了，然而，我其实被地球携带着，正在进行令人晕眩的圆周运动！①

从多恩的论述中也可以看出他对新学既否定又肯定的矛盾态度。然而，多恩在新旧学之间却又有所偏向，即偏向于旧学。《太阳升起了》最能反映多恩在"地心说"和"日心说"之间的徘徊，以及他对"地心说"的倾向。

> 忙碌的老傻瓜，蛮横的太阳，
> 你为什么又来叫我们——
> 透过窗子，透过帘子，一路来叫我们？
> 难道爱人的季节也得和你运转得一样？
> 鲁莽又迂腐的家伙，你去训戒

---

① 约翰·多恩：《丧钟为谁而鸣：生死边缘的沉思录》，林和生译，北京：新星出版社，2009年，第180页。

第三章　多恩爱情诗的诗艺探幽

　　满腹牢骚的徒工，上学迟到的学童，
　　去告诉宫廷的猎人，帝王就要出猎，
　　去唤来乡下的蚂蚁，秋收不能误工；
　　可爱情都是一样，季节或天气，不会分辨，
　　或钟点、日子、月份——这些是时间的破布片。

....

　　你，太阳，只有我们一半的欢乐
　　因为在这样订立契约的世界中
　　你的年纪需要安逸，而你的职责——
　　温暖世界——在温暖我们中尽了本分。
　　来吧，来这里照着我们——到处就都是你的身影，
　　这张床是你的中心，这些墙，你的苍穹。①

　　诗歌一开始就展开了对太阳的攻击，因为太阳跑来打扰了"我们"的爱情。在对太阳的极度反感中，诗人反问太阳："难道爱人的季节也得和你运转得一样？"此句不仅反映出诗人对太阳的极度不满，而且暗示了太阳的宇宙中心地位。诗人反问恋人的世界是否必须与"你"——太阳的运动一致，也就是说恋人世界是否也同地球以及其他行星一样围绕太阳运行。可以看出，诗人受到了新学的影响。而诗人的反问却又透露出他对新学的怀疑。在诗歌最后，诗人要求太阳以"我们"的"床"为中心，以墙为轨道运转，暗含了"地心说"的思想。从整首诗歌来看，新旧学说均对多恩的想象有着巨大的作用，但是多恩主要还是倾向于

---

　　① 约·多恩：《诗六首》，裘小龙译，载《世界文学》，1984年第5期，第198—199页。

旧学。

　　对于多恩来说，新学并非立刻取代了旧学，而是促成了对旧学的再认识。想来，多恩并不是一定要认可新学或者旧学，新旧学说只是他用以表达自己深刻思想的一种方式，是他开辟"诗性想象"的重要途径。而读者更多地感受到的是多恩的宇宙胸怀。多恩的爱情诗充分体现了他对宇宙的关注。多恩在他的爱情诗中运用了星星（star）、天穹（firmament）、天体（sphere）、太阳（sun）、圆（roundness）等诸多宇宙意象。

　　多恩在《歌：去，去抓住一颗陨星》中罗列了七件不可能的事情。他所阐述的第一件不可能的事情即"去，去抓住一颗陨星"。在《受限制的爱》中，诗人以一个女子的口吻批判男性的虚伪与懦弱，并指出男性要求女性忠贞是违背自然规则的。与其他生灵相比，女性处于更糟的境地。为了论证这一点，女子申诉道："难道太阳、月亮或星星被法律禁止/到处随意微笑，或把它们的光亮出借？"① 诗人运用了太阳、月亮、星星意象来表达女子对限制女性的法纪——"一个女人只应认识一个男子"的反感与否定。不论是《歌：去，去抓住一颗陨星》还是《受限制的爱》，都反映出诗人对天体现象的关注。

　　在《一场热病》中，多恩则运用了流星和天穹的意象来抒发对恋人的赞美：

　　　　这些火烫的发作不过是流星熠熠，
　　　　它们在你体内的燃料很快就耗尽。
　　　　你的美，和所有部分，那也就是你，

---

　　① 约翰·但恩：《艳情诗与神学诗》，傅浩译，北京：中国对外翻译出版公司，1999年，第52页。

则是不可更变的天穹。①

诗人将恋人的热病称作焚毁世间的火源，但是恋人不会因此殒逝，因为需要有更多的腐朽的机体为这场热病提供燃料。热病的发作不过是"流星熠熠"，很快被耗尽，而恋人的美貌以及"所有部分"都是亘古不变的"天穹"。托勒密认为，月球以上的天穹是永恒不变的，月球以下则是多变的世界，包括流星。因此，诗人安慰自己无须为恋人的热病担忧，她的一切如月上的天穹，是永恒不变，不会消亡的，而热病只会如流星般消失。

在《樱草》一诗中，诗人则将星星意象与爱情结合在一起。

> 在这樱草山顶，
> 假如上天要滤净
> 一场阵雨，那么每一颗雨滴都会分头
> 归向他自己的樱草，从而生成甘露；
> 在那里，他们的形体，和他们的繁多
> 造成一条地上银河，
> 犹如小星星在天上所做：
> 我漫步去寻找真爱；我明白
> 那不是一个平常的女人，而是
> 必定多于，或少于女人的她。②

樱草象征着真爱，是诗人漫步找寻的女子。而樱草上的雨滴就像天上的星星。樱草上的雨滴生成了甘露，形成了一条银河。

---

① 约翰·但恩：《艳情诗与神学诗》，傅浩译，北京：中国对外翻译出版公司，1999年，第28页。
② 约翰·但恩：《艳情诗与神学诗》，傅浩译，北京：中国对外翻译出版公司，1999年，第95页。

在这里，星星和银河的意象象征着神秘而美好的爱情。

多恩还特别喜欢在他的爱情诗歌中运用天体意象。在《别离辞：节哀》中，诗人把与爱人的分离比作天体的运动。诗歌第三节写道：

> 地动会带来灾害和惊恐
> 人们估计它干什么，要怎样，
> 可是那些天体的震动，
> 虽然大得多，什么也不伤。①

在此，诗人将地面上的小而有害的"地动"与太空中更大而无害的"天体的震动"进行对比。托勒密认为，地球是宇宙的中心，在地球外围有八重天。各重天到地球的距离由远及近的顺序是：恒星天、土星天、木星天、火星天、太阳天、金星天、水星天、月亮天。地轴运动导致第九重天震荡，从而造成岁差，但这不为人所感知，所以不会给人们造成危害；然而，地球的震动则往往给人带来灾害和恐惧。诗人以天体意象作比，强调他与恋人的离别就像天体的震动，看似庞大，实际却不会带来任何危害与恐慌。诗人认为，他与恋人间的爱情有别于"月下"世界的凡俗爱情。

在《空气与天使》一诗中，诗人将恋人的爱情看成自己的爱的"天体"。诗人发现，爱情若不能寄托于肉体，就无法存活。因此，他选择了爱人的身体。可是，过度的肉欲享受让他的爱情超载了。于是，诗人必须为他与恋人的爱情寻找一个更为合适的载体，因为爱情既不能只有虚无的灵魂之爱，也不能只有纯粹的

---

① 王佐良、何其莘：《英国文艺复兴时期文学史：五卷本英国文学史》，北京：外语教学与研究出版社，1996 年，第 377 页。

第三章　多恩爱情诗的诗艺探幽

肉体之爱。最后，诗人找到了一个平衡点，"你的爱情也可以做我的爱情的天体"。传统宇宙论认为，每个天体上都居住着一位神明，并由这位神明掌管着天体。天体是载体，神明则是主导。两者合则是星辰，分即虚无。① 恋人的爱情是天体，而诗人的爱情就是主宰天体的神明，两者的结合造就了和谐而美满的爱情，由此揭示出完美的爱情是精神之爱与肉体之爱的融合的思想。

《出神》一诗也同样运用了天体意象来揭示精神之爱与肉体之爱的结合才是完美的爱情的思想。当一对恋人的灵魂逸出各自的躯体而相互结合后，它们成倍增长并相互约束，成为"更健全的灵魂"。无疑，这是对精神之爱的一种肯定。然而，单纯的精神之爱无法获得"力气、感觉"，既不能为感官所触及，也不能使自身健全。也就是说，如果爱情要达到完美的状态，那么纯粹的精神恋爱是不够的，爱情离不开对肉体的依附。因此，诗人强调：

> 可是呵，咳，为什么我们
> 要这么久这么远地背弃我们的身体？
> 它们是我们的，虽然它们不是我们，
> 我们是神明，它们是天体。②

"我们"（即灵魂）是肉体的"神明"，"它们"（即肉体）是灵魂的"天体"。只有灵魂与肉体结合，即精神之爱与肉体之爱和谐交融才能成就完美的星辰。显然，在这对恋人出神的过程中，他们感悟到了爱情的真谛——完美的爱情应该是灵魂之爱与

---

① 约翰·但恩：《艳情诗与神学诗》，傅浩译，北京：中国对外翻译出版公司，1999年，第30页。
② 约翰·但恩：《艳情诗与神学诗》，傅浩译，北京：中国对外翻译出版公司，1999年，第81页。

肉体之爱的交融。

多恩在《别离辞：节哀》《空气与天使》等诗歌中运用了天体意象，而在《爱的炼金术》中则采用了天体音乐的意象。《爱的炼金术》中写道：

> 我们的安逸、健康、寿命、和名誉，
> 我们都将，为这徒劳的泡影付出？
> 爱终于此，那么我的仆人
> 都能像我一样幸福；如果他能
> 忍受扮演新郎的短暂耻辱？
> 那痴爱着的倒霉鬼发誓说，
> 那不是肉体，而是心灵结合；
> 他发现她的心灵像天使的一般，
> 还会同样郑重地发誓说，他听见了，
> 在那天粗野嘶哑的弹唱声中，有天上的仙乐。
> 可别在女人体内翼求心灵；至多她们只有
> 秀美和机巧；她们不过是木乃伊，一旦被占有。①

于诗人而言，长久而幸福的爱情是不存在的。然而，那位"痴爱着的倒霉鬼"却相信，女人的心灵如天使，并且郑重地发誓说，他在粗野的弹唱声中听见了"天上的仙乐"。这里的"天上的仙乐"也就是天体音乐。天体音乐之说源自毕达哥拉斯学派。传说，毕达哥拉斯是最早发现音乐的人。根据马克罗比乌斯的记载，毕达哥拉斯在发现铁锤产生的和谐音响后，便确认各天体在围绕地球转动时会产生一种和谐的音乐，而世间的声音都源

---

① 约翰·但恩：《艳情诗与神学诗》，傅浩译，北京：中国对外翻译出版公司，1999年，第59—60页。

于天体。① 毕达哥拉斯学派的"天体音乐说"就此形成,"天上诸星体在遵照一定轨道运动之中,也产生一种和谐的音乐"②。天体音乐被认为是宇宙秩序与和谐的象征,是一切音乐的原型,最能充分地表达文艺复兴时期英国诗人对社会和谐的渴望、对崇高品德的追求和对美好生活的向往。③ 莎士比亚在《威尼斯商人》中说过,"灵魂里没有音乐,或是听了甜蜜和谐的乐声而不会感动的人,都是擅于为非作恶、使奸弄诈的;他们的灵魂像黑夜一样昏沉,他们的感情像鬼域一样幽暗;这种人是不可信任的"④。那位"痴爱着的倒霉鬼"信誓旦旦地说他听到了天体音乐,显然是在告诉人们他的爱人是神圣而纯洁的,是值得信任的。然而,多恩却劝说"倒霉鬼"不要渴望在女人那里找到和谐、美好的心灵,因为"她们"是没有心灵和灵魂的毫无情感的"木乃伊"。

此外,太阳也是多恩爱情诗歌中最为常见的一个宇宙意象。仅在傅浩所译的《艳情诗与神学诗》中,太阳意象就出现了十三次之多。虽然太阳是新旧学说之争的核心,但是多恩笔下的太阳意象并非仅仅局限于新旧学对它的界定,而是被赋予了新的意义和内涵,显得与众不同。

《太阳升起了》一诗就一反常理,对人们敬仰与歌颂的太阳

---

① J. M. Steadman: "The 'Inharmonious Blacksmith': Spenser and the Pythagoras Legend", *PMLA*, 1964, pp. 664–665. 转引自胡家峦:《历史的星空:文艺复兴时期英国诗歌与西方传统宇宙论》,北京:北京大学出版社,2001年,第112页。

② 朱光潜:《西方美学史(上卷)》,北京:人民文学出版社,1981年,第33页。转引自胡家峦:《历史的星空:文艺复兴时期英国诗歌与西方传统宇宙论》,北京:北京大学出版社,2001年,第60页。

③ 胡家峦:《历史的星空:文艺复兴时期英国诗歌与西方传统宇宙论》,北京:北京大学出版社,2001年,第129页。

④ 莎士比亚:《莎士比亚全集(二)》,朱生豪等译,北京:人民文学出版社,1994年,第90页。

进行贬斥,因为它打扰了诗人与恋人的美梦。太阳从万物的主宰降格到了"忙碌的老傻瓜"、偷窥者、"鲁莽又迂腐的家伙",甚至是为诗人和他的恋人奔波劳碌的仆人。清晨太阳升起,它的光芒必然会透过窗户、透过帘子照射到诗人和他的恋人及其温床,提醒他们起床开始新的一天的劳作。对于热恋中的情侣来讲,打扰他们美梦的太阳无疑是个令人厌恶的偷窥者,是个迂腐的家伙。既然太阳是多余的,那就不妨打发它去为诗人与他的恋人打探消息。

在《歌(最甜蜜的爱,我不走)》一诗中太阳则被比喻为一个"既无欲望也无知觉"的匆忙的行者。诗人在第二节写道:

> 昨晚太阳从这里离别,
> 可今日又在此处,
> 他既无欲望也无知觉,
> 也无短一半的路:
> 那就别担心我,
> 而要相信我会跑得
> 更快,既然我带的
> 翅膀和马刺比他多。①

虽然日出日落的往复循环在无形地推动着时间的流逝,然而昨日太阳在此处离别,今日又回到此处,这个时间的旅行者似乎永远都是在原地,并没有空间上的移动。太阳这个一贯匆忙的时间旅行者与"我"相比,却跑得更慢,因为"我带的/翅膀和马刺比他多","我"要迅速返回爱人的身边。诗人将太阳与"我"

---

① 约翰·但恩:《艳情诗与神学诗》,傅浩译,北京:中国对外翻译出版公司,1999年,第23页。

第三章　多恩爱情诗的诗艺探幽

进行比较，从而揭示出"我"的优势。太阳每日只是按照惯例从东方升起，西方落下。因此，可以说太阳是毫无知觉的、没有情感的。与太阳不同，"我"拥有感知，拥有情感。"我"有世间最真挚的爱情。从某种意义上说，"我"与爱人的炙热情感远远超过了太阳的炙热与光辉。

在《诱饵》中，诗人也同样声称，他与恋人的爱情的能量毫不逊色于太阳的光芒与能量：

> 看见你这样，太阳或月亮
> 会由于忌妒，而暗淡无光；
> 假若有幸一睹，我便不需
> 日月之光，因为拥有了你。①

与诗人的恋人相比，太阳显得如此"暗淡无光"。为了恋人，诗人宁愿放弃给予光芒与能量的太阳。这几行诗句与《太阳升起了》中的论述极为相似：

> 你为什么竟会想象
> 你的光线如此可畏、强大？
> 一眨眼我就可以使得你黯然无光，
> 但我的目光，片刻也不愿离开她；
> 如果她的明眸还没使你瞎掉，②

对于诗人来讲，太阳所值得自豪的耀眼光芒远远抵不过恋人

---

① 约翰·但恩：《艳情诗与神学诗》，傅浩译，北京：中国对外翻译出版公司，1999年，第71页。
② 约·多恩：《诗六首》，裘小龙译，载《世界文学》，1984年第5期，第198页。

所散发的光芒。"她的明眸"甚至可以刺伤太阳的眼睛。爱人比太阳更加耀眼。《诱饵》和《太阳升起了》两首诗都对太阳进行了贬低,进而突显出他与恋人的爱的强大力量。

说到多恩爱情诗中的宇宙意象,就不得不提到有关圆的意象。圆形意象源自传统宇宙论。根据亚里士多德－托勒密宇宙观,有形宇宙的主要特征是圆形。作为宇宙中心的地球是圆形,地球以外的所有天体也都是圆形,各个天体围绕着地球进行圆周运动。柏拉图曾指出,神按照自身的形象创造了宇宙,并把它创造成了圆形。在柏拉图看来,圆形是最完美、最自我相似的形体。他还提道:

> 这是永恒之神的设计,他给予即将产生之神以一个平滑而又连续不断的表面,从中心到各个方向都等距,并使它成为一个完整的实体,它的各个构成部分也都是完整的实体。神把灵魂放在中心,并使灵魂扩散到整个实体,把它包住。于是神建立了一个圆球形的宇宙,作圆形运动。①

毫无疑问,圆形在传统宇宙结构中占据了重要的位置。文艺复兴时期的英国诗人们也对圆形意象情有独钟,他们热衷于以圆形来展开对人生的思考。不论是斯宾塞的《仙后》还是马维尔的《一滴露珠》,文艺复兴时期的诸多英国诗歌无不包含着"圆"。显然,圆形意象并非多恩自己的发明,而是早已被广泛运用,但是多恩却对这一意象进行了继承和借鉴,以新颖独特的方式来表达他的思想和观念。

---

① Plato: *Timaeus*, Trans. H. D. Lee, Harmondsworth: Penguin, 1961, 33B–34B, 31B–C. 转引自胡家峦:《历史的星空:文艺复兴时期英国诗歌与西方传统宇宙论》,北京:北京大学出版社,2001年,第75页。

第三章　多恩爱情诗的诗艺探幽

说到多恩诗歌中的圆形意象，首先让人想到的就是《别离辞：节哀》中的圆规意象。在诗歌中，诗人将他与妻子比作圆规的两脚。妻子是定脚，诗人则是围绕定脚转动的圆周脚。圆规的两脚由一个固定轴连接，固定轴象征夫妻间的结合点。用圆规画圆时，必须要有一脚固定，而另一脚围绕固定点旋转。只有两脚相互配合才能画出一个完美的圆。定脚暗示了妻子的忠贞不渝，圆周脚则暗示了诗人以同样的忠贞回报妻子。即使分别的时间再久，距离相隔再远，只要夫妻彼此如同圆规的两脚相依相随，就无须过度忧伤。"你坚定，我的圆圈才会准，我才会终结在开始的地点"①，诗人揭示出完美的爱情是两人共同努力的结果。这里的圆是诗人与妻子的灵魂融为一体的完美爱情的象征。

值得一提的是，多恩可能是第一个把圆规意象引进英国诗歌的诗人，但是圆规意象并非他的独创。在多恩之前，已经有人用过圆规意象。比如，罗马诗人奥维德在他的《变形记》中就使用过圆规意象。与多恩同时代的本·琼生的诗歌中也有不少圆规意象。不过，用圆规来比喻男女之间忠贞不渝的爱情，恐怕多恩称得上是第一人。当然，圆规意象并非凭空捏造，而是有着深厚的文化底蕴。柏拉图的宇宙观中神对宇宙的设计实际就隐含了圆规意象。到了文艺复兴时期，人们认为，宇宙共有十一重天：最外面的是上帝和天使所居住的无限空间，是无形的宇宙；而有形的宇宙包括了十重天。各重天都围绕地球这一中心旋转，实际上也就构成了一个圆规意象。②

多恩的《告别辞：哭泣》堆砌了大量的圆形意象。诗歌围绕泪珠这一圆形意象展开，延伸出了更多的圆形意象，包括脸庞

---

① 王佐良、何其莘：《英国文艺复兴时期文学史：五卷本英国文学史》，北京：外语教学与研究出版社，1996年，第378页。
② 胡家峦：《历史的星空：文艺复兴时期英国诗歌与西方传统宇宙论》，北京：北京大学出版社，2001年，第75页。

(face)、泪滴（tear）、钱币（coin）、圆球（round ball）、地球（globe）、世界（world）、明月（moon）、圈子（sphere）等。在诗歌的第一节，诗人将"我"的泪珠与"你"的脸庞合成一个新的意象——带有"你"的面容的铸币。泪珠能映照恋人的面容。诗人便运用泪珠这一圆形意象将两个独立的个体紧密地联系起来，使之合成一体，最终将之造成铸币，形成一个新的圆形意象。这块新造的钱币暗示着你中有我、我中有你，因此变得无比珍贵。圆形钱币成为恋人心灵交融的见证。诗人在第二节中又将泪珠比作地球。一滴含着"你"的脸庞的泪珠就是一个地球，就是一个世界。正如在一只圆球上画上欧洲、非洲和亚洲的地图就能构成一个地球，一滴含着"我"的面容的"你"的泪珠也是一个世界。最后，"你的和我的泪水"将淹没整个世界。而"你的泪水"的威力远远胜过"明月"，但并不是卷起巨浪，而是将"我"的世界完全地融入"你"的世界中。"你"的每一滴泪珠都是一个圆形小世界，最后与"我"的小世界完全融合，形成了一个更大的圆形世界。"你""我"世界的交融形成了你中有我、我中有你的和谐状态，象征着完美和圆满的爱情。

纵观全诗，小世界的泪珠、脸庞、钱币和大世界的地球、明月、圈子等圆形意象重叠在一起，不仅充分地表现了两个不同灵魂的和谐交融，而且让读者不得不感叹这些圆形意象所蕴含的丰富含义，给读者带来独特的审美感受。

二、地理大发现意象

在多恩生活的那个时代，海上贸易迅猛发展，航海事业突飞猛进。接连不断的航海探索以及新的地理发现引起了前所未有的轰动，也成为多恩关注的对象。多恩在《早安》一诗中就运用了大量的地理大发现意象来阐释他对爱情的思考。值得注意的是，这些地理大发现意象又与航海意象紧密联系在一起。《早安》一诗的主旨是说明精神之爱远胜于肉体之爱。在诗歌第一节，诗人就向他的恋人描述了他找到真爱的激动心情。诗人向恋人吐露，在他与恋人相爱之前，他们所沉溺的感官欢乐都是虚妄的。与现在的爱相比，他们过去的感官愉快如同"吮吸着村野的欢乐"那般幼稚，而且之前他们如同"七睡眠者"在岩洞里沉睡一般，没有丝毫的醒悟。接着，在诗歌第二节，诗人采用了一系列的地理大发现意象。

>向我们苏醒的灵魂道声早安吧，现在，
>它们相互凝视，并不是出于恐惧，
>因为爱征服了一切其他的爱，
>把一间小屋变成了一个环宇。
>让航海者前去新的世界，
>让地图向他人显示众多的世界，
>让我们拥有一个世界；各有一个，
>各是一个。①

诗人指出，他与恋人的真爱可以征服"一切其他的爱"，因为他们的爱使他们抛弃了世俗生活中的一切。因此，"让航海者前去新的世界，/让地图向他人显示众多的世界"，诗人与他的恋人并不在乎航海者将找到多么丰富多彩的新世界，也不在乎会发现多少个新世界。虽然航海冒险和探索发现令人欣喜若狂，但是这些都不及诗人与恋人发现并拥有彼此的世界那般让他们狂喜。毕达哥拉斯的天人对应观认为，人是一个小宇宙，小世界。② 人

---

① 胡家峦：《一个新世界的发现——读约翰·邓恩的〈早安〉》，载《名作欣赏》，1993年第5期，第91页。
② S. K. Heninger：*Touches of Sweet Harmony: Pythagorean Cosmology and Renaissance Poetics*，San Marino：the Huntington Library，1974，p.191.

与宇宙之间存在诸多相似之处。人类认识宇宙也就是认识自己。因此,"我们拥有一个世界;各有一个,/各是一个"。诗人与他的恋人似乎失去了一个现实世界,但是由于每个现实世界都是一个完整的世界,因此他们各自也就因拥有对方而获得了一个完整的世界。而他们的爱也可以将这小小的卧室变成一个"环宇"。显然,诗人与恋人所渴望的是彼此的纯真而美好的世界,是一个"既无寒冷的北方,又无日落的西方"的世界。在本诗节中,诗人提出他与恋人各自拥有一个完整的世界,各自是一个完整的世界。紧接着,诗人又将他与恋人这两个世界类比为两个"半球",这两个半球构成一个圆球,一个世界。这无疑是对诗人与恋人的爱情的进一步升华,也强调了恋人间和谐而圆满的爱情。

在《早安》中,大量地理意象所建构的现实世界被多恩用来反衬他与恋人的完美爱情世界。而在《上床》一诗中多恩则用地理大发现意象来表达对女性听话者的身体的征服。在诗歌一开始,诗人便极力劝说女性听话者脱去衣服,踏入柔软的床铺,与他共享欢愉。随后,他便请求女子恩准他的双手漫游于女子身上。诗歌这样写道:

请恩准我漫游的双手,让它们去走:
上上、下下、中间、前前、后后。
哦,我的亚美利加,我的新发现的大陆,
我的王国,最安全时是仅有一男人居住,
我的宝石矿藏,我的帝国疆土,
发现你如此,我感到多么幸福!
进入这些契约,就是获得了自由权利;

> 我的手落在哪里,我的印就盖在哪里。①

这几行诗句表达了诗人对女子身体的完全征服与占有。在这里,读者听到的是诗人的惊叹与欢呼。简单的几个方位词"上上、下下、中间、前前、后后"传递出诗人对女子肉体的征服与占有的满足感。这种满足感是一位胜利者所表现出的惊喜与满足。接着,诗人将女子比作"亚美利加"和"新发现的大陆",反映出对女子肉体的好奇与向往。女子就如同一位探险家新发现的"亚美利加",充满了神秘感。此外,这片"新发现的大陆"还盛产"宝石矿藏",体现出这片大陆的丰饶、富足。至此,新大陆的能产性被置换为女子的生育能力,而男子对女子的性行为也就被置换为了对这片大陆的发现与开垦。

在《上床》一诗中,诗人为了劝说女子脱去衣裳,极力美化女子的身体,之后又运用地理意象表达出对女子身体的征服。在《爱的进展》中,诗人则直接堆砌了一系列地理意象来描写男性梦寐以求的女性的身体。诗人提到,虽然男性在爱情面前也会考虑女性的美德和心灵,但是男性最爱的"中心部分"是肉体。诗人认为,并非灵魂之爱比肉体之爱更有价值,也并非灵魂之爱才称得上是爱。肉体之爱也像灵魂之爱一样"无限永恒"。女性的身体对男性有着巨大的吸引力,男人们不管"绕了多少弯路",也要去接近那"令人渴望之处"。

> 她丰满的双唇;我们一旦到达,
> 便在那里抛锚,自认为到了家,
> 因为它们仿佛是一切:在那里塞壬的歌声,

---

① 约翰·但恩:《艳情诗与神学诗》,傅浩译,北京:中国对外翻译出版公司,1999年,第186页。

在那里智慧的德尔斐神谕充满双耳之中;
在那里,在培育精选的珍珠的港口,
居住着那鲫鱼,她那有粘着力的舌头。
这些,和那荣耀的岬角,她的下颌
被翻越过后,她的双乳(不是两个
恋人的,而是两份爱情的窠巢),那
塞斯托斯和阿比多斯之间的希勒斯彭海峡
连接着一片无边的海洋,但你的目光还会
远远发现一些岛屿似的黑痣散布在那里;
朝着她的印度航行,沿着那航路
将在她的美妙的大西洋脐眼停驻;
虽然此后海流被造就成你的领航员,
但是在你进入你想进入的港湾之前,
你将搁浅于另一片森林,
在那里许多船舶失事,无法再向前进。①

在此,女性被看作一个奇妙的世界,充满了诱惑与神秘感。在那里,有群岛,有港口,有岬角,有海峡,有海洋,也有森林。当男人们到达女子丰满的双唇时,误以为到了"家",于是抛锚停驻。因为在那里,他们听到了"塞壬的歌声"。塞壬是希腊神话中的海中女妖,时常以美妙动听的歌声引诱航海者。关于这种海妖,王佐良说,"其歌声美妙悦耳,闻之者都会不顾一切地驶近海妖处,最后遭到触礁沉船的结局,惟有奥德修斯想法亲

---

① 约翰·但恩:《艳情诗与神学诗》,傅浩译,北京:中国对外翻译出版公司,1999年,第181页。

耳听了一下海妖的歌唱"①。在本诗中，诗人通过塞壬这一神话意象描绘了充满诱惑的女子的双唇。同时，女子的双唇就如同德尔斐的太阳神殿，男人们能在那里祈求实现他们的心愿。女子的下颌如同那"荣耀的岬角"，女子的双乳如同"塞斯托斯和阿比多斯"，女子的双乳之间是"希勒斯彭海峡"，女子的上腹部是"无边的海洋""印度"，女子的肚脐部位是"大西洋"。诗人运用了大量的地理意象来描写女子的身体。同时，诗人运用"航路""领航员""港湾"等与航海有关的意象描绘了对女子身体的探索。通过地理意象和航海意象，诗人表达出，女性的身体充满无限的魅力与神秘感，吸引着男人们前往探索与发掘。

在《太阳升起了》一诗中，诗人同样用地理意象来形容女性。诗人将他的爱人比喻为盛产香料和黄金的东西印度。接着又将女子比作国家：

她是所有的国家，所有的君主，我，
其它的什么都不是，②

在《上床》《爱的进展》《太阳升起了》三首诗歌中，多恩将女性比作地理大发现的美洲、东方等非欧洲地区，并视其为自己的领土与王国。对多恩来说，女性似乎只有被男性这位征服者占有与开垦才能实现她的价值。然而，在《受限制的爱》中，多恩却又将女性比作驶向新大陆的大船。

在《受限制的爱》中，诗人以一位女子的口吻为女性追求爱

---

① 王佐良：《英国诗选》，上海：上海译文出版社，2000年，第127页。转引自李正栓：《英国文艺复兴时期诗歌研究》，保定：河北大学出版社，2006年，第96页。
② 约·多恩：《诗六首》，裘小龙译，载《世界文学》，1984年第5期，第199页。

的自由而辩护。女子认为男人不配拥有爱情,因为他们虚伪、懦弱,他们还为掩饰自己的虚伪而制定出限制女性追求爱的自由的法纪。女性被要求只能爱一个男子,那么其他的生灵也是只能忠于一个配偶吗?女子通过论述太阳、月亮、星星、鸟雀、野兽等生灵也有追求爱的自由来说明女性"更糟的境遇"。既然别的生灵都能自由地追求爱,那么女人为何不可?最后,女子运用航海意象和地理意象再次论证了女子应该有追求爱的自由。诗歌写道:

> 谁曾装备好漂亮的大船,让它躺在港湾,
> 而不去寻求新的陆地,或用它来做生意?
> 或者造起漂亮的房屋,种植树木和藤蔓,
> 只是为了锁起,要么是为了任它们毁圮?
> 美好不算美好,除非
> 有一千个人把它占有,
> 而不是被贪婪所浪费。①

在此,女子将大船与女性进行类比。女子宣称,装备好的"漂亮的大船"不应该停泊在港湾,而应该去发现、去探索"新的陆地"。这样"漂亮的大船"才能实现它的价值。女性也是如此。如果只是停留在一个男人那里,那么再漂亮、美好的女子也都不算美好,因为一个男人的贪婪让女子失去了她的所有价值与意义。正如多恩在《变化》中所说:"女人就像艺术品,绝不对谁强加,/但向所有寻求者公开,若尚不为人知,则无标价。"②

---

① 约翰·但恩:《艳情诗与神学诗》,傅浩译,北京:中国对外翻译出版公司,1999年,第52—53页。
② 约翰·但恩:《艳情诗与神学诗》,傅浩译,北京:中国对外翻译出版公司,1999年,第128页。

(Women are like the Arts, forced unto none, /Open to all searchers, unprized, if unknown.)

三、数字意象

数字命理学主要研究数字的超自然含义和对人们生活的假定影响。数字命理学在多恩的爱情诗中也有十分明显的体现,因为多恩的很多爱情诗都与数字意象有着密切联系。毕达哥拉斯学说认为数是万物之本体。毕达哥拉斯学说常被称为数的学说。亚里士多德的《形而上学》就认为毕达哥拉斯的"数"是"万物之原",并指出:

> 素以数学领先的所谓毕达哥拉斯学派不但促进了数学研究,而且是沉浸在数学之中的,他们认为"数"乃万物之原。……数值之变可以成"道义",可以成"魂魄",可以成"理性",可以成"机会"——相似地,万物皆可以数来说明。……他们想到自然间万物似乎莫不可由数范成,数遂为自然间的第一义;他们认为数的要素即万物的要素,而全宇宙也是一数,并应是一个乐调。他们将事物之可以数与音律为表征者收集起来,加以编排,使宇宙的各部分符合于一个完整秩序;在那里发现有罅隙,他们就为之补缀,俾能自圆其说。①

在毕达哥拉斯看来,数就是万物之根本,数的要素在于奇偶,奇数是有限的,而偶数则是无限的,全宇宙是数的一个系列,正因如此,和谐和秩序也都体现于数。可以看出,亚里士多

---

① 亚里士多德:《形而上学》,吴寿彭译,北京:商务印书馆,1995年,第12—13页。

德在肯定毕达哥拉斯的全宇宙是数的观点的同时,也强调了全宇宙即和谐的观点。柏拉图认为数字是上帝头脑中的模式。人们也普遍认为,上帝就是按照数字的原则来创造世界的。①

文艺复兴时期的诗人们倡导模仿自然的诗学,因此他们的诗歌反映了宇宙的模式,广泛地运用到数。多恩的爱情诗也有对数字的运用,然而,在多恩那里,数字并不是用来解释浩瀚的宇宙世界,而是诠释爱情的工具。每个数字都蕴含着特定的含义。

对于多恩来说,数字"一"的含义非凡。然而,数字"一"又与数字"二"密不可分。在《早安》一诗中,诗人就用数字"一"和"二"阐释了他与恋人之间的完美爱情。诗歌的最后一节写道:

> 我的脸映在你眼中,我眼中映着你的脸,
> 真诚坦荡的心灵安歇在两张脸上;
> 更好的两个半球,哪儿能找见:
> 既无寒冷的北方,又无日落的西方,
> 凡是消亡的东西都因混合得不谐和;
> 如果两个爱合成一个,或者你和我
> 爱得一样,那就谁也不会死,
> 只要爱不减弱。②

多恩在第一行诗中就通过眼睛意象巧妙地展现了合二为一的思想。诗人与他的恋人本是两个独立的个体,但是由于他们的眼睛能够彼此映照对方的脸庞,因此两人能够融入对方的世界,并

---

① Isabel Rivers: *Classical and Christian Ideas in English Renaissance Poetry*, London & New York: Routledge, 2005, p.170.
② 胡家峦:《一个新世界的发现——读约翰·邓恩的〈早安〉》,载《名作欣赏》,1993 年第 5 期,第 91—92 页。

成为一体。紧接着,诗人进一步深化合二为一的思想。诗人将他与恋人比喻为两个"半球",而两个"半球"构成一个完美的圆球。这一类比表达出他们已经实现精神的融合,两个人成为一个整体,创造了一个属于他们的世界。诗人与恋人所创造的新世界完全不同于航海家们所探索与发现的世俗世界。诗人与恋人的世界"既无寒冷的北方,又无日落的西方"。"北方"往往与邪恶相关,"西方"则与死亡相关。恋人的世界属于超然的精神世界,不像属于物质领域的世俗世界那样充满了变化、腐朽与生老病死。只要"两个爱合成一个","我们"付出相同的爱,"我们"两个对称的"半球"就会构成一个平衡的爱情世界。"两个爱合成一个"意味着两个有形的数融合为一个概念的数,从而由有形的现实世界进入无形的理性世界,体现出"我们"的爱情已经升华为永恒、完美之爱。

  合二为一的思想在《早安》中体现为两个半球构成一个圆球,在《别离辞:节哀》中则体现为圆规的两脚画出一个圆。《别离辞:节哀》中提到,夫妻间实现了灵魂的浑然一体,即使夫妻分离,他们的精神也是一体的。真心相爱的诗人与他的妻子是不会因为短暂的别离而悲伤、绝望的,因为距离对于他们而言只会将爱情延展。就算他们是两个灵魂,心心相印的他们也好比圆规的两脚。妻子就是定脚,一直坚定不移地坐在中心。当诗人作为圆规的另一脚移动时,妻子也就随之旋转。这看似独立的两脚实则是一个和谐的整体,因为"你坚定,我的圆圈才会准/我才会终结在开始的地方"。只有两者相互配合才能画出最美的圆形,创造出完美的爱情。可以说,圆规意象暗含了合二为一的思想,淋漓尽致地展现了诗人与其妻子的灵魂完美融合的精神之爱。

  如果说《早安》与《别离辞:节哀》中两个灵魂的合一是诗人与爱人发自内心的情感的升华,那么在《爱的无限》中,两颗心的合一则是诗人防止恋人变心的一种方法。诗人在诗歌前两节一直强调，如果自己还没有拥有恋人的全部，那他将永远也不会拥有。诗人已经耗尽了他的所有资产，包括叹息、眼泪、誓言和信函，但是这些对于恋人而言恐怕都是廉价的。诗人并不指望恋人也能如他一样将爱情的赠礼全部给予他。因为恋人在给予诗人爱情的赠礼的同时，也将一些爱情的赠礼给予了别人。或者说，即使当时恋人给予了诗人全部，但是之后，恋人可能为了新的爱情而给予其他男人更多的叹息、眼泪、誓言和情书。虽然诗人无法拥有恋人的全部，但是他相信他至少应当完全拥有恋人的心。然而，诗人似乎又感到这样并不妥当，他说道：

> 然而我还不打算拥有全部，
> 拥有全部者不能更多地拥有，
> 既然我的爱情每天纳入
> 新的增长，你就应当储备有新的报酬；
> 你不可能天天都把你的心给我，
> 假如你能给，那么你绝不会给出：
> 爱情的谜语是，虽然你的心离别，
> 但它仍在家里，你因失去而保留：
> 但是我们宁愿有一种方式
> 比换心更豪放，把它们糅合在一起，
> 我们就会成为一体，互为彼此的全体。①

诗人发现，完全拥有了恋人的心之后便不能再拥有更多。此外，诗人的爱情每天都有新的增长，那么恋人所给予诗人的心也

---

① 约翰·但恩：《艳情诗与神学诗》，傅浩译，北京：中国对外翻译出版公司，1999年，第22页。

第三章 多恩爱情诗的诗艺探幽

应当相应地有所增长。但是恋人也不能天天都把心给诗人。由此诗人便想到了比换心更好的方法,即将两颗心融为一体。这样,诗人和他的恋人就是彼此的全部,任何一方爱情的增长都能被对方所感受。在这里,一对一的交换仍然是两颗独立的心,是二;而一与一的结合则是两颗心的交融,是一,是对爱情的升华。

数可以分为奇数和偶数。"一"和"二"就是奇数和偶数的原型。奇数由于不可再分割而具有一种完美性,暗示了它受到限制,不能组织起来产生秩序。偶数则不同,它可以再分为两个相等部分,所以偶数被视为缺乏完美性和喜好分裂性。偶数因具有分割性而被视为无限的。因此,"一"具有一切数的潜力,具有无所不包的特性,代表了无形的理性世界的统一性,也与完美和神性联系在一起;而"二"则代表扩展的思想,象征物质世界的可分割性,代表了缺陷和物质性。① 在这个意义上,多恩爱情诗中的合二为一的思想,表明恋人间的爱情已经升华为完美的精神之爱,是一种超然的存在。

数字"三"也常见于多恩的爱情诗。《跳蚤》一诗中,"我""你""跳蚤"就构成了数字"三"。这只跳蚤"先咬了我,此刻又咬了你,/我俩的血已在它里边融为一体"。在这只跳蚤身体里也就包含了三个生命。相爱的两个人融进了一只跳蚤之中:

> 啊,住手,饶过这跳蚤里的三个生命。
> 在它体内,我们不止是结了婚,
> 它是你是我,是我们花烛温床,
> 是我们婚姻的殿堂;
> 尽管父母和你都不愿意,我们还是聚在一起。

---

① 胡家峦:《历史的星空:文艺复兴时期英国诗歌与西方传统宇宙论》,北京:北京大学出版社,2001年,第172页。

同居于这乌黑的活墙里。
尽管习俗使你轻易杀我，
但不要把三个生命剥夺，
不要再加上自杀和渎圣的罪过。①

　　正如柏拉图所说，没有第三个事物，仅仅依靠两个事物自己结合是不可能的，必须要有某种使两者连接的缔结物。② 跳蚤就是联结"我""你"的第三个事物。它是包容了男性和女性的一个中性体，也可以说是双性合体。在西方古代神话中，最初的人类是一种三位一体的存在，他们是双性合体。这种双性合体的人拥有神的睿智，且力量强大。宙斯因担心他们对自己的统治产生威胁而将他们劈成了男人和女人，以此来削弱他们的力量。被分开的男人和女人一生都在寻找自己的另一半，渴望重新变回双性合体。显然，多恩在这里发挥了强大的想象力，创造出一种幻境。两性的结合实现了男人与女人的再次结合，使两者融为一体，重新变得完美而强大。诗歌中的跳蚤意象就充分地展现出了"我"与"你"通过结合获得了再生，成为三位一体的存在。这只跳蚤既是三个独立的存在——"我""你"和双性合体，同时又是一个不可分割的完美而和谐的结合体。

　　《成圣》中的凤凰同样是一种三位一体的存在。不论他人将诗人与爱人称作自不量力的"蜉蝣"还是生命短暂的"灯芯"，诗人与爱人都愿意"以死相酬"，也愿意做"死而复生"的凤凰。"你""我"结合于凤凰体内，凤凰成为中性的鸟，不分性别。两

---

① 李正栓：《英国文艺复兴时期诗歌研究》，保定：河北大学出版社，2006 年，第 43 页。

② Plato: *Timaeus*, Trans. H. D. Lee, Harmondsworth: Penguin, 1961, 33B-34B, 31B-C. 转引自胡家峦：《历史的星空：文艺复兴时期英国诗歌与西方传统宇宙论》，北京：北京大学出版社，2001 年，第 99 页。

性通过相爱获得重生。凤凰这个三位一体的存在是对圣洁、强大而又充满智慧的完美人性的诠释。显然,数字"三"象征了和谐统一,体现了一种完美性和整体性。

在《三重傻瓜》中,诗人同样运用数字"三"阐释了他与恋人的爱情性质,只是"三"所体现的并不是爱情的完美性与和谐性,诗人也并非继续沿用《跳蚤》《成圣》中的三位一体思想,而是选择了一种自我嘲讽与贬低的方式。

> 我是双料傻瓜,我明白,
> 一是由于恋爱,二是由于如是表白,
> 用哀怨的诗歌;
> ⋯⋯⋯⋯⋯
>
> 但是,我如此做了之后,
> 某人,为了显示他的技艺和歌喉,
> 把我的痛苦谱曲演唱,
> 在娱悦众人的过程中,重又释放
> 诗句所拘禁的忧伤。
> 诗歌的贡献属于爱情和忧伤,
> 但不是那种读起来令人开心的诗篇,
> 二者的程度都被这种歌曲所增强:
> 因为二者的业绩都被如此公开宣传,
> 而我,曾是双料傻瓜,因此又变成三重;
> 谁要是聪明一点点,谁就在傻瓜中称雄。①

---

① 约翰·但恩:《艳情诗与神学诗》,傅浩译,北京:中国对外翻译出版公司,1999年,第19—20页。

诗人在一开始就将自己称为"双料傻瓜"。恋爱让自己变成了一个傻瓜；将自己恋爱这件事写入诗歌中，又让自己变成了一个傻瓜。读者可以感受到诗人的爱情并不是那么完美。为什么恋爱了就成了傻瓜呢？为什么将爱情写入诗歌是一个傻瓜的行为呢？想来，这并不是我们平常所说的恋爱中的人智商为零。虽然读者无从得知诗人与他所爱之人之间发生了什么，也许是女子拒绝了诗人的爱，也许是女子背叛了诗人的爱，但是我们知道诗人的爱情充满了悲伤与痛苦。诗人相信，犹如大地内部的巷洞可以过滤海水的盐分一样，诗歌可以减轻爱情给他带来的痛苦。可是，诗人将他的爱情以及悲愁锁入诗节之后，却被某人翻出谱曲演唱，将诗人的爱情与忧伤释放并公开宣传，让他再次成为一个傻瓜。由此，诗人就是"三重傻瓜"。显然，在本诗中，数字"三"并不是意味着诗人的爱情的升华，相反，数字"三"折射出诗人对自己的爱情的否定。

在多恩的爱情诗中，数字"五"也蕴含了丰富的含义。在《樱草》中，多恩将女子比作樱草花，而有着不同数量花瓣的樱草花代表了不同的女子。诗人细数着樱草花的花瓣，找寻着自己的真爱。诗歌写道：

> 我还是不知道，我想要
> 哪朵花；六瓣，还是四瓣；
> 因为假如我的真爱竟比女人差，
> 那她就几乎什么也不是；那么，假如她
> 胜过女人，她就会超乎一切
> 有关性的念头之上，想要打动
> 我的心去研究她，而不是去爱；
> 这二者都是魔怪；既然在女人身内
> 必然居有虚伪，那么我能够忍受更多，

第三章　多恩爱情诗的诗艺探幽

她是由人工，而非自然伪装造作。

那么樱草，茁长吧，开绽
你真实的数目，五瓣；
这花儿所象征的女人呵，
满足于这神秘的数字吧；
十是终极的数字；如果十的一半
各属于一个女人，那么
每个女人可以得到我们男人的一半；
或者，如果这不满足她们的需要，既然所有
数字不是奇数，就是偶数，而她们率先落入
五这个数字，那么女人就可以获得我们全部。①

  诗人无法确定自己究竟要找六瓣还是四瓣的樱草花，因为英国乡俗认为四瓣或六瓣的花其外形似同心结，象征着真爱。如果诗人选择四瓣的樱草花代表他的真爱，那么他的真爱就比五瓣樱草花代表的女人差，就"几乎什么也不是"；如果诗人选择六瓣的樱草花，那就胜过了女人，六瓣樱草花就是一种超然的存在，它对于性爱一无所知。因此，在诗人看来，不论是四瓣樱草花还是六瓣樱草花所代表的女人都是"魔怪"。最后，诗人发现五瓣的樱草花才是他的真爱。在诗人看来，数字"五"是个神秘的数字。十是宇宙的数，包含了一切，是完美的数，也代表了男人。五是十的一半，是一个正中的数。女人是五，那么女人想要变得完美，就需要得到男人的一半，与男人结合而达到十。此外，一不是数，是一个概念，因此二是第一个偶数，而三是第一个奇

---

  ① 约翰·但恩：《艳情诗与神学诗》，傅浩译，北京：中国对外翻译出版公司，1999年，第95—96页。

151

数。五是一个奇数,是第一个奇数和第一个偶数的结合。这正如本·琼生在《婚姻神的假面剧》中对数字"五"的论述:

> 五是一个特殊的数,
> 从那里神圣的一要求幸福。
> 由于是一切的总和,它发展自
> 联合的力量,其中有些
> 我们称之为阳性和阴性的
> 数,首先就是二和三。
> 如此联结,人们不能将它们分割成
> 相等部分,而一将永远
> 保持其一般性;所以我们看见
> 一的联结一切的力量:
> 仅由于这一点,平和的众神
> 在数的方面,总是爱奇数
> 并蔑视偶数的部分,
> 因为从它们中产生所有的不和谐。①

奇数三代表了女性,偶数二象征了男性,那么五就象征了男女结合,也包容了男性的全部,因此"女人就可以获得我们全部"。显然,通过数字"五"诗人表达出女人要么得到男人的一半,要么占有他的全部身心从而达到完美。

在《樱草》中,多恩运用数字四、五、六、十诠释了女人,也可以说是诠释了他的爱情世界。《计算》一诗则堆砌了大量的数字来夸大他的爱情。

---

① 胡家峦:《历史的星空:文艺复兴时期英国诗歌与西方传统宇宙论》,北京:北京大学出版社,2001年,第180页。

第三章 多恩爱情诗的诗艺探幽

最初的二十年里,从昨天算起,
我都难以相信,你竟然会离去,
以后四十年,我靠往昔的恩爱度日,
又四十年靠希望,只要你愿意,希望还会延续。
泪水淹没了一百年,叹息吹逝了二百岁,
一千年之久,我既不思想,也无作为,
意无旁骛,全部身心都只念着一个你;
或者再过一千年,连这念头也忘记。
可是,不要把这叫做长生;而应将我——
由于已死——视为不朽;鬼魂还会死么?①

多恩在本首诗中用大量的数字对时间进行了夸张化处理,营造出一种恢宏的气势。诗歌表达的主题是恋人间刻骨铭心的爱情。这并非什么新颖的主题,但是诗人并没有直接描写恋人之间的情意绵绵,这首诗也并没有爱情诗所惯常有的娇柔,而是用了大量的数字来夸大时间的长度。在最初的"二十年"的时间里,诗人一直无法相信他的爱人已经悄然离开人世;在之后"四十年"的时间里,诗人只能靠回忆往日的恩爱度日;在另一个"四十年"里,诗人坚信他与恋人的爱情还有希望延续。在这另一个"四十年"里,诗人也将远离尘世,但是诗人与恋人在死后仍有希望继续他们的爱情,因为只要他们愿意,他们在尘世未完结的爱情会在天国得到延续。然而,诗人对恋人的深厚情感并非这短短一百年的时间可以诠释。那么,就让诗人的泪水淹没一百年,他的叹息吹逝两百年,心无旁骛地全身心地只想着爱人一千年。本诗通过彼特拉克式的传统意象和夸张的手法使得诗人与恋人之

---

① 约翰·但恩:《艳情诗与神学诗》,傅浩译,北京:中国对外翻译出版公司,1999年,第109页。

间的爱情整整跨越了二千四百年之久,但是对于诗人来说,二千四百年并不算长生。诗人宣称,由于他已死,而作为鬼魂的他不再死亡,那么他就应该被视为不朽。由此看来,他对恋人的爱情也应该是不朽的。整首诗层层推进,时间被无数倍地放大。在被无限放大的时间的参照下,诗人对恋人的爱情也被无限放大。

四、炼金术意象

对炼金术意象的运用也是多恩爱情诗的一个显著特征。在中世纪甚至是 17 世纪的人们的眼中,炼金术是一门神秘而复杂的严肃学问。炼金术的目的是将一些贱金属转变为金子,发现万灵药及制作长生不老丹药。有种说法认为"哲人石"可以随心所欲地将贱金属变为黄金,是一种具有神秘力量的圣石。如果想要炼出黄金,就必须先找到它。炼金术涉及多个领域,它把古希腊哲学思想、神秘主义等融入其中。炼金术士认为,炼金的过程是一道经由死亡、复活而达到完善的过程,也就是灵魂得到升华的过程。经历这个过程之后,人就能获得幸福的生活、非凡的智慧、崇高的道德。

16 世纪初,炼金术在欧洲大陆发展到了全盛时期,到了 17 世纪初依然十分流行。在多恩生活的年代,炼金术在英国十分流行,甚至得到了宫廷的高度重视和支持。在当时人们的眼中,炼金术士不仅仅是金匠、化学家,而且是哲学家、神秘主义者。[①]许多诗人、作家和画家都对炼金术产生了浓厚的兴趣,这也反映到了他们的作品之中。本·琼生的《炼金术士》就讲述了一群梦想着点石成金的炼金术追随者被炼金术士萨托尔一个个地欺骗的故事。与本·琼生不同,多恩将炼金术搬到了他的爱情世界

[①] 王佐良、何其莘:《英国文艺复兴时期文学史:五卷本英国文学史》,北京:外语教学与研究出版社,1996 年,第 258 页。

第三章 多恩爱情诗的诗艺探幽

之中。

在《别离辞：节哀》中，诗人通过炼金术意象形象地描绘了他与妻子之间纯洁而忠贞的爱情：

> 我们被爱情提炼得纯净，
> 自己都不知道有什么念头
> 互相在心灵上得到了保证，
> 再不愁碰不到眼睛、嘴和手。
>
> 两个灵魂打成了一片，
> 虽说我得走，却并不变成
> 破裂，而只是向外伸延，
> 像金子打到薄薄的一层。[①]

诗人提到，他与妻子之间的爱情是被提炼过的，是精纯的、圣洁的，不需要借助任何感官。诗人与妻子的灵魂浑然一体，造就了忠贞不渝的纯洁爱情，就如同黄金。对于相信炼金术的人来说，黄金是没有包含任何杂质的最为纯洁的东西。不论诗人与他的妻子相隔多远，他始终都在他们的爱情世界里。这正如黄金被打成薄薄的一层，虽然薄如空气，但是只会向外延展而不会破裂。

在《别离辞：节哀》中，多恩直接运用了和炼金术意象相关的词语，如"提炼"和"黄金"来阐释他的爱情理念。虽然在多恩有的爱情诗中找不到与炼金术相关的任何词语，但是读者却能感受到炼金术思想暗含其中。

[①] 王佐良、何其莘：《英国文艺复兴时期文学史：五卷本英国文学史》，北京：外语教学与研究出版社，1996年，第377页。

例如,《早安》一诗虽对炼金术只字未提,但是却暗含了炼金术思想。诗人称,在他与恋人相爱之前,他们仅仅沉溺于感官享受,就像是从未断奶的、头脑简单的幼童。他们对此却丝毫没有醒悟。对于诗人和他的恋人来说,他们过去的肉体之爱是虚幻的,是未经提炼的、粗陋的乡野欢乐。然而,他们现如今的爱情却是经过提炼的真纯爱情。诗人与他的恋人就像两个"半球",两人结合之后就形成了一个完美的圆球。两人的结合并不仅仅是肉体的结合,更是两个灵魂的结合。只有灵魂交融在一起,诗人和恋人的爱情世界才不会有"寒冷的北方"与"日落的西方"。他们的爱情最终超越世俗的物质世界,步入超然的精神领域。他们的爱情也就被提炼成了仅由精纯物质所构成的真纯爱情,即由恋人不朽的灵魂融合而成的精神之爱。显而易见,尽管本诗只字未提炼金术,但是整首诗暗示了从肉体之爱到精神之爱的提炼与升华。这也正如多恩在《成圣》一诗中对炼金术思想的运用。《成圣》描述了一对恋人为了爱情不惜以死相酬的故事:他们宁愿放弃凡俗的一切,通过死亡达到灵魂的永恒交融,实现精神之爱。《成圣》一诗同样表达了爱情对恋人灵魂的提炼,暗含了炼金术的提炼思想。

在多恩看来,爱情与炼金相似,恋爱的过程能够将爱情提炼、净化,从而让爱情变得纯洁而永恒。然而,多恩的爱情诗中并非总是运用炼金术意象来赞美爱情。在有些爱情诗中,炼金术意象被用来表达对爱情的否定。

在《爱的炼金术》中,多恩就通过炼金术意象对爱情进行了讽刺。在诗歌的第一节,诗人将对长久而幸福的爱情的追求看作从事炼金术:

有些曾比我更深入挖掘过爱的矿藏的人
说,那里确实存在他幸福的根本;

> 我已经恋爱过，得到过，计数过了，
> 但是，假如我恋爱呀，得到呀，计数呀，一直到老，
> 我就不会发现那隐藏的秘密；
> 哦，那全都是骗局：
> 正像还没有一个炼金术士获得过金丹，
> 除了给他怀胎的炉鼎增添点儿光环——
> 假如被他顺便熬炼出
> 某种芳香的东西，或药物，
> 同样，恋人们梦想一场丰富而长久的欢乐，
> 却得到一个冬天般的夏夜。①

  虽然有人宣称在爱的矿藏里确实找到了幸福的根本，但是诗人指出，在爱的矿藏里找不到幸福，换句话说，幸福而永恒的爱情是不存在的。诗人认为，那些所谓的能在爱情中找到幸福的宣言实际上是一个骗局。这就如同炼金术一样，只是一种欺骗。炼金术士们都宣称自己能够获得万灵药，可以使人长生不老，但是，他们谁都没有真正地炼出万灵药。即使他们炼出些什么，那也只不过是"给他怀胎的炉鼎所增添点儿光环"的"某种芳香的东西，或药物"。显然，诗人否定了炼金术点石成金的功能。在这里，诗人认为炼金术是一种虚幻的梦想，一种骗术。同样，长久而幸福的爱情也不能成为现实，只是一种虚幻的梦想。恋人们梦想能够获得幸福而长久的爱情，但是最后却事与愿违。恋人们为了这个"徒劳的泡影"付出了他们的舒适、健康、寿命以及名誉。至此，诗人流露出一种强烈的失望感。对于诗人而言，爱情已不再那么高贵，而女人也不过是"木乃伊"。通观全诗，诗人

---

  ① 约翰·但恩：《艳情诗与神学诗》，傅浩译，北京：中国对外翻译出版公司，1999年，第59页。

通过炼金术意象彻底地否定了爱情。

  多恩在《夜祷，作于圣露西节，白昼最短的一日》中同样运用了炼金术意象，但是却赋予了它新的含义。在本诗中，爱情完全颠覆了传统的炼金过程。前文已述，炼金术的终极目的是将一些贱金属转变为至纯的金子，发现万灵药及制作长生不老丹药。然而，在诗歌中，诗人却发现，爱情经过"炼金"的过程不仅没有被提炼、净化，没有获得重生，相反，却坠入了更加黑暗与虚无的深渊。

  诗人在诗歌一开始写到，这是一年之中白昼最短的一天，圣露西节的夜半。诗人堆砌了"衰竭"的太阳、"微弱的火花"、"闪烁不定的光线"、"焦渴的大地"、"墓志铭"、"坟墓"、"混沌"、"尸骸"等意象来渲染死亡和虚无的气氛。世界耗尽了它的所有精力，吞噬着生命的灵气。整个世界被死亡与虚无笼罩，然而，世界的一切与诗人相比却显得如此美好幸福。诗人宣称，"我是它们的墓志铭"。诗人将自己看作虚无世界的墓志铭，不言而喻，是认为自己处于一种极度的虚无状态。那么，诗人为何陷入如此虚无的状态？诗歌的第二、第三、第四节逐步揭示出爱人的撒手人寰导致了诗人的整个世界就此崩塌：

> 那就研读我吧，你们，将在下一个世界，
> 也就是，在下一个春季恋爱的人们：
> 因为我是每一个在其中爱神
> 实验过新的炼金术的已死的家伙。
> 因为他的艺术甚至从虚无，
> 从萧条匮乏，和贫瘠空虚，
> 压榨出一种纯粹的元素：
> 他毁了我，我被再生自
> 空缺、黑暗、死亡；不存在的东西。

所有其他人,都从万物中,汲取好的一切,
他们正享有的,生命、灵魂、精神、形体;
我,由于爱情的蒸馏,则是
一切的坟墓,即虚无。我们两个
常常哭泣出一场洪水,于是
淹没了整个世界,我们俩;当我们
对身外事表示关心时,我们就往往变成
两团混沌;离别每每
抽出我们的灵魂,把我们变成尸骸。

可是我因她的死(这个字使她委屈)
而从起初的虚无,变成了灵丹仙药;
如果我是个人,我必须知道
我是人;如果我是什么野兽,
我就应当偏爱
某些目的,某些手段;植物、石头尚且知恨
知爱;一切,一切都具有某种特性;
如果我是一个普通的虚幻之物,如影子,
那么,必定有光和物体存在于此。①

　　诗人将自己恋爱的过程看作炼金的过程,并通过炼金术意象将诗歌的第二、第三、第四节贯连起来。正常的炼金过程是将贱金属转变为世上最为纯净的黄金。由此,炼金的过程往往被比作爱情净化的过程,是对恋人灵魂进行提纯,从而实现爱情的纯洁

---

① 约翰·但恩:《艳情诗与神学诗》,傅浩译,北京:中国对外翻译出版公司,1999年,第67—68页。

与生命的永恒不朽的过程。然而，在这里，诗人的爱情经过提炼却并没有得到净化与升华。诗人指出，他的爱情是在新的炼金术中验证过的"已死的家伙"。通过炼金的过程，诗人从虚无之中压榨出一种"纯粹的元素"。"纯粹的元素"即维持生命的第五种元素——以太。中世纪哲学认为，土、水、气、火、以太这五种元素是天体的组成物质并存在于所有事物之中，而以太是其精髓，是四大基本元素的创造者。诗人似乎蕴含了世间万物，然而诗人又什么也不是，只是虚无，因为"他毁了我，我被再生自/空缺、黑暗、死亡；不存在的东西"。显然，通过炼金得到净化并获得永恒的梦想并没有实现。诗人将丧失爱人的痛苦看成自我净化的机会，但是诗人经过提炼、净化并没有实现重生，达到永恒，而是在黑暗之中愈陷愈深，彻彻底底地陷入虚无之极。

紧接着，诗人通过"蒸馏""灵丹仙药"这两个与炼金术相关的意象再次突显他的虚无感，并以此表现爱情净化过程的失败。在诗歌第三节，诗人强调，所有其他的人都从万物之中汲取着美好的一切，然而，他却由于爱情的"蒸馏"而陷入一种极端的虚无，"我，由于爱情的蒸馏，则是/一切的坟墓，即虚无"。在诗歌的第四节，诗人又通过"灵丹仙药"意象强化了这种虚无感。"她的死"将诗人从起初的虚无提炼成了"灵丹仙药"。然而，这里的"灵丹仙药"并非人们梦寐以求的可以点石成金、使人长生不老的"哲人石"，也无法让诗人步入永恒，享受那最为纯洁的爱情，相反，却让他陷入既非人，亦非兽、非物、非幻的极端虚无的状态。世间有生命的、无生命的都有存在的价值，而诗人却无所适从，"什么也不是"。炼金术并没有将诗人的爱情升华，反而给诗人带来了无穷无尽的空虚。

五、梦的意象

在多恩的爱情诗中还有一类值得关注的意象，即梦的意象。

梦的意象也并非最先源自多恩。从无名氏的《十字架之梦》、乔叟的《公爵夫人之书》到锡德尼、斯宾塞、莎士比亚、弥尔顿等人的作品都曾运用过梦的意象，梦的意象成就了英国的梦幻文学，使之成为文学体裁中的一枝奇葩。多恩在他的爱情诗中也常常运用梦幻的形式。

《梦：亲爱的，要不是为了你》一诗中的"梦"就是一场爱之梦。诗歌写道：

> 亲爱的，要不是为了你，
> 我才不会打破这幸福的梦境，
> 那是适于理性，
> 对于幻想则过于强烈的一个主题，
> 所以你叫醒我是聪明的；然而，
> 你并未打断我的梦，而是使之继续；
> 你如此真实，以至于想想你就足以
> 使梦境变成真实，寓言变成历史；
> 进入这怀抱中吧，因为既然你认为最好
> 我不要独自做完梦，咱们就一起把剩下的做了。
>
> 是你那彷（仿）佛闪电，或烛光似的
> 眼睛，而不是你的声音唤醒了我；
> 而且初见的一刻，
> 我以为你是天使（因为你爱真实），
> 但是当我看出你看透了我的心情，
> 了解我的思想，胜过天使的本领，
> 当你知道我梦见什么，当你知道何时
> 过度的欢乐会弄醒我，于是前来之时，
> 我必须承认，无可选择，只能是

犯渎圣之罪，决不把你当做是你。

前来且逗留说明你就是你，
但起身辞别又使我怀疑，此时，
你不是你。
伴有同样强烈的忧惧的爱情软弱无力；
如果它混合有忧惧、耻辱、荣誉等等，
那它就不是纯粹而坚定的全部精神。
也许犹如人们点燃又熄灭
用惯的火炬，你也这样对待我，
你来是为了点火，去是为了来；那么我
宁愿重新梦那希望，否则就不如死去了。①

  整首诗由梦而起，又以梦结束。诗歌一开始就指出，诗人正在做梦，却被他的爱人唤醒，于是要求爱人同他一起把"剩下的做了"。本诗中的梦包括了两层含义：一是诗人所做的真实之梦；二是诗人与爱人一起做的"梦"，但那不是真实的梦，而是现实。不论是真实之梦还是虚假之梦，都是爱之梦。诗人独自所做的是一场"幸福"的梦，而被爱人打断之后，他想要继续这个梦，于是邀请爱人同他一起做完他的那场"幸福"的梦。我们可以将诗人与他的爱人一同做的"梦"理解为诗人和爱人的肉体接触。爱人不是梦中虚幻的人，而是真实的存在。在初次见到爱人的那一刻，诗人误将她当作天使，然而他发现爱人可以"看透"他的心情，"了解"他的思想。显然，爱人远胜过天使。诗人认为，既然爱人知道他梦见什么，知道弄醒他的恰当时机，那么他就只能

---

① 约翰·但恩：《艳情诗与神学诗》，傅浩译，北京：中国对外翻译出版公司，1999年，第54—55页。

"犯渎圣之罪，决不把你当做是你"。当他们做完"梦"，爱人便满怀强烈的"忧惧"与"耻辱"。诗人认为，这样的爱情不是"纯粹而坚定的"。爱人犹如"点燃又熄灭/用惯的火炬"。最后，诗人希望再做此梦。本诗中的梦是一种爱之梦，代表了诗人对爱人肉体的渴望。

在多恩的另一首以梦命名的诗《梦：我所爱的她的影像》中，诗人从梦入手，从起初的欣喜到最后的失落，逐渐挖掘出爱情的秘密——要女人对爱情至死不渝，如同痴人说梦。在诗歌前二十二行，诗人一直认为梦境可以让他拥有"最亲爱"和"更亲爱"的"她"。诗人称，他所爱的女子在梦中比她本人更为真实，并留下了美好的印象。在梦境之中，没有理智，幻想就是控制一切的"女王和灵魂"：

> 她能提供的欢乐比你所提供的适度；
> 方便宜人，而且更均衡调谐。
> 所以，如果我梦见拥有你，我就拥有你，
> 因为，我们的一切欢乐都不过是虚幻。
> 于是我逃避痛苦，因为痛苦真实；
> 锁闭感觉的睡眠把一切都锁在外面。
>
> 在如此一番享受之后，我将醒来，
> 除了觉醒之外，将无可怨悔；
> 将给爱情制作出更多的感激的诗，
> 哪怕耗费更多的荣誉、痛苦和泪水。
> 可是，最亲爱的心，和更亲爱的影像请留驻；
> 咳呀，真正的欢乐至多只是充足的梦啊；
> 虽说你暂留在此，但你逝去得太匆促；

因为甚至一开始生命的烛芯就是燃过的灯花。①

  在梦境中,诗人所爱的女子带给他的欢乐远比现实的她给予他的快乐适度而宜人,均衡调谐。如果他梦见自己完全地拥有了女子,那便完全地拥有了她。然而,诗人十分清楚,他与女子在梦里的一切欢乐都是虚幻的。尽管如此,他也会好好地去享受梦中的欢乐,这样在醒来时,除了觉醒之外,他将不会有任何怨悔。诗人请求女子长留于他的梦境,因为现实生活中的欢乐也不过是一场"充足的梦"。在这里,诗人表达了人生如梦的思想。可是,诗人最后发现,虽然女子暂留于他的梦境之中,但是她也会匆促离去,因为"甚至一开始生命的烛芯就是燃过的灯花"。诗人将女子比作已经燃过的灯花。他指出,即便在梦的幻境之中,女人的爱情也是抓不住的,女人的爱情经不住岁月的洗礼。从整首诗来看,诗人一开始对梦境满怀希望与欣喜,因为在梦中他所爱的女子能给予他适度而宜人的欢乐,但是最后他发现女子的爱情来去匆促,即使是在虚幻的梦境之中她的爱情也是留不住的。通过梦境,诗人逐渐了解了女子,了解了爱情。面对他所爱女子的美好形象的坠落及其稍纵即逝的爱情时,诗人既没有《歌:去,去抓住一颗陨星》中对女子的满腔怒火,也没有《爱的炼金术》中对女子的贬斥,而是选择"宁愿因多心而变疯狂,也不愿成为无心的痴人"。

  《梦:亲爱的,要不是为了你》和《梦:我所爱的她的影像》两首爱情诗都直接以梦命名,但是多恩也有一些爱情诗虽没有明确指出在写梦,却具有强烈的梦幻色彩。

  《早安》就是其中的一首。诗歌描述了诗人与他的爱人找寻

---

① 约翰·但恩:《艳情诗与神学诗》,傅浩译,北京:中国对外翻译出版公司,1999年,第148—149页。

到了最为真挚、纯真的爱情。诗歌第一节写道：

> 我不知道，真的，你和我到底
> 干了什么，直到相爱？是否还没把奶断，
> 还在吮吸着村野的欢乐，幼稚无知？
> 或者，还在七睡眠者的洞穴里打鼾？
> 正是那样；除了这，一切都是虚妄。
> 倘若我什么时候曾经渴望，
> 并获得了美，那只是你的幻象。①

在诗人和他的恋人相爱之前，他们不过像尚未断奶的孩童享受着"村野的欢乐"，也如那"七睡眠者"沉睡不醒。诗人与他的爱人过去沉溺于肉体之爱，是那么的"幼稚无知"，但是他们却对此一无所知。现如今，诗人才发现，"除了这，一切都是虚妄"。"这"指的是诗人和他的恋人现在的爱情。显然，与现在的爱相比，诗人和恋人过去的爱情是多么的虚幻。诗人感叹，即使当初曾渴望并获得了美，在他看来那也都是一场幻象，一场梦。现在，他们两人如梦初醒，开始认识到爱情的本质，认识到两个灵魂的和谐融合远比那凡俗的变化无常的物质世界纯洁、永恒。虽然整首诗并没有描写梦境与现实，只是将过去的爱情与现在的爱情进行了比较，但是两者的对照却给人带来强烈的似梦非梦的感受。

《幽魂》一诗则带给读者虽死犹生的梦幻之感。诗人向读者讲述了一个离奇的故事。女子的轻蔑将诗人杀死。可以说，诗人是因爱而"死"。于是，诗人的鬼魂来到女子的床头实施报复。

---

① 胡家峦：《一个新世界的发现——读约翰·邓恩的〈早安〉》，载《名作欣赏》，1993年第5期，第90页。

诗人发现，这位"伪装的处女"躺在了更差的怀抱里。而更差对她早已经倦怠，因为尽管她"又摇又掐"将他弄醒，但是他却不愿对她的求爱做出回应而假装熟睡。此时的女子比诗人更像鬼。诗人也打算收回原本想要报复她所说的话，以免因此而保护了这个"伪装的处女"。这里，诗人的不报复就是对女子最好的报复。整首诗充满了梦幻色彩。诗人似乎因爱而死，便能化作厉鬼，这是虽生犹死；同时诗人虽然死去，但是却又能继续纠缠"女凶手"，并能对她实施报复，这也是虽死犹生。

六、结语

多恩诗歌中丰富多彩的奇异意象和奇特类比让读者不得不惊叹这位诗人强大的想象力和丰富的思想。在多恩的爱情诗中，不论是宇宙意象、地理大发现意象，还是数字意象、炼金术意象抑或梦的意象，都是多恩构建爱情世界的一种工具。这些意象既有对传统的继承，也有创新，都具有浓厚的社会与文化底蕴，同时反映出多恩高度的时代敏感性以及非凡的想象力与创造力。虽然这些意象始终围绕爱情展开，然而，整个人类社会以及宇宙世界又何尝不是由爱所推动的。这些意象所涉及的知识领域极为广泛，通过这些意象，人们感受到了多恩对知识的强烈追求，对人和人类社会的了解的追求，对整个宇宙世界的认识的追求。这正如弥尔顿在《第七篇演说》中所说：

> 掌握住宇宙苍穹和全部星辰的奥秘，大气的全部运动和变化的规律，掌握住那些使愚昧无知的人惊慑的隆隆雷声和火焰般的彗星的奥秘，能了解风的转变和从陆地与大海上升的云气；能识辨植物与矿物的潜能，了解一切生物的本性与感觉（如果可能的话），了解人体微妙的结构，以及使之保持健康的方法，然后更进一步去了解灵魂的神力，掌握我们

第三章　多恩爱情诗的诗艺探幽

所能掌握的有关我们所谓的家神、魂魄和护身神——这将是多么了不起啊！除此之外，还有无数的事物，大部分都能很快学到，用的时间比列举它们所需的时间可能还少些。因此，诸位，当我们把一切知识都掌握了，人的精神就不再被关闭在这所黑暗的牢房里了，而是高飞远飏，充斥宇宙，以其天神般的伟大气魄，充塞到宇宙以外的空间。于是，世间的一切变幻与变化都能立刻为人所察觉，对人来说，他既控制了智慧的堡垒，他生活中可能发生的一切也几乎都能预见到。

此外：

任思想翱翔于各国历史地理之间，观察列国、各种族、各都市及诸民众之变化，增长智慧与是非感，乐莫大焉。诸位，这无异是亲身经历世界历史的每一阶段，与岁月同寿。我们既向前看到我国未来声誉之荣，又能将生命向后伸延到我们出世以前的时代，向吝啬的命运之神讨索不朽。[①]

由此看来，多恩通过丰富多彩的意象将他对各类知识的浓厚兴趣纳入爱情诗歌也就不足为奇了。

第三节　多恩爱情小诗《早安》的陌生化艺术

约翰·多恩是玄学派诗歌的开山鼻祖，他的诗歌以高妙的想

[①] 杨周翰：《十七世纪英国文学》，北京：北京大学出版社，1985年，第183—184页。

象、丰富而奇特的意象以及口语化、戏剧性的语言表达在英语诗歌中独树一帜。多恩著名的小诗《早安》内容并不新颖，它所表达的主题也是文艺复兴时期的传统主题，即精神之爱远胜于肉体之爱。但是多恩一扫文艺复兴时期那些老生常谈，另辟蹊径，通过口语化、戏剧化的语言表达和奇特意象使人感受到本首小诗的新颖别致。笔者认为，多恩诗歌中令人耳目一新的意象以及独特的语言表达形式打破了读者的惯有思维，带来了审美距离，创造了陌生化的审美效果。

"陌生化"是俄罗斯文艺理论家什克洛夫斯基（Victor Shklovsky）提出的一个重要概念，他指出，"艺术的手法就是使事物'陌生'，使形式难懂，增进认知的难度和长度"[①]。在什克洛夫斯基看来，陌生化的手法就是要打破人们对普遍经验和普遍语言的习惯性思维，也就是让本来熟悉的事物变得陌生起来。他在《作为技巧的艺术》一文中提到，艺术的存在就是为了使人感受事物，"使石头显出石头的质感"[②]。陌生化手段的实质在于不断地更新人们对人生、事物的惯有感觉，从而增加对艺术形式感受的难度，拉长审美时间以延长审美过程。下文将运用什克洛夫斯基的"陌生化"理论，从意象和语言形式两方面对多恩的爱情诗《早安》进行解读，从而更加深刻地理解该诗的主题思想并领略诗人独特的诗歌创作艺术。

一、《早安》意象的陌生化

意象是客观事物经过创作主体独特的情感活动创造出来的一

[①] 拉曼·塞尔登：《文学批评理论——从柏拉图到现在》，刘象愚、陈永国等译，北京：北京大学出版社，2000年，第291页。
[②] 朱立元：《当代西方文艺理论第2版（增补版）》，上海：华东师范大学出版社，2005年，第45页。

第三章 多恩爱情诗的诗艺探幽

种艺术形象。庞德曾这样描述意象,"一个'意象'是在瞬间呈现出的一个理性和感情的复合体"①。也就是说,对意象的描写能表达出作者的思想与情感。多恩一向善于以巧妙思辨解构自然意象,突出藏匿在自然表面下的深妙哲理。有诗评家曾指出,多恩的诗歌"把不同的思想、意象、典故交揉在一起,意象则涉及各种知识领域,类比奇特"②。多恩在《早安》这首仅有三个诗节,每节七行的小诗中巧妙地运用了几何意象、数字意象,同时也融合了新地理意象以及旧宇宙意象。

在《早安》第一诗节,多恩运用对比手法,借典"七位睡仙",表达了初次发现爱之真谛的激动心情。③ 紧接着在第二诗节,诗人通过几何意象——圆,向读者揭示他与恋人之间的爱情的本质:

> 现在,对我们正在醒来的灵魂道声早安,
> 它们彼此监视,并非出于恐惧;
> 因为爱情禁止对其他一切景象的爱恋,
> 而把一个小小房间,变成广阔天地。
> 让航海探险家们去寻找新的世界,
> 让天体图向别的人展示一重又一重世界,
> 让我们拥有一个世界,各有一个,各是一个。④

---

① 戴维·洛奇:《二十世纪文学评论(上册)》,葛林等译,上海:上海译文出版社,1987 年,第 106 页。
② 王佐良、李赋宁等:《英国文学名篇选注》,北京:商务印书馆,1983 年,第 243 页。
③ 胡家峦:《一个新世界的发现——读约翰·邓恩的〈早安〉》,载《名作欣赏》,1993 年第 5 期,第 90 页。
④ 约翰·但恩:《艳情诗与神学诗》,傅浩译,北京:中国对外翻译出版公司,1999 年,第 2 页。

该诗节的第一行一方面描写了一对恋人刚刚睡醒,互道早安;另一方面又表明了恋人的灵魂如梦初醒,开始认识到爱的本质。他们之间的爱情使得他们抛弃了对其他人或物的爱。他们似乎失去了一个现实世界。然而,他们之间的爱却让"小小房间"变成"广阔天地"。因为他们拥有对方的整个世界。在多恩的时代,人们普遍认为人体就是一个小世界、小宇宙。影响众多文艺复兴时期英国诗人的"亚里士多德-托勒密宇宙论"就强调宇宙的总的结构,从宇宙到天体运行轨迹再到天体本身,都是呈圆形,也就是说整个宇宙是由无数的圆构成。恋人的完整世界也就是圆形世界。而圆形意象是爱、恒、美、善的象征,也是完美爱情的象征。① 多恩在此借用旧宇宙意象以及圆的意象暗示了他与恋人间的美满爱情。正是诗人与恋人的纯真爱情让他们各自获得了一个完整的世界。因此,他们不必像"航海探险家们"那样去找寻"新的世界",也不必羡慕"天体图"向世人所展示的"一重又一重世界"。虽然失去了现实地理世界,但诗人并没有流露出丝毫的惋惜,因为他和恋人只需"拥有一个世界,各有一个,各是一个"。多恩通过与"天体图""航海探险家们"等新地理意象所展示的现实世界进行比较,突出了他与恋人间超越物质的真爱世界,深化了他们的纯真爱情。

诗人在第三诗节中再次借用圆的意象进一步阐述了与恋人间的忠贞爱情。

我的脸在你眼里,你的脸在我眼里映出,
真诚坦白的心确实栖息在颜面上,
在何处我们能找到两个更好的半球,

---

① 晏奎:《爱的见证——评多恩〈告别辞:节哀〉中的"圆"》,载《昭通师范高等专科学校学报》,2003年第1期,第43页。

第三章 多恩爱情诗的诗艺探幽

> 没有凛冽的北极,没有沉落的西方?
> 无论什么死去,都是由于没有平衡相济;
> 如果我们俩的爱浑然一体,或者,我和你
> 爱得如此相似,谁也不松懈,那么谁都不会死。①

　　第一行诗句写到,你我的脸映在对方"眼里"。这里的"眼里"实际上是眼珠,也是圆的意象的体现。你中有我,我中有你,在各自的眼中对方都是完美的、永恒的。"真诚坦白"意指忠贞不渝,坦诚相待。完美真诚的爱在你我之中由外至内相互交融。在第三行,诗人将自己和恋人比喻成"半球",而两个"半球"构成一个圆球,象征了恋人的完美爱情。多恩在此不仅再次运用了圆的意象,同时还采用了数字意象,将男女的关系转变为数字1和2的关系。恋人本是两个独立的个体,却因真挚爱情的力量而融为一体。在第二节中,诗人将恋人比喻为一个完整的世界并绝对拥有对方的世界。在第三节,这两个世界却被类比为两个"半球",两者构成了一个世界。诗人通过这一类比揭示出他与恋人间的爱情已经超脱肉欲而实现了精神上的升华。

　　多恩在短短的二十一行诗中融合了圆的意象、数字意象以及哲学的思辨,巧妙地揭示出了他与恋人间爱情的本质。圆的意象并非多恩独创,而是文艺复兴时期众多诗人如但丁、斯宾塞、弥尔顿等所惯用的传统意象。弥尔顿的《失乐园》的空间结构就是以托勒密的宇宙为框架,形成一个大圆。马维尔的《一滴露珠》从一滴露珠中窥见传统上被认为是圆形的灵魂,甚至整个宇宙。② 这些诗人笔下的圆形意象大多是对整个宇宙的构建所进行

---

① 约翰·但恩:《艳情诗与神学诗》,傅浩译,北京:中国对外翻译出版公司,1999年,第2—3页。

② 胡家峦:《历史的星空:文艺复兴时期英国诗歌与西方传统宇宙论》,北京:北京大学出版社,2001年,第52页。

的思考。多恩沿用了圆这个传统几何意象,但他是将之用来创造爱的世界。同样,数字意象在多恩这里也有了新的内涵。毕达哥拉斯、亚里士多德传统都认为数是万物之源。① 数字对他们而言建构了整个宇宙。然而,在多恩的这首小诗中,数字却已经是男女爱情的升华。为了更好地阐释诗歌的主题思想——诗人与恋人间忠贞、完美的爱情,多恩也在诗中融入了旧宇宙意象以及新地理意象。与同时代诗人不同,多恩运用旧宇宙意象和新地理意象对自己的恋人进行了陌生化处理。在彼特拉克式诗歌中,比喻较为固定。如莎士比亚把爱人比作夏日,本·琼生用玫瑰来指代爱人。多恩却打破审美思维定式,将恋人比喻为"世界""半球",给人以突兀感。多恩用新奇的想象将涉及各个领域的意象巧妙结合起来以表达恋人间的忠贞爱情,这一反文艺复兴时期英国诗人传统——运用星辰的意象来表达坚贞爱情。② 这些涉及各类知识的意象的融合堪称绝妙。正如约翰逊所说,多恩向来善于将毫不相关的意象不可思议地糅合在一起。总的来说,多恩巧妙地将新旧知识相融合,赋予旧知识新的内涵。他在本诗中对意象的独特处理突破了以往诗人对意象的处理习惯,改变了传统思维,增强了读者的感受,让读者产生了新鲜感与陌生感。

二、《早安》语言形式的陌生化

《早安》全诗形式十分工整,共有三个诗节,每节七行,包括一个四行诗和一个三行诗,押尾韵(abab $cc^{10}c^{12}$)。不难看出,在每个诗节中,诗人前四行在描写,后三行在抒发情感。抒情的

---

① 亚里士多德:《形而上学》,吴寿彭译,北京:商务印书馆,1995年,第12—13页。

② 李正栓:《英国文艺复兴时期诗歌研究》,保定:河北大学出版社,2006年,第90页。

第三章　多恩爱情诗的诗艺探幽

三行韵脚一致，这样就与前四行的描写形成了鲜明对比。很明显，本诗并不是传统的采用抑扬格五音步为格律的七行诗（韵脚为 ababbcc）。① 此外，多恩在本诗中还灵活地运用了多种韵。其中，第一节第一行（I/by/my/I）、第三节第一行（my/thine/eye/thine/my）押行内全韵（/aɪ/）；第一节（I/by/my/I/childishly/desired）、第三节（my/thine/eye/thine/my/find/declining/die）押行内韵（/aɪ/）。英国诗人亚历山大·蒲柏在《论批评》中指出，音是可以表意的，不同音质和音色的语音可以唤起不同的感觉，引发不同的联想。全诗中频繁出现双元音（/aɪ/、/eɪ/、/aʊ/），减缓了诗行的快节奏，一方面符合诗人与恋人谈话的特定情境：恋人刚刚睡醒，略带慵懒，两人互道早安，心情愉悦；另一方面反映出诗人与恋人之间的爱是不同于令人激动的、让人思绪不定的肉欲之爱的，他们的爱是超乎世俗杂念的，表现为两人内心平静、情绪稳定。同时，本诗第一节中第二行使用了行内头韵（/w/，were/we/weaned）。第三节第三、第四、第五行运用了英诗中较少使用的行首韵，这三行诗句首都运用了辅韵（/w/）。英国语言学家杰弗里·利奇将英语辅音分为柔和辅音和刚硬辅音，/w/属前一类。/w/短促而微弱，有助于表现诗人的沉着冷静，满怀信心——除了"我们"彼此，"我们"找不到两个更好的"半球"。多恩在本诗中灵活运用了行内全韵、行内韵、行内头韵、行首韵和行尾韵，配合大量的元音，不仅彰显了本诗与众不同的音韵美，给读者一种语音缭绕的感觉，而且恰到好处地渲染了悠闲、平静的意境，突出了诗人与恋人超凡脱俗的坚贞爱情。多恩抛开传统，通过超语音规则变异（头韵、首韵、尾韵等）让读者接触到不寻常的、新颖的语言因

---

① 李正栓：《陌生化：约翰·邓恩的诗歌艺术》，北京：北京大学出版社，2001年，第162页。

素，并将这些语音规则娴熟、巧妙地运用于表达个人情感。多恩在本诗中摒弃传统，通过灵活地运用节奏与韵律，偏离通常可以观察到的语言规则来引起读者的注意，打破读者原有的欣赏习惯。

《早安》一诗还采用了戏剧性独白和口语化的诗歌语言以强调本诗的主题思想。《早安》描写了在一间小小的卧室里，诗人与恋人清晨醒来时的对话，说话者是诗人（I），听话者则是他的恋人（thou）。尽管听话者从未直接说话，但是读者能够感受到她的存在。我们可以将多恩在本诗中所运用的对话看作一种戏剧性独白。与传统戏剧独白相比，多恩戏剧性独白的对象不是读者而是那位未曾言语但读者却能强烈感受到其存在的听者——恋人。在戏剧性独白里，本诗所有的诗行都是第一人称说话者（speaker）对另外一个人讲的话。

在本诗第一节，诗人（说话者）就向他的恋人（听话者）表达了他初次发现真爱的激动心情。诗人向恋人吐露，在他与恋人相爱之前，他们所沉溺的感官"乐趣"（肉欲）都是"虚幻"的。与现在的爱相比，他们过去的感官愉悦如同孩子吸吮的乡野快乐，而且之前他们就如"七位睡仙"在岩洞里沉睡，对此没有丝毫的醒悟。紧接着，诗人在第二节中运用了四个祈使句，一方面祈求恋人向他们"正在醒来的灵魂道声早安"，另一方面劝慰恋人不必惋惜失去地理世界，因为通过他们的坚持与努力，他们可以"拥有一个世界，各有一个，各是一个"。在诗的末尾，诗人再次向恋人描述了由他们自己所构建的世界"没有凛冽的北极，没有沉落的西方"。这个世界是永恒的，既没有季节的更替，也没有邪恶与死亡。在整首诗中，诗人（说话者）一直处于主导地位，向恋人（听话者）诉说他对他们之间的爱情的看法，并劝慰恋人不要伤感失去地理世界。直到诗歌末尾，这位听话者都没有只言片语，她是否赞同诗人的看法，是否应许诗人的请求，读者不得而知。

《早安》独特的语言特点还包括其口语化表达。其实，本诗对戏剧性独白的运用就体现了其口语化语言的特点。在诗歌一开始，诗人便以日常生活中的普通口语化语言开启与恋人的对话："我真是纳闷，在我们相爱之前，你和我/都做了些什么？"诗歌第二节中的祈使句"现在，对我们正在醒来的灵魂道声早安"也是口语化的表达。口语化的表达使得读者能够轻而易举地领会诗歌的意思。

在伊丽莎白时代，人们已经习惯于彼特拉克式诗歌的甜美、娇柔的语言。多恩在《早安》中却使用通俗的口语化表达吸引读者的注意，这使当时的人们感到吃惊，甚至难以接受。无疑，多恩的这种浅显易懂的口语化语言是对优雅诗歌语言的革新与陌生化。同时，多恩开创性地将16世纪剧作家们的戏剧创作手法——戏剧性独白运用到了诗歌的创作之中。正是这种陌生化的处理，使得诗歌语言摆脱了自动化状态，使得读者的接受过程受到阻碍。多恩对其诗歌语言的处理正好符合什克洛夫斯基对诗歌语言陌生化的界定："它是有意地为那种摆脱接受的自动化状态而创作的，在艺术中，引人注意是创作者的目的，因而它'人为地'创作成这样，使得接受过程受到阻碍，达到尽可能紧张的程度和持续很长时间……这样我们就可以把诗歌确定为受阻碍的、扭曲的语言。"①

三、结语

多恩诗歌中令人耳目一新的意象、极富灵活性的节奏与韵律、口语化语言、戏剧性独白打破了自动化的定式，增强了诗歌

---

① 朱立元：《当代西方文艺理论第2版（增补版）》，上海：华东师范大学出版社，2005年，第47页。

的审美张力，创造了陌生化的审美效果。他的诗歌创作与 20 世纪俄罗斯文艺理论家什克洛夫斯基所提倡的"陌生化"理论形成了呼应。在《早安》一诗中，诗人能够通过丰富而突兀的意象、灵活而通俗的语言表达以及微妙的哲学诡辩，让那个时代人们所熟悉的传统诗歌主题展现出新的艺术魅力——陌生化特殊的美，着实令人耳目一新。这不得不让人惊叹多恩诗歌创作艺术的独特。

第 四 章

多恩神学诗之思想情感研究

第四章　多恩神学诗之思想情感研究

第一节　多恩神学诗中的上帝形象

早年的多恩以其爱情诗而闻名，而晚年的多恩则以全部的热情投入神学诗的创作。正如多恩自己所说："我青年时代的情妇是诗歌，老年时代的妻室是神学。"（The mistress of my youth, Poetry; the wife of mine age, Divinity.）① 年轻时的多恩关注的是男女之爱；晚年以后，上帝取代了情人，他的宗教信仰也发生了很大的变化。他的一些神学诗明确反映了他决意把思想情感和炽热的爱转移到宗教事业上。提到多恩的神学诗，我们不可能越过上帝这一主角，恰如要解读多恩的爱情诗也不能忽视其诗中的女性主体一样。多恩神学诗中的上帝是沉默的、被动的，既是高大的、令人崇拜的，又是令人恐惧的。上帝复杂形象的背后隐藏了多恩复杂的宗教立场。

根据海伦·伽德纳（Helen Gardner）的划分，多恩的神学诗共计40首，包括3首诗体信，即《致某某，附赠敬神十四行诗六首》《致玛德琳·赫伯特太太：论圣玛丽·玛德琳》和一首致乔治·赫伯特的拉丁文诗，7首《花冠》和19首《神学冥想》组成《敬神十四行诗》，6首《应酬诗》，3首《赞美诗》，以及《启应祷告》和《耶利米哀歌》。在这些诗篇中，多恩常以对话的形式展开与上帝之间的交流，但是上帝始终处于一种沉默与被动的状态。

在《神学冥想》第十八首中，上帝面对说话者一连串的提问始终保持沉默。

---

① 杨周翰：《十七世纪英国文学》，北京：北京大学出版社，1985年，第107页。

> 亲爱的基督，让我看看您那光洁的妻室。
> 什么，那就是她么，是在彼岸招摇而过，
> 浓妆艳抹的那个？还是遭遇了强抢豪夺，
> 而在德意志以及此地伤恸且哀泣的这位？
> 难道她沉睡千年之久，才抬眼瞥视一年？
> 她本身既是真理又是谬误？时新，时旧？
> 现在、过去、和将来，她是否都会永久
> 在一座山、或七座山、或无山之地出现？
> 她与我们同住，或者我们像冒险的骑士，
> 首先辛辛苦苦地寻觅，然后才调情求爱？
> 好心的丈夫，把您妻子在我们眼前展示，
> 让我的多情的灵魂追求您的温顺的鸽子，
> 只有当她被多数人拥抱，向多数人敞开，
> 那时，她对于您才算是最忠实，最可爱。①

说话者请求基督给他看看"那光洁的妻室"。这里，基督的"妻室"指的是真正的教会。说话者对究竟谁才是基督真正的新娘感到疑惑，于是向基督一连提出了七问。真正的新娘是否是"浓妆艳抹的那个"，即罗马天主教会？还是"在德意志以及此地伤恸且哀泣的这位"，即分裂为路德派和英国国教的新教会？这位新娘是否沉睡了千年，现在才重新出现？这位新娘是否既是对又是错？她是焕然一新还是陈旧不堪？随着时间的流逝，这位新娘是否会永久地存在？她是否会像冒险的骑士一样经过辛苦的寻觅后才会"调情求爱"？这里，说话者将新娘与追求圣洁爱情的骑士进行类比，反映出新娘对基督的虔诚的爱。这七个问题关注

---

① 约翰·但恩：《艳情诗与神学诗》，傅浩译，北京：中国对外翻译出版公司，1999年，第226页。

的焦点是英国的宗教教派之争。这些问题折射出的是不同的教派给说话者带来的困惑。值得一提的是，由于出身于天主教徒家庭，多恩常常四处碰壁，仕途不顺。为了步入上层社会，多恩改信了国教。他在大学读书期间研读了大量有关宗教之争的文献。他渐渐意识到，所有教会都是同一太阳的光辉。这让他为自己改信国教的行为找到了很好的理由。① 在本诗中，多恩以说话者的身份发出呼喊："亲爱的基督，让我看看您那光洁的妻室。"这是说话者，也是多恩头脑中的怀疑气质的体现。对于说话者对基督的疑惑，基督并没有做出任何回应。这不仅让说话者与基督之间产生了一种距离感，而且让说话者陷入了巨大的怀疑与恐慌之中。

上帝的不回应与说话者对上帝的极度惶惑在《天父上帝赞》中也有明显的体现。说话者对自己死后的命运十分关注，一直追问上帝是否能够宽恕自己的罪过：

I

您会饶恕那罪过吗？我生命从中开端，
虽然它早已犯下，也还是我的罪过。
您会饶恕那些罪过吗？我在其中滚翻，
而且不断在滚翻：虽然我不断悔过。
当您完工之时，您并未完善，
因为我还有更多。

II

您会饶恕那罪过吗？我曾成功地诱劝
别的人去犯罪，且以我的罪为楷模。

---

① H. J. C. Grierson: *The Poems of John Donne*, Oxford: Claredon Press, 1912, p. x.

> 您会饶恕那罪过吗？我确曾有一两年
> 避开了它；却在其中翻滚了廿年多。
> 当您完工之时，您并未完善，
> 因为我还有更多。
>
> III
> 我有一种恐惧之罪，恐怕我一旦缠完
> 我最后一缕线时，我将在此岸逝灭；
> 但以您自身起誓，您的儿子在我死前
> 将一如既往普照，将普照一如此刻；
> 完成这个之后，您才算完善，
> 我不再感到惶惑。①

  通观全诗，说话者表现出强烈的罪恶感，热切地渴求上帝的宽恕。诗歌的前两节不论从语言形式还是内容来看，都十分相近。在诗的前两节，说话者一一列举了自己曾经犯下的罪行，包括原罪、诱惑他人犯下罪恶、以自己的罪为"楷模"以及"恐惧之罪"。然而，说话者最担心的是自己对亡妻安·莫尔无法停滞的爱会是一种罪恶（安·莫尔死于难产，为他生下了12个孩子），因而无法得到上帝的宽恕。说话者在诗歌伊始就直截了当地提问："您会饶恕那罪过吗？"他连续追问上帝四次，表达了他希望得到上帝宽恕的急切心情。虽然说话者在这些罪恶之中不断地翻滚，也不断地悔过，祈求上帝的宽恕，但是他深感恐惧与疑惑，因为他自知上帝"并未完善，/因为我还有更多"。可是，面对说话者如此急切的追问，上帝并没有给出任何回复。这无疑使说话者产生"一种恐惧"，并且"感到惶惑"。

---

① 约翰·但恩：《艳情诗与神学诗》，傅浩译，北京：中国对外翻译出版公司，1999年，第250—251页。

第四章　多恩神学诗之思想情感研究

《神学冥想》第一首这样写道：

> 您造就了我，您的作品是否将会朽坏？
> 现在就修理我吧，因为我的末日近迫，
> 我奔向死亡，死亡同样迅速地迎向我，
> 我的所有的快乐都仿佛昨日一样难再，
> 我不敢朝任何方向转动我瞢眬的目光，
> 身后的绝望，和身前的死亡确实投下
> 如此的恐怖，我虚弱的肉体由于容纳
> 罪孽而消损，罪孽压迫它向地狱沉降；
> 只有您在天上显灵，且蒙您恩准能够
> 朝向您仰望的时候，我才会重新奋起；
> 可是我们狡猾的宿敌百般地将我引诱，
> 致使我不能把持住自己足够一个小时；
> 您的恩典可给我添翼，挫败他的伎俩，
> 您就像磁石一样吸引我的铁铸的心房。①

诗人在本诗中以"您""我"相称直接展开了与上帝的对话。说话者一开始便向上帝提出了一个问题："您的作品是否将会朽坏？"既然是上帝造就了自己，那么上帝就应该知道自己是否会"朽坏"。实际上，说话者是在询问上帝自己能否得到他的救赎，因为诗人认为只有获得了上帝的救赎，人才会达到永恒。然而，上帝还未对此做出回答，说话者便急切地祈求上帝"现在就修理我吧"。说话者在此并没有给予上帝应有的话语权。显然，在说话者看来，上帝回答与否并不重要。同时，说话者直接要求上帝

---

① 约翰·但恩：《艳情诗与神学诗》，傅浩译，北京：中国对外翻译出版公司，1999年，第205页。

马上"修理"自己，这是一种对上帝意愿的控制，丝毫没有考虑上帝是否愿意。紧接着，说话者提到，死亡正向他逼近，绝望与死亡让他感到恐惧。满身的罪孽让他逐渐消亡，慢慢地向"地狱沉降"。说话者相信，只有上帝的恩典才能让他重获新生。然而，魔鬼撒旦却对他百般引诱，致使他难以抗拒诱惑。说话者再次申明，只有上帝的恩典才能让他抵御撒旦的诱惑。至此，读者可以感受到说话者极力向上帝表明自己的心思，渴望上帝能够救赎遭受宿敌百般引诱的自己。可是，对于上帝究竟是持什么态度，能否救赎说话者，说话者并没有给予上帝机会表达。从最开始对上帝的提问到之后的祈求，说话者完全处于一种以自我为中心的状态。在整个对话中，说话者把持了所有的话语权，占据了支配地位，而上帝则始终处于沉默与无声状态。

《神学冥想》第十四首也同样反映出上帝对说话者的祈求的缄默无语。

> 撞击我的心吧，三位一体的上帝；
> 迄今你只轻扣、吐气、照射，设法修补；
> 为了让我能站起来，推翻我吧，鼓足
> 你的气力打碎我，吹我，烧我，使我成为新体。
> 像一座应效忠另一人却被侵占了的城池，
> 我努力让你进来，但结果毫无用处，
> 理性——你在我心里的总督——应将我保护，
> 可他也成了俘虏，证明他或是不忠或是无力。
> 我非常爱你，也非常希望能为你所爱，
> 但是我却已和你的仇敌订了亲，
> 让我和他离婚吧，或把那个结扯碎或解开；
> 把我拉到你身边，把我囚禁起来，只因
> 除非你奴役我，我永远不会自由，

第四章　多恩神学诗之思想情感研究

永远不会贞洁，除非你把我强行占有。①

在诗歌中，说话者运用了一系列动词，诸如"撞击""轻扣""吐气""修补""推翻""打碎""吹""烧""侵占""扯碎""拉""囚禁""奴役""强行占有"等来表达他对上帝的祈求。说话者恳求上帝将他从侵占他的人那里解救出来。在这里，侵占他的人暗示英国国教即新教，而那本应该保护说话者却遭到囚禁的"总督"则暗指天主教。这里暗示了诗人的叛教行为。多恩自小是个天主教徒，但是伊丽莎白女王时代推行国教，天主教徒地位低下，甚至遭到残酷的迫害。多恩本是一个充满雄心壮志的青年，却由于宗教问题而处处碰壁。于是他不得不为了仕途而放弃天主教，改信国教。虽然多恩改信了国教，但是他始终对自己的叛教行为感到痛苦与不安。在天主教的教义里，叛教的人要接受炼狱的考验。因此，多恩极度渴望得到上帝的宽恕与救赎。从本诗可以看出，诗人在新教与天主教之间挣扎，渴望上帝能够将他从无尽的痛苦与挣扎中解救出来。最后一句"除非你奴役我，我永远不会自由，/永远不会贞洁，除非你把我强行占有"，说话者要求上帝奴役他，占有他，表现了说话者对上帝最为诚挚的祈求以及无限的向往。然而，面对如此诚恳的祈求，上帝却并没有做出任何回应，只是一个沉默的"他者"。事实上，说话者与上帝的对话只是一种单向谈话。而这种单向的谈话只会让说话者与听话者彼此疏远，产生一种陌生感。说话者诚恳地祈求上帝拯救他，但是却并未得到任何回应，这只能加剧说话者的不确定感和焦虑感。

换个角度来讲，这种单向的谈话也反映出说话者对整个谈话

---

① 李正栓：《英国文艺复兴时期诗歌研究》，保定：河北大学出版社，2006年，第48页。

的完全的把控,是说话者对听话者的主动的接近。具体而言,在本诗中,说话者主动呼吁三位一体的上帝"撞击"他的心,请求上帝主动占有他。说话者看似居于被动地位,实则掌控了整个话语权,充满了主动性。说话者认为自己处于两个教派的纷争之中,处于两难的境地,认为自己无法摆脱撒旦的围困,因此只能祈求上帝救赎自己。然而,对上帝的请求实际上就是说话者主动接近上帝的过程。

在多恩的其他神学诗中也有不少诗歌体现出诗人,也就是说话者主动向上帝靠近,然而上帝却是一个被动者。多恩在《神学冥想》第十九首中就十分明确地指出了这种人神关系:"在祈祷和谄媚的演说中我追求上帝"①。在《神学冥想》第五首中,说话者称自己被"黑色的罪孽"困扰和毁灭。如果说新的海水注定无法将自己的世界淹没与洗涤,那么就让大火将它焚烧。于是,说话者主动要求上帝让那焚烧自己的欲望和嫉妒之火退却,并且主动要求上帝"用您和您屋宅的一片如火热诚焚烧/我吧,那火焰会一边吞噬,一边治疗"②。显然,说话者主动要求上帝熄灭他自身的罪孽之火而代之以末日之火。原本应该由上帝主动完成的焚烧与解救行为,却由说话者主动提出。这是说话者对上帝的主动接近,而上帝只是一个被动的"他者"。

说话者与上帝之间的这种关系在学者安东尼·洛(Anthony Low)那里得到了阐释。他认为,在一定程度上,多恩的神学诗是他对自己的世俗爱情诗的"神圣模仿"③。多恩的神学诗中的

---

① 约翰·但恩:《艳情诗与神学诗》,傅浩译,北京:中国对外翻译出版公司,1999年,第228页。

② 约翰·但恩:《艳情诗与神学诗》,傅浩译,北京:中国对外翻译出版公司,1999年,第209页。

③ Anthony Low: *The Reinvention of Love: Poetry, Politics and Culture from Sidney to Milton*. Cambridge: Cambridge University Press, 1993, p. 67.

说话者扮演了追求者的角色，而上帝就像他爱情诗中被追求的女子一样被动、沉默。在爱情诗中，多恩常常以男性身份掌控话语权，主动追求女子，因此在神学诗中他难以转换其主动的身份。安东尼·洛的分析有一定的道理，但是说多恩的神学诗完全是按照他的爱情诗的模式来创作的，又似乎太过片面。事实上，在多恩的神学诗中，说话者主动接近上帝，而上帝处于被动的地位，这体现的是多恩对人神关系的一种思考。对于新教教徒来说，上帝在人神关系中是一个主动的角色。上帝不会让所有的人都有被救赎的希望，而是挑选一些人，放弃另一些人。从基督教为流传的关于上帝的故事中可以看出，显然，上帝是一个主动的追求者。然而，传统的天主教则更为看重人的自由意志。人的灵魂努力靠近上帝、追求上帝，攀升至天国。人获得救赎虽然依靠上帝的恩宠，却也很大程度上取决于个人的选择。自小就受到天主教影响的多恩虽然后来改宗，但是他的神学观点与当时主流的新教思想仍存在一定的差异，可以说是混合了两派观点，显得十分复杂。多恩在诗中以说话者的身份主动向上帝靠近与他的改宗行为也有着密切的关联。多恩的改宗行为一直困扰着他，让他担忧叛教行为可能致使自己无法获得上帝的宽恕与救赎，这让他处于冲突与苦苦的挣扎之中。他主动地追求上帝、靠近上帝是他对自己的叛教行为的一种忏悔，是出于对上帝救赎的极度渴望。正如他在《天父上帝赞》中所表达的那样，虽然他深知自己犯下了种种罪行，但是他热切地渴求上帝的宽恕，不断地追问上帝："您会饶恕那罪过吗？"

在多恩的诸多神学诗中，在说话者与上帝的对话过程中，上帝始终处于沉默无声的状态；同时，说话者时常扮演主动追求者的角色，而上帝往往处于被动地位。上帝的沉默与被动无疑在无形之中让上帝与说话者产生了距离感。此外，多恩还通过用第三人称指代上帝来刻意保持上帝与说话者之间的距离。

《神学冥想》第八首这样写道：

> 如果充满信仰的灵魂如天使一般能够
> 得荣耀，那么我父亲的灵魂确实目睹，
> 甚至还把这荣耀作为完美幸福的补足，
> 这使我得以勇敢地跨越地狱大张的口：
> 但是，如果我们的心思意向没有立刻
> 被周围环境和我们内心中显著的迹象
> 展示给这些灵魂，那么我的心思意向
> 洁白的真实又将如何接受它们的考核？
> 它们目睹崇拜偶像的恋人们哭泣哀戚，
> 卑劣而亵渎神圣的巫师术士们口诵着
> 耶稣基督的名号，以及外表上虔诚的
> 伪善者们假装虔敬坚信。那么，皈依
> 上帝吧，忧悒的灵魂，因为他最了解
> 你真正的忧伤，是他把它放进我心窝。①

说话者相信，如果灵魂充满了信仰，那么灵魂就能够得到荣耀。"我父亲的灵魂"确实目睹了此等荣耀，并且这荣耀使得灵魂获得更多的"完美幸福"。这里，"我父亲"指的是圣父，"父亲的灵魂"即圣灵，暗示了三位一体的上帝。正是上帝赐予的此等荣耀坚定了说话者的信仰，使得他不再畏惧"地狱大张的口"。可是，如果"我们"没有坚定的信仰，就无法经受住种种考验。灵魂就会"目睹崇拜偶像的恋人们哭泣哀戚"，即陷入对世俗情爱的留恋，就会亵渎圣子——耶稣基督，也会变得虚伪，对上帝

---

① 约翰·但恩：《艳情诗与神学诗》，傅浩译，北京：中国对外翻译出版公司，1999年，第213页。

第四章 多恩神学诗之思想情感研究

不虔敬。既然如此,说话者便劝说"忧悒的灵魂"皈依上帝,因为上帝最了解灵魂的"真正的忧伤",也是上帝最初将灵魂赐予了人类,而灵魂理当回到它来源的地方。诗歌最后一句"他最了解/你真正的忧伤,是他把它放进我心窝"一方面表现了上帝的全知全能,另一方面也揭示出说话者对上帝的依赖,而这种依赖加深了说话者对上帝的虔诚信仰。然而,从诗歌一开始的"我父亲的灵魂"到诗歌末尾的"他"都是以第三人称指代上帝,这体现出在渴望上帝的荣耀、敬畏上帝的全知全能的同时,说话者与上帝之间有着不可逾越的距离。

在《神学冥想》第十五首中,说话者仍然以第三人称指代上帝:

> 你可愿意爱上帝,一如他爱你?那么,
> 我的灵魂,就体会这有益健康的冥想,
> 圣灵上帝,有众天使在天国服侍供养,
> 竟是如何把他的殿堂建筑在你的心窝。
> 天父已经生育有一个最有福气的儿子,
> 而且永远在生育,(因为他无始无终)
> 现在又屈尊选你做养子,以共同继承
> "他的荣耀",和安息日的无尽休憩;
> 犹如遭窃之人寻访发现他被盗的财物
> 已经被转卖,便必须放弃或重新买回:
> 那荣耀的圣子降临到世上,让人杀害,
> 为把他造就、被撒旦偷去的我们解救。
> 从前人被造就得似上帝,这相当不错,

但是上帝若被塑造得像人，就好得多。①

在本诗中，说话者与"你"展开了一场对话。"你"究竟是谁？读者不得而知。但是，可以肯定的是，说话者在劝说听话者"你"要像上帝爱"你"一样去爱上帝。圣灵上帝在天国有众多天使服侍供养，却始终还惦记着"你"。天父上帝已经有个儿子——耶稣基督，而且永远在生育。这里暗指追随耶稣基督的信徒在不断地增加。尽管如此，天父上帝仍然屈尊选"你做养子"，从而继承"他的荣耀"。天父上帝的圣子——耶稣基督为了把犯下罪孽而又无法自救的人类解救出来，必须为人类的罪代受死亡。耶稣基督以自身的血作为赎价，将撒旦交给魔鬼而将信仰者赎回。这一切就犹如遭窃之人要重新找回他已经被转卖的被盗财物就必须支付钱财将原物赎回。

从整首诗来看，说话者与"你"的对话从侧面展现了上帝的善与恩泽。然而，不管是对于说话者还是对于听话者来说，上帝都是一个"他者"，都与他们有着一定的距离。尤其是诗歌的最后一句更是增强了这种距离感。"从前人被造就得似上帝，这相当不错，/但是上帝若被塑造得像人，就好得多"。起初，上帝按照他的形象创造了人，使得人具有了向上性，努力向上帝靠近。"上帝若被塑造得像人，就好得多"一方面暗示了上帝的至高无上，另一方面也揭示出人与上帝之间的距离。虽然人努力向上靠近上帝，但是上帝与人始终存在着距离。

多恩神学诗中的上帝往往是沉默的、被动的，而说话者，多恩的代言人则是积极主动地去接近上帝。说话者的主动性暗示了多恩对上帝的依恋、对上帝的虔诚。在多恩看来，上帝是至高无

---

① 约翰·但恩：《艳情诗与神学诗》，傅浩译，北京：中国对外翻译出版公司，1999 年，第 220 页。

上的，多恩对上帝怀有一种深深的崇敬感。多恩的这种思想在他的布道文里也有着明显的体现：

> 如果我服侍上帝是为了得救，否则就不服侍他，那么即使我服侍他，我也不能得救；我服侍上帝的第一个目的决不应当是为我自己，而是为了上帝和上帝的光荣。那不过是上帝本身的善的标志，et faciam [让我做吧]，跟我来，我一定照做；但是结果是肯定的、丝毫不爽的，就象一笔债 [必须要还一样]，又象自然有因必有果那样；甚至自然界那些规律也没有那样准；地球在某一时刻正处在太阳和月球之间，所以一定发生月蚀；月球在某一时刻正处在地球和太阳之间，所以一定发生日蚀，但有时候上帝却能够在太阳身上和其他天体身上创造奇迹，改变它们本来的进程，而且这样做过。在《约书亚记》里太阳就曾停止不动，在基督死去的时候就发生了意外的日蚀；但是上帝不能在他自己身上创造奇迹，把自己变成不是自己，变成不仁慈、不公正；出于他的仁慈，他许下这样的诺言，你这样做，你就会得到这样的结果，他又出于他的公正，实践他完全并且仅仅是出于仁慈而许下的诺言；如果我们这样做了，虽然不是因为我们这样做了，我们将得到永生。①

可以看出，于多恩而言，靠近上帝、服务上帝都是为了"上帝和上帝的光荣"。自然的规律是不可逆转的，然而上帝却能让这些注定的事情发生逆转，改变它们原本的进程，上帝是无所不能的。多恩一方面对上帝满怀崇拜，充满依赖，而另一方面又带

---

① 杨周翰：《十七世纪英国文学》，北京：北京大学出版社，1985年，第121-122页。

着一种强烈恐惧感。多恩渴望得到上帝的拯救,但是却无法找到自己苦苦追寻的答案。毫无疑问,上帝的沉默与被动在无形之中使得上帝与说话者——多恩之间产生了一定的距离。正是这种距离感或者说正是上帝的不答复和不行动让说话者——多恩对自身的救赎感到不确定。而这种不确定性又引发了说话者——多恩对上帝的恐惧。多恩在他的一篇布道文里就曾表述过他的恐惧感,他写道:

> 我是否应该把上帝看作一只衔着橄榄枝的鸽子(给我的灵魂带来和平),还是把他视作一只雄鹰或捕食的秃鹫,永远地捕食于我?在精神或者凡俗的大洪水中,我是否应该把上帝看作是一艘拯救我的大船,还是一只将把我吞噬的大鲸?如果这只大鲸要吞噬我(犹如大洪水淹没我),但是我并不知道他究竟是要修补我,还是要毁灭我。我既不能如我自己的愿去看待上帝,也不能随我自己的意去控制上帝。在我看来,上帝是可怕的。我不能中断,也不能断绝这种恐怖。……上帝在那里不曾改变,也没有一点改变的影子。我还是那个罪人,上帝还是那个上帝;我仍然是那绝望的罪人,上帝仍然是那恐怖的上帝。①

显然,多恩对自身的罪孽有着深刻的认识。与他在神学诗中传递出惶惑感一样,多恩在这篇布道文中同样表达出对上帝的真正意图的不确定,"我不知道他究竟是要修补我,还是要毁灭我"。面对沉默无言的上帝,主动靠近上帝的多恩始终不能确定自己是否被上帝选中,始终无法确定自己是否能够得到上帝的救

---

① Logan Pearsall Smith: *Donne's Sermons: Selected Passages with an Essay.* Oxford: The Clarendon Press, 1964, p. 149.

赎，这让他对上帝心生畏惧。对上帝的这种不确定与恐惧往往让多恩笔下的上帝变得可怕、恐怖。

《神学冥想》第六首就这样写道：

> 这是我的戏剧的最后一幕，在此苍天规限
> 我朝圣之路的最后一哩；我懒散，却快速
> 奔跑过的赛程，剩下的仅有这最后的一步，
> 我的一揸的最后一寸，一分钟的最后一点，
> 而贪婪的死神，将会在瞬息之间分裂析解
> 我的躯体，和灵魂，我将暂时地沉入睡眠，
> 但是我永远清醒的那部分将会看见那张脸，
> 它的赫赫威严早已震散了我的每一处关节：
> 到时，我的灵魂朝天国，她的首座，飞升，
> 出生于尘土的肉体，将回归到尘土中居住，
> 同样，我的罪孽，可有它们的权利，坠沉
> 到它们的滋生之地，还想把我，压入地狱。
> 给我灌输正义吧，这样一来便涤除了邪恶，
> 因为像这样，我才离开人世、肉体和恶魔。①

在诗歌中，说话者反复强调"最后"二字。说话者首先将人生看作一场戏，称自己走到了人生这场戏的"最后一幕"；随后，将人生看作朝圣，称自己走到了"最后一哩"；接着，又将人生看作一场赛跑，认为自己已经跑剩下了"最后的一步"；将人生视为短短的"一揸"，称自己只剩下"最后一寸"；最后，人生被看作"一分钟"，自己却走到了"最后一点"。说话者通过强调

---

① 约翰·但恩：《艳情诗与神学诗》，傅浩译，北京：中国对外翻译出版公司，1999年，第210页。

"最后",表现出他想要演完最后一幕戏,走完最后一步路,到达生命的终点,与上帝相见的迫切愿望,"我永远清醒的那部分将会看见那张脸","那张脸"指的就是上帝的脸。然而,这些"最后"意象似乎又透露出说话者想要延缓他的最后时刻的到来,延迟"看见那张脸",因为说话者并非带着喜悦的心情而是带着恐慌的心情在等待最后的那一刻。当说话者"永远清醒的那部分"看见上帝的脸的时候,他发现,上帝的"赫赫威严早已震散了我的每一处关节"。末日审判时的上帝是如此的威严,给说话者带来了巨大的恐惧感。面对上帝的审判,说话者渴望自己的灵魂飞升天国,肉体归于尘土,罪孽坠入滋生之地。说话者深知他的罪孽试图将他压入地狱,但是他求上帝赐予他正义,洗去他的罪恶,让他远离尘世与恶魔。显然,说话者担忧自己的罪孽过重,对死后命运的不确定使得他惧怕上帝的"威严"。

《神学冥想》第十三首同样描写了威严而令人恐惧的上帝形象:

> 假如现在是这世界的最后一夜怎么办?
> 哦,灵魂,在我心中,你的住处居所,
> 刻画出救世主受难的形象,且说一说
> 那样的一副容颜会不会使你感到骇然,
> 他眼里的泪水会不会浇熄那目光如炬,
> 刺穿的头颅滴落的血会不会积满眉头,
> 那条为他的敌人的穷凶极恶祈祷恳求
> 宽恕的舌头,会不会判罚你堕入地狱?
> 不,不;而是如在我崇拜偶像的年月,
> 我对我所有渎神的情人们说过的言辞:
> 美丽,是怜悯的象征,丑陋则仅仅是
> 一种刻薄的标志;现在我对你如是说:

第四章　多恩神学诗之思想情感研究

邪恶的精灵们被赋予可憎可怕的外形，
这美好形容则保证有一个悲悯的心灵。①

在诗歌中，说话者假设世界走到了最后一夜，他将看到救世主——基督受难的形象，换句话说，他将看到上帝的容颜。说话者首先提到上帝的容颜让人"感到骇然"。接着，说话者通过描绘救世主受难时的容颜将上帝此时的恐怖容颜具体化。救世主在遭受酷刑的最后时刻，眼中饱含泪水，刺穿的头颅所滴落的鲜血积满了眉头。如此的容颜显然不是美好的，而是令人恐惧的。同时，这张可怕的面容还可能会"判罚你堕入地狱"。最后，说话者又否定了这种可能性，因为"美丽，是怜悯的象征，丑陋则仅仅是/一种刻薄的标志"。上帝有一颗怜悯之心，这就保证了上帝应当有美好的外表。而邪恶的精灵们才被赋予狰狞的外形。弥尔顿的《失乐园》就曾这样描写邪恶之源——魔鬼撒旦：

两只眼睛，发射着炯炯的光芒，
身体的其他部分平伏在火的洪流上，
又长又大的肢体，平浮几十丈，
体积之大，正象神话中的怪物，
象那跟宙芙作战的巨人泰坦，地母之子，
或象百手巨人布赖利奥斯，
或是古代那把守塔苏斯岩洞的
百头神台芬，或者象那海兽
列未坦，就是上帝所创造的
一切能在大海洪波里游泳的生物中

---

① 约翰·但恩：《艳情诗与神学诗》，傅浩译，北京：中国对外翻译出版公司，1999年，第218页。

最巨大的怪物……①

虽然撒旦的身材健硕，力大无比，宛如希腊罗马神话中的巨人，但他却是拥有百手、百蛇头的巨大怪物。邪恶精灵的外形着实令人感到可憎可怕。在多恩看来，上帝既然是怜悯的象征，那他就应该拥有美丽的外形。但是，这与说话者在诗歌一开始的假设相矛盾。说话者前后的矛盾体现出他的一种不确定感。他不能确定自己是否会得到上帝的怜悯。说话者在诗歌的最后表现出一种积极乐观的态度，这种态度实际上反映出他的一种渴望，渴望上帝的仁慈与宽恕。上帝依然是那令人畏惧的上帝，仍旧可能会判他入地狱。

这也恰如多恩在《神学冥想》第十九首中所描述的：

> 哦，令我烦恼，对立面相遇在一起：
> 变化无常的秉性不自然地生育出来
> 一种恒常的习惯；即当我不愿之时，
> 我总是在起誓，和祈祷中改变心意。
> 我的悔罪之心变幻反复不定，一如
> 我的渎圣的爱，且同样很快被忘却：
> 时而谜也似地失去常态，忽冷忽热，
> 或祈祷，或哑然；或万有，或虚无。
> 昨日，我不曾敢于窥望天国；今日，
> 在祈祷和谄媚的演说中我追求上帝；
> 明日我因真诚畏惧他的权杖而颤栗。
> 就这样，我的虔诚的发作来而复逝，
> 好像一场怪诞的疟疾：除了在这里，

---

① 弥尔顿：《失乐园》，朱维之译，上海：上海译文出版社，1984年，第12页。

第四章　多恩神学诗之思想情感研究

　　因恐惧而颤抖时,才是我最好之日。①

　　说话者对自己的矛盾、变化无常感到十分烦恼。对于自己的罪过,说话者时而悔过、祈祷,时而快速忘却,变得哑然。因此,他有时不敢窥望天国,仰望上帝的容颜;有时在祈祷中主动追求上帝,靠近上帝;有时又因畏惧上帝的权杖而颤抖。在这首诗中,不管是昨日、今日还是明日,也不管是祈祷、谄媚还是畏惧,上帝于说话者而言都是可怕的。说话者看到的是上帝无所不能的强大权力,这样的上帝给他留下的就是令人恐惧的印象。虽然说话者的"悔罪之心变幻反复不定",但是他感到"在这里,/因恐惧而颤抖时,才是我最好之日"。虽然在面对威严上帝的末日审判时,上帝是恐怖、可怕的,说话者也因此而"颤栗",但是至少在那一日说话者不再因对自己命运的不确定而担忧,因此那一日就是"我最好之日"。

　　显而易见,多恩认为,人在上帝那里是没有任何选择的余地的,上帝可以选择对人仁慈、怜悯,也可以选择对人愤怒,施加惩罚,决定权在上帝那里。如此的上帝给人留下的是集至高权力于一身的印象,同时也是令人可敬又可畏的印象。多恩在《神学冥想》第九首中就这样写道:

　　　　既然怜悯容易且光荣,对于上帝来说,
　　　　那为什么他在狂暴的愤怒中恫吓威逼?
　　　　可是我又算什么,竟然胆敢与您抗辩?
　　　　上帝,哦!用惟您才有的宝贵的鲜血
　　　　和我的泪水,造一股天国的忘川洪波,

---

①　约翰·但恩:《艳情诗与神学诗》,傅浩译,北京:中国对外翻译出版公司,1999年,第228页。

> 把我的罪孽的黑色记忆淹溺在那里边；
> 您记得某些人，他们把这当债务索还，
> 如果您情愿忘却，我倒将此视为悯怜。①

既然对于上帝来讲，选择给予恩赐与怜悯是那么容易，又是那么光荣的事情，他为什么还要选择愤怒和威吓呢？在上帝面前，"我"显得如此渺小，又有什么能耐与力量同他反抗与争辩呢？"我"只有降低自己，祈求上帝用他宝贵的鲜血将"我的罪孽"淹没在天国的"忘川洪波"。于"我"而言，祈求威严的上帝的怜悯才是获得救赎的唯一出路。

可以看出，在多恩的神学诗中，说话者一直渴求通过得到上帝的怜悯与仁慈获得救赎。多恩不敢与上帝抗辩，因为他深知自己的罪孽沉重，"肉体由于容纳/罪孽而消损，罪孽压迫它向地狱沉降"②。多恩也不能确定自己能否得到救赎，在痛苦的挣扎与恐惧之中，多恩所看到的自然是上帝那令人恐惧的容颜和赫赫威严，上帝是审判者或者惩罚者的形象。在《天父上帝赞》中，多恩就十分明确地表达出他对自身罪孽的深刻认识，以及对不能获得救赎的恐惧。如果上帝能够给予诗人一个明确的答复，如果能够确保"在我死前将一如既往普照，将普照一如此刻"，那么诗人就会"不再感到惶惑"③。多恩对自身救赎的不确定感使得上帝的形象变得恐怖。这种不确定感与多恩的个人经历有着紧密的联系。

---

① 约翰·但恩：《艳情诗与神学诗》，傅浩译，北京：中国对外翻译出版公司，1999年，第214页。
② 约翰·但恩：《艳情诗与神学诗》，傅浩译，北京：中国对外翻译出版公司，1999年，第205页。
③ 约翰·但恩：《艳情诗与神学诗》，傅浩译，北京：中国对外翻译出版公司，1999年，第251页。

第四章　多恩神学诗之思想情感研究

多恩出生于伦敦一个信奉罗马天主教的富裕家庭。他的母亲伊丽莎白是剧作家约翰·海伍德（John Heywood）的女儿，也是著名的人文主义思想家托马斯·莫尔爵士（Sir Thomas Moore）妹妹的孙女。较好的家庭背景让多恩接受了良好的教育，他先后进入牛津大学和剑桥大学学习。有着良好家境和教育背景的多恩可以说是前途一片大好，然而他却在无形之中卷入了英国的宗教之争。自国王亨利八世继位以来，英国国内的宗教纷争不断。亨利八世为了巩固自己的政治、宗教统治，毅然与罗马教皇决裂，自立英国国教。1543年，女王玛丽继位，她因信奉天主教而恢复天主教，迫害了不少新教徒。后来，信奉新教的女王伊丽莎白继承大统并恢复了英国国教。多恩生活于女王伊丽莎白时代，当时朝廷正大力推行英国国教，天主教在英国成为一个受迫害的教派。多恩由于其天主教出身而无法获得任何学位，也无法在仕途上获得升迁。因此，他有更多的时间去读书，出入剧场妓院。多恩在这一时期过着放荡不羁的生活，这也是多恩在成为神职人员之后所不断忏悔的罪孽。正如他在《神学冥想》第三首中所说：

> 我多希望过去浪费掉的叹息和眼泪
> 能再度回到我的胸膛和眼睛里来，
> 以便抱着这既神圣而又不满的情怀
> 悲伤得有些结果，过去的悲伤乃是白费①

"过去浪费掉的叹息和眼泪"指的是过去的爱情生活。从诗中可以看出，多恩对自己早年的放荡生活悔恨不已，认为那可能是自己犯下的不可饶恕的罪过。此外，多恩的叛教行为也一直令

---

① 杨周翰：《十七世纪英国文学》，北京：北京大学出版社，1985年，第106页。

他痛苦不已,他担心自己在面临末日审判的时候无法获得上帝的怜悯和救赎。由于天主教出身以及与安·莫尔的婚姻等原因,多恩获得升迁的道路已经被堵死,"只有教会的门还开着"①。国王詹姆斯一世十分欣赏他的博学多才,但是要在教会谋得职位,就必须改信英国国教。1615年,多恩皈依国教,开始担任国王的私人牧师,最后被任命为伦敦圣保罗大教堂的教长。虽然多恩接受了神职,改信了国教,但是他内心的矛盾依然存在。多恩的家庭是一个十分虔诚的天主教家庭。在宗教纷争期间,他的不少家庭成员都为天主教殉难。多恩曾说:"我开始受教育,和人们发生交往的时候,接触到的人都信奉一个被压制、受迫害的宗教,习惯于受到死亡的威胁,想象中渴望成为殉教者。"② 可以说,多恩的家庭成员的天主教信仰是无比坚定的。然而,多恩却背叛了自己家庭成员为之牺牲的信仰。这种叛教行为所带来的痛苦伴随多恩终生。这位决意要把炽热的爱转到"神圣"事业上来的教长,自知已犯下深重的罪孽,对自己究竟能否获得上帝的宽恕与救赎感到无比的惶恐。

对早年放荡生活的悔恨与对自己叛教行为的忏悔,使得多恩陷入痛苦的挣扎与忧虑之中。他一方面主动虔敬地靠近上帝,渴望上帝能够宽恕他的罪孽,拯救他,另一方面却又坠入了自我否定的深渊,担心自己罪孽深重无法得到上帝的救赎。在忧虑和苦恼之中,多恩笔下的上帝被刻画成了沉默无语、被动、令人恐惧的形象。也许只有通过塑造这样一位上帝才能表达出多恩强烈的情感,才能淋漓尽致地表现出多恩身处的困境,才能准确地揭示出多恩在痛苦挣扎、虔诚祈祷之后仍旧得不到任何回应的焦虑和

---

① 杨周翰:《十七世纪英国文学》,北京:北京大学出版社,1985年,第106页。
② 王佐良,何其莘:《英国文艺复兴时期文学史:五卷本英国文学史》,北京:外语教学与研究出版社,1996年,第446页。

惶恐。

第二节 多恩神学诗中的死亡与复活主题

多恩的神学诗是他对自我复杂而矛盾的灵魂的一种审视，也是对宗教的深思，包括对诗人自身与上帝关系的思考。多恩神学诗的主题涉及罪孽、救赎、死亡与复活。可以说，这几个主题相互交织，体现出多恩内心的挣扎与忧虑以及他对上帝虔敬却又恐惧的复杂情感。罪孽与救赎的问题其实就是死亡与复活的问题。因此，有必要对死亡与复活主题做一番详细的论述。从宗教的角度来说，死亡与复活是不可分割的一个整体。在多恩的神学诗中，死亡不仅是肉体的腐朽，还是罪孽所带来的"朽坏"，也是另一种形式的生命存在，是通向神圣幸福的必经之路；复活则是灵魂与肉体的完美统一。

一、多恩神学诗中的死亡主题

死亡是世间万物无法选择、不可避免的一个问题，也一直都是人类所苦苦探求其奥秘的一个深刻而严肃的问题。人类不断寻求，希望能够找到一种人死后仍然能够存在的方法。宗教无疑为实现人类的这种渴望提供了契机，带来了希望。

在多恩的神学诗中，死亡不仅意味着肉体的腐朽，更意味着罪孽所带来的"朽坏"（decay）。在基督教故事中，自从亚当与夏娃吃下禁果之后，上帝便不再允许他们去采摘、食用生命树上可以让他们长寿的果子。人类延续了亚当与夏娃所犯下的原罪，无法再生活在伊甸园中并享有永恒的生命，而必须经历生死的痛苦。亚当和夏娃因其原罪而给人类带来了上帝的惩罚——死亡，即肉体的腐朽。他们给人带来的肉体的腐朽就是罪孽所带来的

"朽坏"。

死亡不仅是肉体的腐朽,更是罪孽所带来的"朽坏"这一思想在多恩的《神学冥想》第一首中就有所体现。在诗歌一开始,说话者追问上帝:"您的作品是否将会朽坏?"这里的"朽坏"不仅暗示了说话者肉体的死亡,而且更多地指向沉重的罪孽所带来的"朽坏"。说话者深知自己的罪孽,因此担心罪孽会使自己的肉体"朽坏",让自己的肉体降入地狱。说话者奔向死亡就如同死亡同样快速地奔向他。因此,说话者祈求上帝"修理"他。只有上帝显灵,自己蒙受了上帝的恩赐,说话者才能洗涤罪孽,才能"重新奋起",获得新生。说话者发现,仅凭他一己之力是无法抵御诱惑的。魔鬼撒旦百般引诱他,致使他即便是一个小时也不能把持住自己。只有上帝的恩典才能挫败撒旦的伎俩,因为上帝对于说话者来说如同磁石,能够牢牢地吸引住说话者的心。可是,说话者能否经受得住撒旦的诱惑,能否挫败撒旦的伎俩,取决于上帝是否显灵,取决于说话者是否会蒙上帝恩准朝他仰望。但是,上帝究竟是否会主动接近说话者,说话者对此毫不知情。上帝是否会宽恕说话者的罪孽,是否会救赎说话者,有极大的不确定性。正是这种不确定性加剧了说话者的焦虑与恐惧。说话者的焦虑与恐惧既是对罪孽与救赎的焦虑与恐惧,实际上也是对死亡的焦虑与恐惧。

《神学冥想》第二首同样表达了死亡即肉体的腐朽,更是罪孽所带来的"朽坏"的思想。诗歌写道:

> 一如为许多权利所限,我理应把自身
> 委托交付给您,哦,上帝,首先我是
> 由您,且为您造就,其次当我败坏时,
> 您用鲜血把我赎回,我原先就属于您;
> 我是您的儿子,被造就得与您同辉煌;

第四章　多恩神学诗之思想情感研究

> 您的仆人，他的辛苦您总是予以偿还；
> 您的绵羊，您的影像，而且在我背叛
> 自己之前，还是您的圣灵的一座庙堂；
> 那么，为什么那魔鬼要把我侵占篡夺？
> 为什么他要窃取，不，强夺您的特权？
> 除非您奋起，为您自己的作品而争战，
> 哦，我不久将会绝望，当我明明白白
> 看清您热爱人类，却不对我加以重视，
> 而撒旦仇恨我，却又不愿失去我之时。①

本诗开篇就表明，"我"应当把自身交付给上帝，因为"我"是由上帝并且为上帝所造。另外，在"我"败坏的时候，是上帝用自己的鲜血，或者说上帝之子——基督的鲜血，将"我"从魔鬼撒旦那里赎回。这里，"我"的"败坏"不仅指"我"遭受罪孽的侵蚀而带来的死亡，更多的是暗示了亚当与夏娃所犯下的深重罪孽带来的死亡。在基督教故事中，人类始祖犯罪，致使整个人类都具有与生俱来的原罪，并且无法自救。既然犯下罪孽，便需要付出赎价来补偿，而人又无力自己付出这赎价，因此上帝遣派其子基督为人类所犯下的原罪流血。只有获得上帝救赎的人才能求得死后的永生。因此，说话者称，"我"原本就属于上帝，"造就得与您同辉煌"；"我"又是上帝的仆人，但是"我"的辛苦总是由上帝予以偿还。在说话者看来，上帝理应救赎"我"，一是由于"我"是由上帝造就，原本就属于上帝；二是由于"我"作为上帝的仆人，"我"所犯下的罪孽在无力偿还时，也应当由上帝这位主人偿还。至此，读者可以感受到说话者对其所信

---

① 约翰·但恩：《艳情诗与神学诗》，傅浩译，北京：中国对外翻译出版公司，1999年，第206页。

仰上帝的仁慈与救赎的自信。但是，说话者又马上陷入了困惑与焦虑。当说话者还是"圣灵的一座庙堂"时，即还是虔诚地追随上帝的信徒时，魔鬼却想要把他"侵占篡夺"。而只有上帝为说话者——上帝"自己的作品"奋起抗争才能救回说话者，否则他将会陷入绝望。说话者的困惑在于为何上帝热爱人类，却对他不加以重视，而撒旦仇恨他，却不愿失去他。在说话者疑惑的背后是其对死后命运的不确定，反映了说话者对能否获得上帝救赎的焦虑。在诗歌末尾，说话者之前的自信被现实压得粉碎。上帝的"不对我加以重视"让"我"在"败坏"之时感到绝望与恐惧。

亚当与夏娃所犯下的罪孽带来了肉体的腐朽，带来了死亡，而这必须由每个人自己来承受。然而，对多恩来说，他的罪孽却远不止人类的原罪。年轻时的放荡，为谋仕途而背弃家族成员为之牺牲的信仰都是上帝不可饶恕的罪孽。因此，对多恩而言，死亡既是腐朽，是罪孽所带来的"朽坏"，更是一种痛苦与折磨。

《神学冥想》第三首就淋漓尽致地表达了死亡给多恩带来的巨大痛苦与折磨：

> 呵，但愿我曾经耗费的那许许多多
> 叹息和泪水，重回到我胸中和眼里，
> 好让我不似以前那样徒劳，而在此
> 圣洁的不满之中，伤悼出一些结果；
> 在我崇拜偶像的时候，我的心付出
> 何等的忧伤！我的眼浪费多少雨泪！
> 那苦难是我罪孽所致，如今我痛悔；
> 我确曾遭罪，所以我必须忍受痛苦。
> 贪杯嗜饮的醉鬼、黉夜游荡的窃贼、
> 浑身发痒的淫棍、洋洋自得的狂徒
> 都有对往日欢乐的记忆，可以释解

第四章　多恩神学诗之思想情感研究

　　即将来临的痛楚。可怜的我却毫无
　　安宁可得；因为长久而强烈的伤悲
　　既是果，又是因，既是罚，又是罪。①

　　诗人深知自己犯下了深重的罪孽，因此必须"忍受痛苦"。诗人提到，在他"崇拜偶像"的时候，即他崇拜女性或者性爱的时候，他曾"付出"了很多"忧伤"。而他的忧伤都是由于自己的罪孽——放荡所致，所以他必须承受相应的痛苦。可是，在面对"即将来临的痛楚"——死亡时，与那些往日拥有快乐的"醉鬼""窃贼""淫棍""狂徒"相比，诗人"毫无/安宁可得"。因为昔日的放荡可能让他无法获得上帝的宽恕，让他在生前死后都无法获得安宁。一方面，诗人昔日的放荡是亚当和夏娃最初犯下的罪孽的延续，诗人昔日的情欲带来的伤痛是原罪的"果"，也是对亚当和夏娃所犯下罪孽的"罚"；另一方面，诗人昔日的放荡又是他自己犯下的罪孽，在他生前死后都带来了无尽的悲伤，这是他死后无法获得救赎并痛苦的"因"。显然，诗人在诗歌末尾极富哲理性地论述了死亡所带来的长久而强烈的悲伤的因与果，罪与罚。

　　《神学冥想》第三首深刻地揭示出，在面对死亡时，诗人因恐惧自己早年所犯下的放荡之罪无法得到上帝的宽恕而处于极度的痛苦之中。此外，多恩面对死亡时所表现出的痛苦让我们不得不联想到他的叛教行为。多恩从小受到天主教思想的熏陶，殉教是他自小的一个目标。多恩曾说："我一直保持清醒。"② 他还曾说过："我开始受教育，和人们发生交往的时候，接触到的人都

---

①　约翰·但恩：《艳情诗与神学诗》，傅浩译，北京：中国对外翻译出版公司，1999年，第207页。

②　John Carey：*John Donne: Life, Mind and Art*, New York: Oxford University Press, 1981, p. 19.

信奉一个被压制、受迫害的宗教，习惯于受到死亡的威胁，想象中渴望成为殉教者。"① 多恩的外祖父约翰·海伍德于1574年宁愿远逃出国，也不愿接受基督教圣公会信仰。十年之后，多恩的外叔公托马斯·海伍德殉教。之后，他的家人包括舅舅贾斯帕和弟弟亨利也都为教而殉身。生活在这样一个信仰无比坚定的家族中，多恩本应该像他的家人一样为教会献身，但是他却选择放弃了自己的信仰，背叛了自己的信仰。毫无疑问，死亡不仅仅是一种腐朽，而且是一种折磨。因此，在面临死亡，面临上帝的审判的时候，"我永远清醒的那部分将会看见那张脸，/它的赫赫威严早已震散了我的每一处关节"②。

多恩在《神学冥想》第十九首中就曾这样描述他因叛教而极度畏惧死亡：

> 哦，令我烦恼，对立面相遇在一起：
> 变化无常的秉性不自然地生育出来
> 一种恒常的习惯；即当我不愿之时，
> 我总是在起誓，和祈祷中改变心意。
> 我的悔罪之心变幻反复不定，一如
> 我的渎圣的爱，且同样很快被忘却：
> 时而谜也似地失去常态，忽冷忽热，
> 或祈祷，或哑然；或万有，或虚无。
> 昨日，我不曾敢于窥望天国；今日，
> 在祈祷和谄媚的演说中我追求上帝；
> 明日我因真诚畏惧他的权杖而颤栗。

---

① 王佐良、何其莘：《英国文艺复兴时期文学史：五卷本英国文学史》，北京：外语教学与研究出版社，1996年，第446页。

② 约翰·但恩：《艳情诗与神学诗》，傅浩译，北京：中国对外翻译出版公司，1999年，第210页。

> 就这样，我的虔诚的发作来而复逝，
> 好像一场怪诞的疟疾：除了在这里，
> 因恐惧而颤抖时，才是我最好之日。①

通观全诗，诗人在诗歌中反复强调一个"变"字，同时诗人表明，他对这种"变化无常"感到十分烦恼。那么，令诗人烦恼的"变化无常"究竟是什么呢？一是"当我不愿之时，/我总是在起誓，和祈祷中改变心意"。这里暗指了诗人在天主教与新教之间的挣扎以及身不由己的变节行为。二是"我的悔罪之心变幻反复不定"。诗人深知自己犯下了叛教的罪行，如果只要忏悔就会得到上帝的恩典，获得宽恕，那么自己就应该虔诚地忏悔。可是，正如诗人在《神学冥想》第四首中所说："你不会缺乏恩典，只要你忏悔；/可是谁又将给予你那恩典以启动开端？"② 诗人困惑于自己的悔罪之心究竟能否感动上帝，自己能否如愿获得上帝的宽恕。因此，对于自己的罪过，诗人时而悔过、祈祷，时而快速忘却，变得哑然。诗人在昨日还不敢窥望天国，仰望上帝的容颜；在今日却又在祈祷中主动追求上帝，靠近上帝；而在明日又因畏惧上帝的权杖而颤抖。从昨日、今日到明日，诗人对待上帝的态度从忏悔、祈祷、谄媚演变成畏惧。这充分地揭示出诗人的"变化无常"，恰如他自己所说，"我的虔诚的发作来而复逝，/好像一场怪诞的疟疾"。事实上，诗歌中反复强调的"变化无常"暗指了诗人在天主教与新教之间的挣扎和对天主教的不忠与变节行为。

诗人认为，"变化无常"久而久之也就成为一种"恒常的习

---

① 约翰·但恩：《艳情诗与神学诗》，傅浩译，北京：中国对外翻译出版公司，1999年，第228页。
② 约翰·但恩：《艳情诗与神学诗》，傅浩译，北京：中国对外翻译出版公司，1999年，第208页。

惯"。可以看出，诗人在此提出了一个悖论，即变是恒定的。诗人似乎为自己的"变化无常"找到了一套具有说服力的辩词，为自己的变节找到了理由。虽然诗人一方面在极力为自己的"变化无常"辩护，让自己的"变化无常"变得名正言顺、合情合理，但是另一方面他却又对自己的"变化无常"感到十分烦恼。这正如他在爱情诗中一方面认为女性的善变、不忠是司空见惯的事情，情理之中的事情，而另一方面却又对不忠的女性充满了敌意。诗人对"变化无常"的烦恼体现了他对自己的谴责，也暗含了死亡给他带来的折磨与恐惧。诗人深知叛教可能是上帝无法饶恕的罪孽，因此在面临死亡、面临上帝的审判的时候，他会"因恐惧而颤抖"。

多恩神学诗歌中的死亡包含了两层含义。第一层含义是亚当与夏娃因其原罪而给人类带来的作为上帝的惩罚的死亡——肉体的腐朽。第二层含义是诗人自身犯下的罪孽（包括亚当与夏娃的原罪的延续）带来的死亡，这种死亡可以看作坠入地狱的不可再生、不可永生的死亡。第一层含义的死亡又暗含了两种可能性：一是死亡为诗人开启了另一扇门，成为靠近上帝、走向永恒幸福的天国的必经之路；二是死亡让诗人最终踏入了地狱之门，不再获得永生。而第二层含义的死亡才是诗人所真正畏惧的，因为在接受上帝的审判时，如果自己的罪孽太过深重而无法得到上帝的宽恕，他将无法获得再生。这两层含义的死亡交织在一起，加剧了诗人对死亡的恐惧。

虽然多恩十分担忧自己的罪孽无法获得上帝的饶恕，陷入了巨大的痛苦与折磨之中，生发出对死亡的恐惧，但是多恩又渴望死亡，因为死亡可以让他靠近上帝，最终得知上帝审判的结果，从而不再困惑与恐惧；同时，多恩对死亡也抱有一丝希望，因为死亡是通向永恒幸福的必经之路，死亡可能将他引入天堂，让他获得永生。多恩的一些神学诗就表达出他对死亡的渴望，他渴望得到上帝的救赎，步入永恒幸福的天堂。

《神学冥想》第七首也同样表达出诗人对死亡以及最后审判之日的矛盾态度。诗歌这样写道：

> 在这圆形大地的想象的四个角落，吹起
> 你们的号角，天使们；起来，从死亡中
> 起来，你们，无法计数无尽无穷的灵魂，
> 走向你们各自的散布于世界各处的躯体，
> 所有曾被洪水淹溺、又将被烈火煎熬者，
> 所有被战争、饥荒、老年、疟疾、暴政、
> 绝望、法律、不测所杀死者，还有你们，
> 将亲睹上帝，永远不会品尝死亡之苦者。
> 但是让他们且酣睡，主，让我哀哭片刻，
> 因为，如果在这些之上，我的罪孽繁衍，
> 我们到了那里时，再祈求您的无量恩泽
> 就来不及了；在这里，在这低下的地面，
> 就教给我如何忏悔罪过吧；因为这恰如
> 您已经用您的鲜血，印可了对我的宽恕。①

诗人一开始就描绘了一幅死亡的场景。天使在"圆形大地的想象的四个角落"吹起号角，无数的灵魂从死亡之中起来。这些死亡者有的死于洪水、烈火，也有的死于战争、饥荒、年老、疟疾、暴政、绝望、法律、不测。他们都将目睹上帝的审判，但是他们"永远不会品尝死亡之苦"。由此，诗人想到了自己的罪孽，担心自己会在审判之日遭受那"死亡之苦"，于是他渴求上帝让

---

① 约翰·但恩：《艳情诗与神学诗》，傅浩译，北京：中国对外翻译出版公司，1999年，第211页。

那些死者"酣睡",让他哀哭片刻,似乎这样可以减轻他对死亡的恐惧。由于自己罪孽深重,诗人对最后的审判感到十分恐惧,于是他祈求上帝"在这里,在这低下的地面,/就教给我如何忏悔罪过",因为如果等到他的死亡之日或者说审判之日再去祈求上帝的"无量恩泽",那就来不及了。至此,诗歌透露出诗人对死亡,对最后的审判的畏惧。然而,诗歌同样也表达出诗人迫切地盼望着最后审判的到来。在诗歌伊始,诗人就急切地要求天使吹起他们的号角,渴望死亡的到来,"在这圆形大地的想象的四个角落,吹起/你们的号角,天使们"。在诗歌末尾,在对死亡的恐惧中,诗人似乎又看到了一线希望,"您已经用您的鲜血,印可了对我的宽恕"。诗人相信,上帝曾经用他的鲜血将人类救赎,这就证明了上帝的仁慈与宽恕,那么上帝也会对诗人施以恩赐。因此,诗人又对死亡充满了期待。

在《神学冥想》第十首中,诗人不再畏惧死亡,反而对死亡充满了渴望,因为死亡开启了生之路。

死神,你莫骄傲,尽管有人说你
如何强大,如何可怕,你并不是这样;
你以为你把谁谁谁打倒了,其实,
可怜的死神,他们没死;你现在也还杀不死我。
休息、睡眠,这些不过是你的写照,
既给人享受,那你本人提供的一定更多;
我们最美好的人随你去得越早,
越能早日获得身体的休息,灵魂的解脱。
你是命运、机会、君主、亡命徒的奴隶,
你和毒药、战争、疾病同住在一起,
罂粟与符咒和你的打击相比,同样,
甚至更能催我入睡;那你何必趾高气扬呢?

第四章　多恩神学诗之思想情感研究

睡了一小觉之后，我们便永远觉醒了，
再也不会有死亡，你死神也将死去。①

在诗歌一开始，诗人就向死神呼吁，让他不要骄横。虽然有人认为死神是强大与可怕的，但是诗人发现事实并非如此。原本以为死神可以将人杀死，但是死神并没有如此大的威力。死神只是给人们带来了"休息、睡眠"。尽管人会随死神而去，可是随死神去的越早反而能越早"获得身体的休息"，灵魂也能越早得到解脱。

对于肉体而言，死亡带来的只是一场"休息"或者"睡眠"。罂粟和符咒同样也能带给人休息与睡眠，与死亡相比，它们甚至更容易让人进入休息与睡眠。因此，死神不必觉得自己如何强大与可怕，也不必摆出一副趾高气扬的模样。显然，在诗中死神的强大遭到了质疑，甚至否定。值得一提的是，多恩时常将死亡比作"休息"或者"睡眠"。在《神学冥想》第六首中，诗人写道："而贪婪的死神，将会在瞬息之间分裂析解/我的躯体，和灵魂，我将暂时地沉入睡眠。"②《神学冥想》第七首也这样描写道："但是让他们且酣睡，主，让我哀哭片刻。"③ 诗人通过该比喻强有力地瓦解了死神的强大威力，消解了死亡给人们带来的恐惧感。

对于灵魂而言，死亡更是给它带来了自由。在这里，多恩显然受到了柏拉图灵魂说的影响。柏拉图认为灵魂可与肉体相分离

---

① 吴伟仁、张强：《英国文学史及选读（学习指南第一册）》，北京：中央民族大学出版社，2002年，第168—169页。
② 约翰·但恩：《艳情诗与神学诗》，傅浩译，北京：中国对外翻译出版公司，1999年，第210页。
③ 约翰·但恩：《艳情诗与神学诗》，傅浩译，北京：中国对外翻译出版公司，1999年，第211页。

而独立存在,也可寄身于肉体,寄身于什么肉体,则毫无限制。人在诞生之时将灵魂摄入,灵魂囚禁于肉体之内,终生跟着肉体活动。在人死亡之时,灵魂脱离肉体而恢复自由。灵魂是神圣的、永恒的,但是一旦与肉体结合就不再纯洁,它离开肉体会回归其所属。① 因此,死亡不但没有将人杀死,反而让人的身体能够早日休息,并且让灵魂从肉体的束缚之中解脱出来,获得自由,回到天堂。诗人在诗歌最后写道:"睡了一小觉之后,我们便永远觉醒了,/再也不会有死亡,你死神也将死去。"在此,诗人称,在经过一番休息或一场睡眠之后,人们将"永远觉醒","再也不会有死亡"。这里,诗人暗示了死后的永生。肉体的消亡换得灵魂的再生,死亡是生命走向另一个世界的必经之路,而非生命的结束。死是生的前提,死蕴含了生。可以说,走向死也就是走向生。尘世生命的结束换来的是天国的永恒生命。至此,诗人彻底否定了死神的强大。从整首诗来看,字里行间流露出诗人对死亡的渴望。

在多恩眼中,死亡不再那么令人恐慌,它给人带来的不是无尽的痛苦与折磨,而是永恒的生命。赞美诗《病中赞颂上帝,我的上帝》就表达出死亡能够带来永生的思想。诗歌这样写道:

> 既然我即将来到那神圣的厅堂里,
> 在那里与您的圣徒唱诗班永远相伴,
> 那我就将被造成您的音乐;临来之时,
> 我在这里,在这门前调理丝弦,

---

① Cornelius Aggripa: *Of the Vanitie and Uncertaintie of Artes and Sciences*, in Richard D. Jordan, *The Quiet Hero: Figures of Temperance in Spenser, Donne, Milton, and Joyce*, Washington D. C.: The Catholic University of American Press, 1989, p. 66. 转引自晏奎:《生命的礼赞:多恩"灵魂三部曲"研究》,北京:北京大学出版社,2004年,第27页。

在这里事先考虑,到时该怎样表演。

我的医生们被他们的爱心变成
宇宙地理学家,我成了他们的图纸,
平躺在这床上,可以被他们标明
这是"通过热病的海峡"在我的西—
南方的发现——通过这些海峡去死,

而我高兴,在这些海峡中,我看到我的西方;
因为,尽管它们的海流不给谁回礼,
我的西方又将伤害我什么?一如西方和东方
在所有平面地图(我即其中之一)上都是一体,
死亡与复活也相衔接联系。

太平洋可是我的家乡?抑或是东方
富庶之地?是耶路撒冷?
安延、麦哲伦、直布罗陀等地方,
所有海峡,且惟有海峡,是通往那里的途径,
无论那里居住着雅弗、含、还是审。

我们认为乐园与卡尔佛里,
基督的十字架与亚当的果树位于同一处;
请看,主啊,两位亚当相遇在我心里;
犹如前一位亚当的汗水覆盖我面目,
愿后一位亚当的鲜血把我之灵魂拥护。

那么,主啊,请接引身裹他的猩红的我,
凭他的这些荆棘赐给我他的另一顶冠冕;

> 犹如向别的灵魂我把您的道理宣说，
> 愿我这诗篇，成为我自己灵魂的布道文，
> 以便他可以扶起主所贬斥的人。①

　　这首诗流露出诗人对待死亡的轻松、坦然态度以及对死亡的向往。诗人写到，他即将来到"神圣的厅堂"，即天国，也就是人死之后灵魂的归宿。诗人相信自己将会永远与上帝的圣徒们演奏美妙的天体音乐。于是，他"在这门前调理丝弦，/在这里事先考虑"。虽然诗人即将面临死亡，但是他没有丝毫的畏惧，相反，却积极为这一天的到来而筹备。病重的诗人犹如医生或者说宇宙地理学家手中的一幅"图纸"，任由他们摆弄、标注。最后他们在诗人这幅"图纸"上发现"通过热病的海峡"在他的"西－南方"。此处，"海峡"含有难关之意。诗人认为自己要么死于热病之关隘，要么穿过热病之海峡而痊愈。

　　尽管医生们十分地担忧这"海峡"，然而诗人却因能够在"这些海峡中"看到他的"西方"，即死亡，感到十分高兴。诗人认为，死亡并不会给他带来任何伤害，因为死亡就如同地图上的西方一样，能和东方——永生形成一体。死亡与复活是紧密相连的。有死亡就有复活。死亡是通向生的必经之路。走向死亡也就是走向生。至此，诗人对死亡的向往之谜被解开，诗人对死亡的向往即对重生与永生的向往。这也是诗人在他的另一首赞美诗《基督赞，作于最后一次旅德行前》中发出向往死亡的祈祷的原因。"仅仅为了去看上帝，我远走消失：/为了躲避风暴之日，我选择/一个无尽的夜晚。"②

---

① 约翰·但恩：《艳情诗与神学诗》，傅浩译，北京：中国对外翻译出版公司，1999年，第247—248页。
② 约翰·但恩：《艳情诗与神学诗》，傅浩译，北京：中国对外翻译出版公司，1999年，第245页。

在诗歌的末尾，诗人通过对基督受难的效仿进一步深化了死亡即永生的思想。基督在受难三日之后复活，获得了永恒的生命。诗人祈求上帝"接引身裹他的猩红的我"，并且"赐给我他的另一顶冠冕"。诗人想要通过这种方式获得如基督一般的重生与永生。

在赞美诗《病中赞颂上帝，我的上帝》中，诗人对基督的效仿不仅表现出他对重生与永生的向往，也暗含了他对基督的赞美。《神学冥想》第十六首则直接表达了对基督受难的赞美，也同样体现了他死亡即永生的思想。诗歌写道：

> 天父，您儿子所享有的对于您王国的
> 双重的权利，他赠给了我其中一部分，
> 他在那不可思议的三位一体中的身份，
> 他保留着，而给予我他以死所赢得的。
> 这只羔羊，从创世之初起便遭到屠戮，
> 他的死祝福了这世界，赋予它以生命，
> 他订立了两份遗嘱，给您的子民留赠
> 属于他，也属于您的王国的遗产遗物。
> 然而那法律如此严苛，人们仍然论争
> 一个人是否能完全履践那些契约规则；
> 无人做到，而治愈一切的恩典和圣灵
> 使被法律和文字杀死的东西重新复活。
> 您的法律的精要，和您的最后的训令
> 简直是爱；哦，让那最后的遗嘱实行！①

---

① 约翰·但恩：《艳情诗与神学诗》，傅浩译，北京：中国对外翻译出版公司，1999年，第222页。

整首诗表达了多恩对圣子——基督之死的赞美。在诗人看来，圣子的死亡给人类换来了永恒的生命。诗人称，圣子拥有双重权力，一是不可思议的三位一体的身份权力；二是用他的肉体、鲜血救赎人类的权力。而他却将用死亡换来的权力造福整个世界，整个人类："他的死祝福了这世界，赋予它以生命"。亚当与夏娃偷食禁果，犯下原罪，致使整个人类都具有与生俱来的原罪，并且无法自救。既然犯下罪孽，便需要付出赎价来补偿，而人又无力自己付出这赎价，因此上帝遣派其子基督为人类所犯下的原罪流血，并将其赎回。基督用他的鲜血洗净了人类的罪孽，自此人类便不再承受死亡的痛苦，也将获得永恒的生命。正如《神学冥想》第四首所说："或用基督的血洗涤你，它有如此神力：/尽管它是红的，却能把红色灵魂漂白。"[①]《神学冥想》第十一首也说道："上帝给自己披上卑微的人身，以便/他可能变得足够弱小，以遭受苦难。"[②] 多恩认为，既然上帝之子基督已经用他的鲜血洗涤了人类的罪孽，偿还了人类欠下的债务，为人类遭受了苦难，那么人类便不再承受死亡的折磨与痛苦。因此，对于诗人来说，死亡并不可怕，相反，圣子用死亡还清了人类欠下的债务，死亡意味着重生。

　　此外，多恩认为，基督的死是一种坚定的英勇行为，因为他自愿将自己交给敌人，自愿赴死。基督的慷慨赴死给诗人带来了心灵上的震撼，也让诗人不再恐惧死亡，而极度渴望死亡。多恩对死亡的渴望有时表现为自杀倾向。多恩曾写过一本关于自杀的书，叫《自杀辩》。该书在多恩生前并没有出版过，直到1647年才出版。自杀在基督教里一直都被看作一种犯罪。圣奥古斯丁认

[①] 约翰·但恩：《艳情诗与神学诗》，傅浩译，北京：中国对外翻译出版公司，1999年，第208页。

[②] 约翰·但恩：《艳情诗与神学诗》，傅浩译，北京：中国对外翻译出版公司，1999年，第216页。

为,自杀是一种应当受到诅咒的十分可恶的罪,它是懦弱的,表明了对上帝的仁慈失去信心。在基督教的欧洲,直到19世纪,自杀未遂者通常会被处死,自杀成功者的尸体一般会被当众肢解,自杀者的财产会被没收充公。英国的自杀者通常被拖到大街,埋在十字路口,不能举行任何仪式。① 多恩在他的《自杀辩》中对传统的基督教关于自杀的理论进行了争辩。他认为,自杀的感染力是普遍存在的。他在书中指出,自杀者的精神状态或许是不可指责的,他或许是由于得到了上帝的暗示和同意而选择自杀。他还认为,基督就是一个自杀者。同时,多恩也承认自己有自杀倾向。②

多恩在他的很多爱情诗中都表现出自杀倾向。在《爱的交换》中,诗人就请求爱神:"那就杀死,并解剖我,爱神"。③ 诗人自愿为爱情赴死,体现了一种强烈的自杀倾向。《成圣》《圣骨》等诗歌也明显地表现出热恋中的情侣为了爱情而自愿赴死的思想。毫无疑问,这都是诗人自杀倾向的写照。

多恩的自杀倾向不仅反映出他对死亡的渴望,而且是他想要支配、控制死亡的体现。《神学冥想》第十一首就表达出多恩的这种思想:

唾我脸面,你们犹太人,刺穿我肋,
殴打,嘲弄,鞭笞,钉我于十字架,

---

① John Carey:*John Donne: Life, Mind and Art*, New York: Oxford University Press, 1981, p. 206.

② Ernest W. Sullivan:*Biathanatos*, Newark: University of Delaware Press, 1984, pp. 17—18. 转引自陆钰明:《多恩爱情诗研究》,博士学位论文,华东师范大学,2007年,第76页。

③ 约翰·但恩:《艳情诗与神学诗》,傅浩译,北京:中国对外翻译出版公司,1999年,第50页。

> 因为我一直都在犯罪，犯罪，而他，
> 那绝不可能做不义之事的人，已死；
> 可是，我的罪孽甚于犹太人的不敬，
> 用我的死都并不足以抵偿我的罪孽：
> 他们曾经杀死一个无名之人，我却
> 天天钉碟他，而如今他已获得荣名。
> 哦，那就让我永远钦羡他非常的爱：
> 君王赦罪，他却承受对我们的惩处。
> 雅各身披着简陋而粗糙的外衣前来，
> 只为冒名顶替，且怀着获利的意图：
> 上帝给自己披上卑微的人身，以便
> 他可能变得足够弱小，以遭受苦难。①

在诗歌一开始，多恩便将自己想象为基督，表现出强烈的赴死愿望。他呼吁"犹太人"将他杀死。诗人连续运用了"唾""刺穿""殴打""嘲弄""鞭笞""钉"等含有暴力意味的动词，表达出对死亡的强烈渴求。诗人深知自己一直在犯罪，而他的罪孽远远甚于基督的罪过，因为基督的罪过仅仅是对犹太人不敬而已。诗人认为，基督这样一个"绝不可能做不义之事"的"无名之人"都能够自愿将自己交给敌人，对死亡没有丝毫畏惧，那么，罪孽深重的自己更应该为偿还自己的罪孽而慷慨赴死，更应该对死亡无所畏惧。在诗歌中，诗人不仅将自己想象为基督，而且抒发了对基督自愿赴死行为的崇敬，他写道："那就让我永远钦羡他非常的爱"。在诗歌末尾，诗人将雅各与基督进行对比，再次赞扬了基督自愿赴死的行为。雅各为了骗取双目失明的父亲

---

① 约翰·但恩：《艳情诗与神学诗》，傅浩译，北京：中国对外翻译出版公司，1999年，第216页。

第四章 多恩神学诗之思想情感研究

以撒的祝福，身披简陋的羊皮，冒充其兄以扫。雅各披上羊皮只为冒名顶替，获得个人利益，然而，上帝给自己披上了"卑微的人身"，只为让自己变得足够弱小，只为让自己遭受苦难，为他人谋取利益，偿还他人的债务。基督是多恩效仿的最好的榜样。多恩自杀倾向的背后是他想要控制死亡的强烈欲望。死亡在他面前显得如此卑微与软弱无力，多恩企图通过对死亡的完全掌控实现自我救赎。

综上所述，在多恩看来，死亡不仅是肉体的腐朽，罪孽所带来的朽坏，还是生命存在的另一种形式。死亡是肉体的腐朽，而更多的是罪孽所致的朽坏，这令诗人对自身的罪孽以及死亡充满恐惧，因为如果罪孽无法得到上帝的宽恕，他将无法获得再生。然而，虽然死亡给肉体带来了腐朽，但是也带来了一场"休息"和"睡眠"。对于灵魂来说，死亡让它摆脱了肉体的束缚，获得了自由与永生。在对死亡的恐惧之中，诗人发现，死亡不仅可以结束他对上帝审判的恐惧，而且给他开启了一扇通向永恒幸福的门。死亡并非意味着生命的终结，相反，死亡是生命存在的另一种形式。死亡是比生更富有活力的一种存在，因为死亡意味着自我的救赎。多恩在死亡的问题上表现出了一种复杂而矛盾的态度。他一方面畏惧死亡，另一方面又渴望死亡。然而，不论是畏惧还是渴求死亡，决定他的态度的关键在于罪孽与救赎。多恩一直担忧自己早年的放荡与叛教行为无法得到上帝的宽恕。能否获得上帝的救赎就如同一个谜，让他陷入了痛苦的深渊。可以说，多恩神学诗中的死亡主题是一个痛苦的灵魂的自我表白与反思。

二、多恩神学诗中的复活主题

死亡与复活是多恩神学诗中两个十分重要的主题。前文已对多恩神学诗中的死亡主题做了详细的论述。下文有必要对与死亡主题密切相关的另一主题——复活做一番解读。

多恩对基督教的复活思想深信不疑。基督教教义中的复活思想有两大来源：一是《圣经·新约》中提到的肉体的复活；二是希腊哲学思想中的灵魂不朽论。① 肉体复活与灵魂不朽紧密相连。基督的复活就是灵魂与肉体的复活。一般认为，复活就是灵魂与肉体在分离之后又结合在一起，最终共同复活。

亚里士多德认为，所有的生物都有灵魂。植物拥有植物灵；动物拥有感觉灵；人拥有理性灵。人以理性灵和感觉灵区别于植物，以理性灵区别于动物。灵魂与肉体是不可分割的。灵魂是形式，是实现，而肉体是物质，是潜能。灵魂不是肉体，但是却不能脱离肉体而独立存在。灵魂必须关联一个肉体，存在于肉体之内，即灵魂依赖肉体而存在。② 阿奎那在亚里士多德的灵魂论的基础上做了一些修正。他赞同亚里士多德关于灵魂是肉体的形式的观点，但是他认为灵魂与肉体是可以分离的。阿奎那认为，灵魂是一种可以自我维系的实质形式。人在死后会进入一种中间状态。在这种中间状态中，人的理性灵可以独立存在，等待与死去的肉体再次结合。脱离了肉体的灵魂没有了任何感知，也不再是死去那人的灵魂。只有当灵魂再次与死去的肉体结合，那人才可以复活。

对于多恩来说，复活是灵魂与肉体的复活。多恩曾在他的布道文中解释过，死亡就是灵魂与肉体的突然分离，两者突然重合的瞬间就是复活。③《神学冥想》第七首就明确地表达出了多恩

---

① Cullman Oscar: "Immortality of the Soul or Resurrection of the Dead", in *Immortality*, Ed. Terence Penelhum, Belmont: Wadworth, 1973, pp. 53—85.
② 亚里士多德：《灵魂论及其他》，吴寿彭译，北京：商务印书馆，1999 年，第 90 页。
③ George R. Potter, Evelyn M. Simpson: *The Sermons of John Donne*, California: University of California Press, 1953—1962, Vol. iii, p. 103. 转引自陆钰明：《多恩爱情诗研究》，博士学位论文，华东师范大学，2007 年，第 77 页。

第四章 多恩神学诗之思想情感研究

的复活思想:

> 在这圆形大地的想象的四个角落,吹起
> 你们的号角,天使们;起来,从死亡中
> 起来,你们,无法计数无尽无穷的灵魂,
> 走向你们各自的散布于世界各处的躯体,
> 所有曾被洪水淹溺、又将被烈火煎熬者,
> 所有被战争、饥荒、老年、疟疾、暴政、
> 绝望、法律、不测所杀死者,还有你们,
> 将亲睹上帝,永远不会品尝死亡之苦者。①

诗歌一开始便描绘了一幅死亡的场景。天使们在圆形大地的四个角落吹起了号角。接着,诗人呼吁无穷无尽的灵魂从死亡之中起来。显然,这里暗示了灵魂的复活。然而,灵魂的复活并不能给人带来真正的复活。于是,诗人继续呼吁那不计其数的灵魂走向它们"各自的散布于世界各处的躯体"。人死亡之后,灵魂与肉体相分离,灵魂重获自由,可以飞升天国,但是肉体仍旧散布在世界各处,等待灵魂的召唤,等待与灵魂的再次结合,从而获得再生。多恩在《神学冥想》第六首中,也对死后的灵魂与肉体的归宿做过类似的描述,他写道:"到时,我的灵魂朝天国,她的首座,飞升,/出生于尘土的肉体,将回归到尘土中居住"②。只有灵魂找回躯体,与躯体相结合,洪水淹溺者,烈火煎熬者,被战争、饥荒、年老、疟疾、暴政、绝望、法律、不测所杀死者才会亲眼见到上帝,走近上帝。在诗人看来,灵魂与肉

---

① 约翰·但恩:《艳情诗与神学诗》,傅浩译,北京:中国对外翻译出版公司,1999年,第211页。

② 约翰·但恩:《艳情诗与神学诗》,傅浩译,北京:中国对外翻译出版公司,1999年,第210页。

体的再次结合能让死者目睹上帝的容颜。多恩在他的一篇布道文中也做过相同的论述。他说:"我的灵魂将会十分地欣喜,因为这肉身(灵魂将不再称之为她的牢笼,她的诱惑者,而是她的朋友,她的伴侣,她的妻子)就是在灵魂与肉体的重聚与融合之中的我,将会见到上帝。"① 同时,也只有灵魂与肉体再次结合后,那些死者才会"永远不会品尝死亡之苦"。"永远不会品尝死亡之苦"即获得永生,也就是复活。

赞美诗《病中赞颂上帝,我的上帝》同样传达出了多恩灵魂与肉体再次结合的复活思想,以及他对灵魂与肉体的复活的渴望。诗人一开始就表明自己即将来到"那神圣的厅堂",即进入天国,也就是人死之后灵魂的归宿。沃尔顿在《多恩生平》一书中曾指出,此诗是多恩临死前在病榻上所作。诗人感到自己将不久于人世,他设想自己的灵魂将在天国与上帝的圣徒一起弹奏和谐的天使音乐。于是,诗人便提前"在这里事先考虑,到时该怎样表演"。从中可以看出诗人对待死亡的坦荡、轻松的态度。

在诗歌第二节,诗人将病重的自己比作医生手中的"图纸"。诗人平躺在床上,任由医生这些"宇宙地理学家"研究、标注。他们标明,这是"通过热病的海峡"。在此,"海峡"含有难关之意。诗人认为自己要么死于热病之关隘,要么穿过热病之海峡而痊愈。在这些海峡之中,诗人看到了他的"西方"。"西方"象征死亡。尽管死亡从不给人"回礼",但是诗人感到高兴,因为在他看来,死亡并不会给他带来伤害。正如在所有的平面地图上西方和东方是一体,死亡与复活也是一体。既然有死亡,那么就会有复活。在诗人看来,虽然他即将死去,但通过死亡他可以步入天堂,获得永生。全诗反映了诗人对死亡的淡然态度以及对复活

---

① Logan Pearsall Smith: *Donne's Sermons: Selected Passages with an Essay*, Oxford: The Clarendon Press, 1964, p. 226.

的期望。

在诗歌第四节,诗人罗列了大量的地理名词来说明自己死后的归宿,具体来讲,就是死亡的肉体的归宿。正如多恩在《神学冥想》第六首中所指出的,人死后,灵魂会飞向天国,而出生于尘土的肉体则回归尘土。诗人不确定自己的家乡会是在太平洋,还是东方的富庶之地,还是耶路撒冷。换言之,他不确定自己死亡的肉体会回归何处。在本节末尾,诗人再次强调,无论他即将死亡的肉体回归何处,"惟有海峡"才能通往那些地方,也就是说只有这场热病才能让他走向死亡。

诗人在诗歌的前四节主要描述了他即将走向死亡,以及他对死亡与复活的渴望,重点落在了死亡主题上。自诗歌第五节起,诗人将重心转移到了复活主题上。诗人认为,基督受难之处就是亚当埋葬之处。亚当与基督都是上帝的儿子,因此基督可称为第二个亚当。但是第一位亚当犯下了深重的罪孽,给人类带来死亡;而第二位亚当则为第一位亚当所犯下的罪孽偿还债务,救赎身负原罪的人类。前一位亚当意味着罪孽与死亡,而后一位亚当意味着救赎与复活。诗人认为,这两位亚当都存在于他的心中。既然第一位亚当给诗人带来了罪孽与死亡,那么第二位亚当就应该用他的鲜血拥护诗人的灵魂,给诗人带来救赎与复活。为了获得救赎与再生,诗人最后效仿基督受难,祈求上帝"接引身裹他的猩红的我,/凭他的这些荆棘赐给我他的另一顶冠冕"。这两行诗句体现出诗人在面对即将来临的死亡时对上帝的救赎的渴望,因为诗人深知自己犯下了深重的罪孽,他是"主所贬斥的人"。同时,诗人对基督受难的效仿也暗含了他对灵魂与肉体的复活的渴望。基督受难三天之后复活,而其复活不仅仅是灵魂的复活,也是肉体的复活。不论诗人死亡的肉体回归何处,散落在世界的哪个角落,终究会在"后一位亚当的鲜血"所拥护的灵魂的召唤下,与灵魂相聚,获得再生。至此,复活主题在诗人对基督受难的效仿中得到了诠释和深化。

通过以上分析可以看出,多恩的复活并不是简单的灵魂复活或者肉体复活,而是灵魂与肉体再次融合后的复活。在多恩看来,人要获得重生,肉体的复活是必不可少的。在他的一篇布道文中,多恩就对肉体的复活做过大胆的设想。他说:

> 在地球的哪一层折皱里,哪一个沟壑里,哪一个内部深处躺着一千年前焚化的人体的骨灰微粒?在大海的哪一个角落、哪一个心室,躺着在洪水中被淹的人体的肉糊?……我们死亡的躯体的一种体液产生虫子,这些虫子吮吸其他的液体,然后一切都死了,一切都干了,然后腐朽成尘埃,这些尘埃被吹入河流,那些浑浊的河水翻滚着流入大海,大海不停地潮涨潮落,上帝仍然知道每一粒小珠子在哪儿躺着,每一个人的尘埃微粒在世界的哪个地方躺着:正如先知所说的,他轻声耳语,他嘶嘶作声,他召唤使徒的身体,一霎眼的工夫,那散开成各种成分的身体,就在上帝的手中,在一种辉煌的复活中成形。①

可以看出,死亡的肉体在被上帝召唤之前,在复活之前,经历了种种变化,从体液变成虫子、尘埃、河水,直至最后的海水。显然,多恩相信,人死后,灵魂会马上飞升天国,而肉体将回归尘土,之后变化了的肉体再与灵魂相聚,获得重生。即使肉体与灵魂再次结合之前经历了很多变化,但是它仍旧是先前的肉体,不可抛弃。这正如德尔图良所说,"正是身体才使灵魂被上

---

① George R. Potter, Evelyn M. Simpson: *The Sermons of John Donne*, California: University of California Press, 1953—1962, Vol. iii, p. 98. 转引自陆钰明:《多恩爱情诗研究》,博士学位论文,华东师范大学,2007年,第77页。

第四章 多恩神学诗之思想情感研究

帝拣选成为可能。但同样,身体被洗刷,灵魂才能洁净;身体受膏,灵魂才能被祝圣;身体被划十字架,灵魂才能被加强;身体黯然,灵魂才能被圣灵照亮,身体藉着基督的血和肉才使灵魂与上帝同宴而欢"①。

值得注意的是,在多恩看来,人的灵魂的复活更多地依赖于上帝的仁慈和恩典以及通过忏悔罪孽而获得新生。多恩在赞美诗《天父上帝赞》中就表达出此生灵魂将从罪孽之中得以复活的思想。此诗表现了诗人对自己罪孽的忏悔以及上帝的仁慈恩典。整首诗的发展模式是:从对罪孽的忏悔到获得复活的保证,直至最后的复活。首先,诗人向上帝忏悔自己所犯下的罪过,即从他生命中开始的罪恶——原罪,到"成功地诱劝/别的人去犯罪",再到"在其中翻滚了廿年多"的罪过,直到最后对能否获得宽恕的"恐惧之罪"。诗人意识到自己所犯下的罪孽深重,渴望得到上帝的宽恕。他在不断地忏悔自己的罪过的过程中,感受到上帝已经原谅了自己的罪行。"当您完工之时"(When thou hast done)暗含了上帝对多恩的罪孽的宽恕。在这里,"done"一词一语双关,一表示字面意思"完工";二为暗含的一层含义,"done"与多恩的名字"Donne"同音,"当您完工之时"可以理解为"当您拥有多恩的时候",这就意味着上帝对多恩的接受与宽恕,也意味着上帝对多恩死后灵魂复活的保证。既然上帝不断地宽恕自己的罪孽,于是诗人也就继续忏悔并彻底地坦白自己的所有罪孽。诗人在坦白、忏悔的过程中,也产生了一种"恐惧之罪","恐怕我一旦缠完/我最后一缕线时,我将在此岸逝灭"。他深知自己的罪孽太过深重,于是对上帝的仁慈产生了些许怀疑。但是

---

① 德尔图良:《论灵魂和身体的复活》,王晓朝译,香港:汉语基督教文化研究所,2001年,第130—133页。转引自黎明星:《灵与肉的复活——读约翰·多恩的宗教诗》,《世界文学评论》,2008年第2期,第70—71页。

诗人对上帝仁爱的感受又给了他无比坚定的信念。正如他在布道文中所说，他能够信赖"明天的恩典"。他对自己的复活充满了信心。多恩曾这样描述自己的复活：

> 我的灵魂一进入天堂，我就能跟天使们说话，我跟你们是一样的材料，精神对精神。因此，让我和你们站在一起，看着你们的上帝、也是我的上帝的脸；在这肉体复活的时候，我就能跟大议会的天使，上帝的儿子，耶稣基督本人交谈。我和你是由同样的材料组成，肉体对肉体，肉身对肉身，因此，让我和你坐在一起，就在上帝的手中。①

在《天父上帝赞》中，诗人在些许担忧之中又表现出对自我复活的信心。诗人称，只要上帝以自身起誓，能够宽恕他最后的罪过——恐惧之罪，他便完成了他的忏悔，不再惶惑。与自己与生俱来的原罪以及自己所犯下的"成功地诱劝/别的人去犯罪"之罪过、"在其中翻滚了廿年多"的罪过相比，诗人感到自己的"恐惧之罪"也将得到上帝的宽恕。最后，诗人的罪孽和上帝的宽恕之间的对抗随着上帝对他最后的罪行的原谅而消解。诗人感到，既然上帝之子，基督的慈悲之光在此刻以及在此以前能将犯下深重罪孽的自己从地狱的黑暗中解救出来，让他不断忏悔，那么也将在他死亡之时一如既往地普照他，使他获得再生。诗人深信，"完成这个之后，您才算完善，/我不再感到惶惑"（having done that, Thou hast done, I have no more）。只有上帝宽恕了诗人最后的罪孽，上帝才完全接受了诗人，真正拥有了诗人，诗

---

① George R. Potter, Evelyn M. Simpson: *The Sermons of John Donne*, California: University of California Press, 1953—1962, Vol. iv, p. 46. 转引自陆钰明：《多恩爱情诗研究》，博士学位论文，华东师范大学，2007年，第78页。

人也就最终实现了灵魂的复活。虽然诗人从诗歌开始至末尾都在反复提及自己的罪过与不断忏悔,但是诗歌却透露出诗人对复活的自信。诗人的自信源于他对上帝的信仰,因为诗人深信,忏悔越充分,除罪也就越彻底,也就离天堂或上帝的救赎越近。

通观全诗可以得出,诗人对上帝的虔诚信仰,包括对上帝之子的虔敬以及他越来越多的忏悔使得其灵魂的复活成为可能。显然,对于多恩来说,上帝的宽恕和复活是紧密相连的。

多恩的神学诗和布道文深刻地阐释了多恩对复活的理解。多恩在作品中一直在区分灵魂与肉体在人死亡之后的归宿与命运。灵魂立即飞离肉身,前往天堂,而肉体回归尘土,经历变形,最后在上帝的大审判之后与灵魂再次相聚。肉体的复活是上帝救赎的关键,也是人的复活的关键。抛弃了肉体,灵魂就无法被上帝拣选,灵魂的复活自然成为一场空谈。灵魂的复活来自上帝的仁慈与恩典以及对上帝的虔诚信仰。同时,灵魂的复活也是肉体复活的荣耀的"绝对可靠的印章"。因此多恩深信,灵魂与肉体是相互结合的,人死后灵魂与肉体得到安息,直到末日审判灵魂与肉体一起复活。真正的复活不是简单的灵魂的复活或者肉体的复活,乃是灵魂和肉体的重新结合。

第三节 多恩神学诗中的宗教思想
——虔诚者还是叛逆者?

约翰·凯利曾指出:"关于多恩,应当记住的第一件事情是他是个天主教徒;第二是他背叛了自己的信仰。"[①] 多恩出生于

---

① John Carey: *John Donne: Life, Mind and Art*, New York: Oxford University Press, 1981, p. 15.

一个虔诚的天主教家庭。而天主教出身让他陷入了一场宗教纷争,影响了他的一生。可以说,宗教给多恩所带来的内心的混乱与痛苦恰恰反映了他所生活的16、17世纪英国的社会现实。在16、17世纪时期的英国,一名天主教教徒势必处处碰壁。如果坚持信奉天主教,便不可能担任任何公职,也不能获得学位。为了让民众加入英国国教,英国政府还推行了财政激励措施。1585年,英国政府颁布了一条法令,规定拒绝参加国教仪式的天主教教徒必须每月上交20英镑的罚款。在当时的英国,20英镑是一名普通教区教长一年的年薪。此外,天主教家庭经常会遭到突袭。为了找到神职人员的藏身之处,房屋的墙壁被推翻,屋子被翻查,地板被拆毁。天主教教徒还常常遭到敲诈勒索和恐吓。[①]当时的天主教教徒生活在极度的恐惧与隔离的环境之中。

　　多恩就生活在这样一个其宗教信仰受到高度压制的环境下。多恩的父母都是天主教教徒,父亲去世之后,多恩的母亲又嫁给了一名天主教教徒。多恩早年所受的教育是由他的母亲为他聘请的家庭教师所授。家庭教师也是天主教教徒,他对多恩的天主教信仰有着重要的影响。之后,多恩到牛津和剑桥求学,但是因为他的天主教信仰而最终无法获得学位。这对于满怀政治抱负的多恩来说无疑是个巨大的打击。为了讨好上层社会和政府,多恩追随埃塞克斯伯爵投入了对西班牙海军的战争。正是在此期间,多恩结识了英国女王的掌玺大臣伊格尔顿的儿子。在伊格尔顿的儿子的推荐下,多恩在1597年被任命为伊格尔顿的秘书。此后,多恩的事业蒸蒸日上。同时,他也认识了伊格尔顿第二任妻子的侄女安·莫尔。1601年,两人秘密结婚。或许是由于多恩的天主教出身,或许是因其家族不够显赫、富有,或许是因其青年时

---

① John Carey: *John Donne: Life, Mind and Art*, New York: Oxford University Press, 1981, pp. 15—16.

第四章 多恩神学诗之思想情感研究

期的放荡,这段婚姻遭到了岳父的强烈反对。愤怒的岳父逼迫伊格尔顿解雇多恩,并把多恩投进了监牢。至此,多恩在仕途上攀升的道路被堵死,"只有教会的门还开着"①。多恩设法让国王詹姆斯一世了解到他的学识。詹姆斯一世十分欣赏他渊博的学识,但是并不给他俗职,而要求他担任神职。当时要在教会谋得职位,就必须改信英国国教。1615 年,多恩皈依国教,开始担任国王的私人牧师,最后被任命为伦敦圣保罗大教堂的教长。虽然多恩接受神职,改信了国教,但是他内心充满矛盾。

多恩的家族是一个十分虔诚的天主教家族。鲍尔德(R. C. Bald)就曾指出,"没有哪个家庭能像这个家庭一样忍受如此沉重的不幸"②。1574 年多恩的外祖父约翰·海伍德宁愿远逃出国,也不愿接受基督教圣公会信仰。十年之后,多恩的外叔公托马斯·海伍德殉教。之后,他的家人包括舅舅贾斯帕和弟弟亨利也都为教而殉身。多恩的不少至亲都因信奉天主教而遭到迫害,而他却为了仕途上的升迁背叛了自己家庭成员为之牺牲的信仰,皈依了英国国教,这让他后来自责不已,叛教成为他一生的痛,使他饱受困扰。因此,在多恩的诗歌中,尤其是在他的神学诗中,可以明显地感受到他对宗教疑惑而矛盾的态度。可以说,多恩的神学诗是他痛苦灵魂的自我表白。

《神学冥想》第十八首就表达出多恩对宗教的怀疑态度。在诗歌开篇,多恩请求基督展示他"那光洁的妻室"。这里,基督的"妻室"指的是真正的教会。究竟谁才是基督真正的"妻室",诗人对此感到十分困惑。诗人无法压制住内心的疑惑,于是,一连向基督提出了七个问题。基督那位"光洁的妻室"是"在彼岸

---

① 杨周翰:《十七世纪英国文学》,北京:北京大学出版社,1985 年,第 106 页。
② R. C. Bald: *John Donne: A Life*, New York and Oxford: Oxford University Press, 1970, p. 23.

招摇而过，/浓妆艳抹的那个"，即罗马天主教会，还是"在德意志以及此地伤恸且哀泣的这位"，即分裂为路德派和英国国教的新教会？这位妻子是否沉睡了千年之久，现在才重新出现？这位妻子是否既是真理又是谬误？她是焕然一新还是陈旧不堪？随着时间的流逝，这位妻子是否会永久地存在？她是否会像冒险的骑士一样经过艰辛的寻觅后才会"调情求爱"？这里，诗人将妻子与追逐圣洁爱情的骑士进行类比，反映出妻子对基督虔诚的爱。这七个问题所关注的焦点是英国的宗教教派之争。这些问题传递出不同的教派给多恩带来的困惑。在诗歌末尾，诗人再次要求基督这位好心的丈夫将他的妻子展现给"我们"。因为"只有当她被多数人拥抱，向多数人敞开"，更多的人去追求并追随她，才能看出她的虔诚，"她对于您才算是最忠实，最可爱"。实际上，诗人在诗歌末尾又回到了他最关心的问题，宗派之争的核心问题，即：哪个教会才是人们应该追随的教会？诗人不断地向基督提问。面对诗人如此多的困惑，基督并未给他答疑解惑，并未对他做出任何反馈，这无疑加深了诗人的困惑与怀疑。

《神学冥想》第四首同样表达出了诗人对宗教的困惑与怀疑。

> 哦，我的黑色的灵魂！此刻你被疾病
> ——死亡的先锋，和护卫官，所召唤；
> 你就像一个流浪者，身在异地，因犯
> 叛逆之罪，不敢回到他所逃离的国境，
> 或者像一个窃贼，直到被宣判了死刑，
> 都一直希翼他自己能够从牢狱中获释；
> 可是在一片唾骂和欢呼声中临刑之时，
> 却又希望他能够永远囚禁在牢狱之中；
> 然而，你不会缺乏恩典，只要你忏悔；
> 可是谁又将给予你那恩典以启动开端？

第四章　多恩神学诗之思想情感研究

> 哦，那就把你自己用圣洁的悲哀染黑，
> 用羞愧染红，一如你在罪孽之中浸染；
> 或用基督的血洗涤你，它有如此神力：
> 尽管它是红的，却能把红色灵魂漂白。①

在诗歌的前八行，诗人表现出对即将来临的死亡的极度畏惧。受到疾病这个死亡的"先锋"和"护卫官"的召唤，他的"黑色的灵魂"即将走向死亡。可是，此时，在死亡面前，诗人没有了《神学冥想》第十首中对死亡的轻蔑，也没有了对死亡的强烈的征服感，而是陷入了一种极度的惶恐之中。在死亡面前，诗人那"黑色的灵魂"就像是个因犯下叛逆之罪而不敢回到它所逃离的国境的流浪汉，因为只要一回国就将受到严厉的惩罚。通过这一类比，诗人暗示了由于自己曾犯下叛教之罪，在面临上帝审判的时候，他必将受到严惩，无法获得上帝的救赎。同时，诗人又宣称，那"黑色的灵魂"又像一个直到宣判了死刑都还一直希望自己能获得释放的窃贼。因为对死亡的畏惧，在生命的最后一刻，诗人仍旧希望逃离死亡。可是，在面对"一片唾骂和欢呼声中临刑之时"，那"黑色的灵魂"又希望能够永远囚禁在牢狱之中。诗人感到自己罪孽深重，无法获得上帝的救赎也是罪有应得，所以他愿意永远忍受罪孽给他带来的痛苦与煎熬。诗人陷入了矛盾之中。他一方面因自己罪孽深重而畏惧死亡，想要逃离罪孽带来的痛苦，另一方面却又愿意承受罪孽给他带来的折磨。

在矛盾与困境之中，诗人给自己找到了一条出路，"你不会缺乏恩典，只要你忏悔"。然而，这条救赎之路又让诗人陷入了矛盾与困惑之中。"谁又将给予你那恩典以启动开端？"这个问题

---

① 约翰·但恩：《艳情诗与神学诗》，傅浩译，北京：中国对外翻译出版公司，1999 年，第 208 页。

关系到天主教与新教教义的一个重要差别。天主教教徒相信，堕落的灵魂浸泡在上帝的恩典之中便可以获得拯救。人要主动向上帝忏悔，并通过洗礼、其他的圣礼或者善行等获得上帝的恩典。然而，新教教徒并不认为教会或圣礼可以赐予人上帝的恩典。他们认为，信就是上帝的圣恩。信不仅仅是相信上帝的存在，而且是还相信地狱之中的魔鬼的存在。信意味着相信自我的救赎。对于上帝的恩典，人是无能为力的，不能依靠行为得救，上帝早已挑选了他的选民。只有上帝才是值得人无条件信任、依靠的。只有真诚地信任与依靠上帝，才能获得永恒的生命。

  虽然诗人深知自己犯下了深重的罪孽，但是他不知道该何去何从，不知道怎样才能得到上帝的救赎。这是不同宗教派别给他带来的困惑。尽管有这些困惑，多恩还是对天主教上帝充满了虔诚与依恋：

> 撞击我的心吧，三位一体的上帝；
> 迄今你只轻扣、吐气、照射，设法修补；
> 为了让我能站起来，推翻我吧，鼓足
> 你的气力打碎我，吹我，烧我，使我成为新体。
> 像一座应效忠另一人却被侵占了的城池，
> 我努力让你进来，但结果毫无用处，
> 理性——你在我心里的总督——应将我保护，
> 可他也成了俘虏，证明他或是不忠或是无力。
> 我非常爱你，也非常希望能为你所爱，
> 但是我却已和你的仇敌订了亲，
> 让我和他离婚吧，或把那个结扯碎或解开；
> 把我拉到你身边，把我囚禁起来，只因
> 除非你奴役我，我永远不会自由，

第四章 多恩神学诗之思想情感研究

永远不会贞洁,除非你把我强行占有。①

诗人在诗歌一开始便主动要求三位一体的上帝"撞击"他的心。对于诗人来说,上帝的"轻扣""吐气""照射""修补"都不足以将他拯救,于是诗人主动要求上帝的拯救行动来得更猛烈些。只有上帝"推翻""打碎""吹""烧"才能使诗人"成为新体",获得拯救与永生。诗人感到自己就像一座被他人侵占了的城池,努力地靠近上帝,"让你进来",但是"结果毫无用处"。在诗歌的末尾,诗人甚至主动要求上帝把他"囚禁起来","奴役"并"强行占有"他。然而,上帝却并没有做出任何回应。从整首诗来看,在人与上帝的关系上,上帝一直是被动的、沉默的。对于新教教徒来说,在人神关系上,上帝是主动的,而人是被动的。上帝无条件地拣选他的选民,他不会让所有的人都有被救赎的希望,而是挑选一些人,放弃另一些人。上帝是主动的,人无法依靠行为干预上帝的拣选。然而,传统的天主教则更为看重人的自由意志。人的灵魂努力靠近上帝,攀升至天国。人要获得救赎虽然依靠上帝的恩宠,却也很大程度上取决于个人的选择。很明显,在本诗中,多恩笔下被动、沉默的上帝正是天主教上帝的形象。

通观全诗,可以发现,诗人对这位天主教上帝充满了依恋之情。通过一系列蕴含暴力意义的词语,诗人不仅表现出自己对天主教上帝的主动靠近,而且还表现出付出行动以获得上帝拯救的决心与勇气,使自己"成为新体",获得永生。在诗人看来,天主教上帝是无所不能的,能够从罪恶的深渊之中将自己解救出来。

---

① 李正栓:《英国文艺复兴时期诗歌研究》,保定:河北大学出版社,2006年,第48页。

可以看出，虽然多恩因为各种原因改信了英国国教，但是他在内心深处仍然对天主教有一种深深的依恋之情。多恩在《受难日，1613，西行》中就表达出他对天主教难以割舍的情愫。在诗歌一开始，诗人就坦承他对仕途的渴望与宗教追求之间的冲突与矛盾。究竟是向西还是向东一直困扰着诗人。读者可以感觉到诗人在追求世俗的成功时，仍然无法放弃他的天主教信仰。诗人的困境更多的是精神上的而非经济上的。值得一提的是，多恩在作此诗之前，于1610年和1611年先后发表了反对天主教的《伪殉道者》和《圣伊纳哥的秘密会议》。这无疑是多恩为放弃天主教而作的宣言。虽然多恩已向公众表明了自己的态度，但是两年后在本诗中他却又流露出自己对天主教信仰的不舍以及内心的矛盾与挣扎。背弃天主教，改信英国国教，意味着多恩的前途将一片光明，但是又意味着他的灵魂将永远经受折磨。坚守天主教信仰，拒绝英国国教，意味着多恩的前途将一片黑暗，他的才华与抱负将永远被埋没。经过一次次激烈的挣扎，虽然诗人选择皈依英国国教，但是在内心深处他还是一个天主教教徒。在《讽刺三》中，多恩也很自然地流露出他对天主教的感情。尽管两派之争让他感到困惑，丧失了归属感，多恩不得不在天主教和新教之间做出选择，最终背弃了天主教，但是他始终难以割舍他的家族曾为之殉难的信仰。

多恩家庭的天主教传统让他自小就渴望成为一个殉教者，正如多恩所说："我一直保持清醒。"① 他还曾说："我开始受教育，和人们发生交往的时候，接触到的人都信奉一个被压制、受迫害的宗教，习惯于受到死亡的威胁，想象中渴望成为殉教者。"②

---

① John Carey：*John Donne: Life, Mind and Art*, New York：Oxford University Press，1981，p. 19.
② 王佐良、何其莘：《英国文艺复兴时期文学史：五卷本英国文学史》，北京：外语教学与研究出版社，1996年，第446页。

第四章 多恩神学诗之思想情感研究

可是，当多恩真正有机会去实现自己的目标时，他选择了背弃天主教。多恩在《启应祷告》中写道："那就让他们的鲜血/来替我们乞求一份对死亡，或更坏/生活的慎重忍耐：因为，呵，对有的人来说/不做殉教者，才是一种殉教。"① 在多恩看来，有的人通过死亡来实现殉教，而有的人则通过忍受"更坏的生活"来实现殉教。多恩选择了后者，一种"不做殉教者"的殉教。某种程度上，这是多恩对自己的逃避所做的辩解。在现实生活中，多恩迫于无奈放弃了自幼以来的愿望，放弃了一名天主教教徒应有的理想，于是他便通过诗歌来实现自己无法实现的殉教理想。

在《神学冥想》第十一首中，诗人将自己想象为基督，自愿遭受苦难。

> 唾我脸面，你们犹太人，刺穿我肋，
> 殴打，嘲弄，鞭笞，钉我于十字架，
> 因为我一直都在犯罪，犯罪，而他，
> 那绝不可能做不义之事的人，已死；
> 可是，我的罪孽甚于犹太人的不敬，
> 用我的死都并不足以抵偿我的罪孽：②

诗人在诗歌开篇连续运用了"唾""刺穿""殴打""嘲弄""鞭笞""钉"等含有暴力意味的动词，短短的两行诗句生动形象地刻画了一幅受难的场景，这是对基督受难场景的再现，同时深刻地表达出诗人对受难和死亡的渴望与向往。接着，诗人将自己与基督进行了比较，揭示出自己的罪孽深重。诗人深知自己的罪

---

① 约翰·但恩：《艳情诗与神学诗》，傅浩译，北京：中国对外翻译出版公司，1999年，第233页。
② 约翰·但恩：《艳情诗与神学诗》，傅浩译，北京：中国对外翻译出版公司，1999年，第216页。

孽远比基督的罪过深重，因为基督的罪过不过是对犹太人不敬而已。诗人认为，基督这样一个"绝不可能做不义之事"的人都能够自愿将自己交给敌人，对死亡没有丝毫的畏惧，那么，犯下了用死都无法抵偿的罪孽的自己，更应该为偿还自己的罪孽而慷慨赴死，更应该对死亡无所畏惧。基督就是多恩的榜样。诗人选择效仿基督受难，体现了他对受难成圣的渴望。

在《神学冥想》第十四首中，多恩恳求上帝"撞击"他的心，主动要求上帝的拯救行动来得更猛烈些。上帝的"轻扣""吐气""照射""修补"都不足以将诗人拯救，他要求上帝"推翻我吧，鼓足/你的气力打碎我，吹我，烧我"从而使他"成为新体"，获得永生。从动词的选择中可以看出诗人主动要求受难的强烈愿望。在诗人看来，受难可以让他获得救赎。多恩曾在一篇布道文中论述他对受难的理解：

> 我们不能把这叫做乞求苦难或借贷苦难，好象我们自己的苦难还不够，还得向隔壁人家去讨，把邻家的苦难背起来。当然这种贪心是可以原谅的，因为受苦是可宝贵的，谁也不能说苦已经受够了。只有受足苦难，一个人才能说是成熟了，经历过这苦难才配被上帝接受。一个人的财宝若只有金块或金条，而不是铸成的通用的金币，他出门旅行是派不了用场的。磨难按其本来的性质说是财宝，但不是流通的货币，不能使用，只有通过磨难而使我们离家——天堂愈来愈近，它才算有用。①

多恩显然在提醒人们，受难的过程就是一个忏悔除罪的过程。受难越充分，除罪越彻底，离上帝的救赎就越近。对于多恩

---

① 杨周翰：《十七世纪英国文学》，北京：北京大学出版社，1985年，第110页。

来讲，受难不仅是忏悔除罪的过程，能够让他获得拯救，而且是他对现实生活中因叛教而没有实现的殉教理想的一种幻想性实现，弥补了他心灵上的缺憾，减轻了叛教行为给他带来的精神上的折磨。多恩最终在诗歌的想象世界中找到了平衡。

多恩对受难的向往，就是他对殉教的向往。不仅是他的神学诗，其爱情诗也反映出他对殉教的渴望。在《成圣》《葬礼》等爱情诗中，诗人成为"爱的殉道者"，实现了他在现实生活中因叛教而无法实现的愿望，最终在想象中由于爱而成为圣徒、殉教者。本书第二章第三节已对这两首诗中的殉教思想做过详细的阐释，在此不再赘述。诗人对受难、殉教的向往的背后是他对天主教的深深的依恋之情。

多恩对天主教的依恋之情还体现在他对自己的叛教行为感到极度痛苦上。仔细想来，多恩所说的忍受"更坏的生活"的殉教方式就是忍受叛教给他带来的无尽折磨与痛苦，比起死亡所带来的痛苦，这显然是"更坏的"，更持久的。多恩在《神学冥想》第十九首中描述了叛教给他带来的无尽痛苦。诗人在一开始就声称自己十分烦恼与痛苦。那么究竟是什么让他陷入了痛苦之中呢？诗人指出，"对立面相遇在一起：/变化无常的秉性不然自地生育出来/一种恒常的习惯"。"变化无常"久而久之成为一种"恒常的习惯"，成为理所当然的事情。即便如此，这种"变化无常"也是令人苦恼的、痛苦的。诗人在诗歌中反复强调一个"变"字，那么，令诗人所烦恼的"变化无常"究竟是什么呢？诗人的"变化无常"既包括"当我不愿之时，/我总是在起誓，和祈祷中改变心意"，也包括"我的悔罪之心变幻反复不定"。政治抱负与宗教追求之间的冲突使得诗人在天主教与新教之间摇摆不定。虽然诗人内心深处极不愿意选择叛教，但他最终还是为了个人抱负而放弃了自己的信仰。叛教使自己犯下了深重的罪孽，诗人渴望通过虔诚的祈祷与忏悔来获得上帝的宽恕与拯救。值得注意的是，虽然诗人已经皈依新教，但是在他面临困境的时候，他仍然求助于天主教上帝，向其忏悔。可是，诗人已经叛教，接受忏悔的天主教上帝已经被他抛弃，诗人的忏悔最终能否除去、豁免他的罪过，诗人的悔罪之心是否能感动上帝，诗人感到十分困惑。因此，对于自己的罪过，诗人时而悔过、祈祷，时而快速忘却，变得哑然；时而感到充满获救的希望，时而感到前途一片黑暗。在对待上帝的态度上，诗人也显得"变化无常"。诗人在昨日还不敢窥望天国，仰望上帝的容颜；在今日却又在祈祷中主动追求上帝，靠近上帝；而在明日又因畏惧上帝的权杖而颤抖。诗人的"变化无常"恰如他自己所说，"我的虔诚的发作来而复逝，/好像一场怪诞的疟疾"。诗人以"变化无常"开启诗歌，又以"变化无常"收尾。整首诗歌反复强调"变化无常"，突出一个"变"字，暗指了诗人对天主教的不忠与变节行为，同时揭示出叛教带给他的痛苦与恐惧不安。

叛教的痛苦几乎让多恩走向了绝望的边缘：

> 您的绵羊，您的影像，而且在我背叛
> 自己之前，还是您的圣灵的一座庙堂；
> 那么，为什么那魔鬼要把我侵占篡夺？
> 为什么他要窃取，不，强夺您的特权？
> 除非您奋起，为您自己的作品而争战，
> 哦，我不久将会绝望，当我明明白白
> 看清您热爱人类，却不对我加以重视，
> 而撒旦仇恨我，却又不愿失去我之时。①

---

① 约翰·但恩：《艳情诗与神学诗》，傅浩译，北京：中国对外翻译出版公司，1999 年，第 206 页。

他感到自己仿佛由于叛教的罪孽而被上帝抛弃,与魔鬼撒旦为伍。上帝热爱人类,但是却对诗人不加重视,不愿伸出拯救之手,而撒旦仇恨诗人,却不愿失去他。这让诗人陷入了困惑与绝望。虽然诗人感到被上帝抛弃,但是他仍然深深地眷恋着上帝,也渴望得到上帝的爱。他对上帝的爱几乎达到了疯狂的地步:

> 我非常爱你,也非常希望能为你所爱,
> 但是我却已和你的仇敌订了亲,
> 让我和他离婚吧,或把那个结扯碎或解开;
> 把我拉到你身边,把我囚禁起来,只因
> 除非你奴役我,我永远不会自由,
> 永远不会贞洁,除非你把我强行占有。①

诗人的疯狂呼喊正是他撕心裂肺般的痛苦的写照。诗人内心深处的极度痛苦还包含了他的一种强烈的恐惧感:

> 即将来临的痛楚。可怜的我却毫无
> 安宁可得;因为长久而强烈的伤悲
> 既是果,又是因,既是罚,又是罪。②

诗人昔日所犯下的罪孽可能让他无法获得上帝的宽恕,他害怕上帝的最后审判,害怕自己无法获得上帝的恩典而被罚入地狱:

---

① 李正栓:《英国文艺复兴时期诗歌研究》,保定:河北大学出版社,2006 年,第 48 页。

② 约翰·但恩:《艳情诗与神学诗》,傅浩译,北京:中国对外翻译出版公司,1999 年,第 207 页。

假如现在是这世界的最后一夜怎么办?
哦,灵魂,在我心中,你的住处居所,
刻画出救世主受难的形象,且说一说
那样的一副容颜会不会使你感到骇然,
他眼里的泪水会不会浇熄那目光如炬,
刺穿的头颅滴落的血会不会积满眉头,
那条为他的敌人的穷凶极恶祈祷恳求
宽恕的舌头,会不会判罚你堕入地狱?[1]

虽然皈依了英国国教的多恩赢得了国王的赏识,也获得了显赫的社会地位,但是他的灵魂深处从未获得一丝平静。格瑞厄森说:

> 我并不相信多恩的改变信仰是由衷的,我不相信他在詹姆斯一世时期的英国圣公会教义中找到了内心的平静,甚至他的良心会得到安宁。……在一个天主教国教,多恩不可能成为一个新教徒,如果环境对他不是太严酷的话,他不可能接受圣职,或者参与宗教论争。他没有他的祖先那种英雄气概。他富有诗人气质,想象丰富,好怀疑,易冲动,这种种特质由一种敏锐而精巧的才智所引导。他天性中的各种因素导致他在人生中多次随遇而安;但这种随遇而安并未给他的心灵带来宁静。[2]

---

[1] 约翰·但恩:《艳情诗与神学诗》,傅浩译,北京:中国对外翻译出版公司,1999年,第218页。

[2] H. J. C. Grierson: *The Poems of John Donne*, Oxford: Clarendon Press, 1912, p. xv. 转引自陆钰明:《多恩爱情诗研究》,博士学位论文,华东师范大学,2007年,第20—21页。

第四章　多恩神学诗之思想情感研究

《神学冥想》就充分表达了叛教给多恩带来的巨大痛苦与恐惧。多恩感到他无法找到一条弥补自己这个极大的错误的出路。在苦苦寻觅中,多恩发现,惩罚能够减轻叛教所带来的痛苦。因此,多恩在他的神学诗中表现了对严厉惩罚的渴望。诗人在《神学冥想》第十一首中就写道:"唾我脸面,你们犹太人,刺穿我肋,/殴打,嘲弄,鞭笞,钉我于十字架"。诗人感到自己注定会被罚入地狱,他又在《神学冥想》第一首中说,"我奔向死亡,死亡同样迅速地迎向我,/我的所有的快乐都仿佛昨日一样难再"。只有无所不能的上帝才能让他"重新奋起",才能给他的内心带来平静。于是,诗人决意接受上帝的惩罚:"现在就修理我吧";"推翻我吧,鼓足/你的气力打碎我,吹我,烧我"。

每当诗人想到自己的叛教之罪,就会陷入极度的失落与痛苦之中。而这种撕心裂肺的痛苦往往让他感到窒息,似乎只有自杀才能逃离。多恩在《启应祷告》中写道:"我的心由于堕落,变成粪土,/由于自戕,而变得鲜红。/从这鲜红的泥土上,父亲呵,请涤除/一切邪恶的颜色,好让我得以重塑新形。"[①] 由于"已毁坏破损",诗人选择了"自戕"。显然"自戕"是他无助的选择,他想要以此摆脱痛苦,获得上帝的怜悯。

叛教的阴影已经深深植根于多恩的灵魂深处,无法消除。他试图通过幻想中的严厉惩罚甚至自杀来减轻内心的痛苦。在多恩无助与困惑的时候,他仍然想到求助于他自幼所信仰的天主教。为了减轻叛教所带来的折磨与痛苦,多恩还不断地向上帝忏悔,祈求上帝的原谅。

在赞美诗《天父上帝赞》中,诗人向上帝虔诚地忏悔,以求走出对自己的罪过的恐惧。整首诗包含三个诗节,每个诗节诗人

---

① 约翰·但恩:《艳情诗与神学诗》,傅浩译,北京:中国对外翻译出版公司,1999年,第229页。

都针对自己所犯下的不同罪孽向上帝忏悔，祈求上帝的仁慈恩典。在诗歌第一节，诗人向上帝忏悔的是原罪。虽然这个罪过是亚当与夏娃犯下的，但是诗人承认，这也是他的罪过，也是需要他不断地向上帝忏悔并祈求原谅的罪过。在诗人的内心深处，他还是坚信天主教，因此他深信，虔诚的忏悔是可以除罪的。但是，诗人已经叛教，他不确定自己的忏悔是否会被上帝接受，于是不断地追问上帝："您会饶恕那罪过吗？"如果诗人能够感受到上帝会原谅自己的原罪，他便会继续向上帝忏悔自己的"更多"的罪过。"当您完工之时"（When thou hast done）暗含了上帝对多恩罪孽的宽恕。在这里，"done"一词一语双关，一为字面意思"完工"；二为暗含意思，"done"与多恩的名字"Donne"同音。"当您完工之时"可以理解为，"当您拥有多恩的时候"，这就表达了上帝对多恩的接受与宽恕，也表达了上帝对多恩死后灵魂复活的保证。

既然上帝不断地宽恕了自己的罪孽，于是诗人也就继续忏悔并彻底地坦白与忏悔自己的所有罪孽。在诗歌第二节，诗人便向上帝忏悔了他的另外两宗罪过——叛教之罪和引诱他人叛教之罪。"成功地诱劝/别的人去犯罪，且以我的罪为楷模"以及"在其中翻滚了廿年多"的罪过都暗指多恩的叛教之罪。多恩叛教之后，可以说在经济生活上有了极大的改观，政治地位也急剧攀升。多恩博学多才，在宣道时旁征博引，引经据典，很快便成为听众们最为喜爱的传教士。每次他在伦敦圣保罗大教堂宣道的时候，听者云集，从王公贵族到市井小民都有，而且多数都是站着的。1621年，多恩被任命为伦敦圣保罗大教堂的教长。如果不是多恩去世，他很有可能成为主教。多恩的叛教以及叛教后的飞黄腾达自然使他成为多数深受迫害的天主教教徒们的"楷模"。诗人感到他的罪过不仅仅是自己犯下了叛教之罪，而且还包括以自己的叛教之罪诱使了他人犯下叛教之罪的罪过。诗人发现自己越陷越深，他的罪孽"压迫它向地狱沉降"。他在自己犯下的罪孽之中不断翻滚、忏悔。

在诗歌的第三节，诗人向上帝忏悔了他的最后一宗罪过——"恐惧之罪"。诗人深知自己的罪孽深重，于是他不断地追问上帝："您会饶恕那罪过吗？"诗人不断的追问就是对上帝的救赎的一种怀疑。而诗人的恐惧也就是对上帝不信任、不服从的反映。根据天主教教义，不信任、不服从上帝也是一种罪过。亚当和夏娃在蛇的引诱之下，没有得到上帝的许可便偷食了禁果。亚当和夏娃显然表现出对上帝的一种不信任与不服从，由此而犯下原罪。人类作为他们的后代也就继承了他们的罪孽。诗人认为，只有他忏悔完最后一宗罪过，上帝能"以您自身起誓，您的儿子在我死前／将一如既往普照，将普照一如此刻"，那么他才会"不再感到惶惑"。

从整首诗来看，诗人在反复忏悔自己的一桩桩罪过。诗人在认识到自己的罪过的同时，也深深地渴望上帝原谅自己的罪行。这些是诗人已经忏悔并继续忏悔的罪行。当诗人感到上帝会原谅并继续原谅他所犯下的罪孽时，他便继续向上帝坦白并忏悔"更多"的罪过。在诗歌中，诗人的反复追问不仅仅反映出他对自己能否获得上帝救赎的怀疑，而且是他内心极度痛苦的写照。显然，诗歌一方面体现出诗人想要通过忏悔、祈求的方式减轻叛教所带给他的痛苦，另一方面也表现出皈依英国国教的诗人在内心深处仍然坚信天主教忏悔除罪的教义，这无疑体现了诗人对天主教的一种深深的依恋之情。

多恩为了实现自己的雄心壮志，从虔诚的天主教教徒转变为英国国教教徒。虽然在皈依英国国教后，多恩的社会地位日益显赫，但是他并不愉快。迫不得已的叛教让他承受了巨大的痛苦与压力。正是这种刻骨铭心的痛苦成就了他的神学诗的创作。正如约翰·凯利所说,多恩的神学诗就是他叛教的果。① 可以说,多恩的神学诗就是他复杂而矛盾的灵魂的自我反省。尽管诗人已经选择背弃天主教,但是他内心仍旧对天主教信仰有着深深的依恋之情。多恩积极主动地去靠近,去祈求天主教上帝,依然渴望沉默、被动的天主教上帝能够采取行动拯救他。他甚至想象自己受难,通过这种幻想性受难来实现他自小就怀有却没有实现的天主教殉教理想。叛教让多恩内心得不到安宁,使他陷入痛苦的泥潭而不能自拔。多恩只能依靠祈求严厉的惩罚,通过不断的忏悔来减轻叛教的痛苦。显然,多恩对他的家族宗教信仰——天主教有着难以割舍的情愫。

---

① John Carey: *John Donne: Life, Mind and Art*, New York: Oxford University Press, 1981, p. 57.

第 五 章

多恩神学诗的诗艺探幽

第五章 多恩神学诗的诗艺探幽

第一节 多恩神学诗中的意象

韦勒克曾指出，意象是所有文体风格中"可表现诗的最核心部分"①。意象是诗歌的生命。形象生动的语言构成了意象，把抽象的概念转换为具体的感受，使读者通过视觉、听觉、嗅觉、味觉等感官体验产生丰富的联想，从而更好地体味诗人的思想情感，并产生情感上的共鸣。庞德也曾指出："一个意象不仅仅是一个想法，它是一个旋涡或融合在一起的一束想法，充满着能量。"② 意象汇聚了诗人的各种情感，充满了力量，能够将诗人抽象的、复杂的主观情感传递给读者。

多恩诗歌的一个突出特点就是对新颖而独特的意象的运用。多恩诗歌中纷繁复杂的意象既具有时代特征又具有诗人独有的个性特征。多恩是一位思想情感异常复杂、想象力极为丰富的诗人。不论是在他的爱情诗中还是神学诗中，都有着极为复杂甚至矛盾的情感在流淌，而那些纷繁复杂的意象则成为他丰富情感的有力表达方式。本书第三章第二节已对多恩爱情诗中的丰富意象做过详细的分析，在此不再赘述。本节将对多恩神学诗中反复出现的宗教意象、世俗意象、死亡意象、动植物意象、天文意象以及航海意象做一些分析，以帮助读者更好地理解多恩神学诗。

---

① 朱立元：《当代西方文艺理论第 2 版（增补版）》，上海：华东师范大学出版社，2005 年，第 122 页。

② J. F. Knapp：*Ezra Pound*，Boston：Twayne Publishers，1979，p. 69. 转引自肖杰：《庞德的意象概念辨析与评价》，载《天津大学学报（社会科学版）》，2009 年第 2 期，第 155 页。

一、宗教意象

作为一个基督教教徒，多恩对上帝非常虔诚。多恩在他的神学诗中运用了一些传统的宗教意象来表达他对上帝的敬畏之心与炽热的爱。

诗人最为常用的一个宗教意象即上帝（God）意象。虽然上帝从未在世人面前显现过，没有人知道上帝究竟是什么样子，但是多恩有自己的理解。在《花冠》第一首中，诗人称："您，拥有，且本身即善德的宝库，/乃改变一切的主宰，本身却永恒不变。"① 对于多恩而言，上帝是至高无上的，是一切善的本源。同时，上帝是创世者，"您造就了我"，也是救世主，"以您的一滴鲜血，滋润我干枯的灵魂"②，"用您的鲜血，印可了对我的宽恕"③。上帝派遣他的儿子，用他的鲜血救赎犯下罪过的人类，也"为我撞开了天国之门"④。

在多恩看来，上帝是三位一体的。三位一体的上帝指的是上帝的三个位格，即圣父、圣子、圣灵。圣父派遣其子耶稣到人间为犯下罪过的人类赎罪。圣父和圣子差派圣灵感化世人。

《神学冥想》第十六首就表达出诗人对三位一体的上帝的诚挚的爱。从整首诗歌来看，诗人极力赞扬三位一体的上帝的无私与大爱。诗人认为，圣子拥有双重的权力，一是"不可思议的三

---

① 约翰·但恩：《艳情诗与神学诗》，傅浩译，北京：中国对外翻译出版公司，1999年，第196页。
② 约翰·但恩：《艳情诗与神学诗》，傅浩译，北京：中国对外翻译出版公司，1999年，第202页。
③ 约翰·但恩：《艳情诗与神学诗》，傅浩译，北京：中国对外翻译出版公司，1999年，第211页。
④ 约翰·但恩：《艳情诗与神学诗》，傅浩译，北京：中国对外翻译出版公司，1999年，第204页。

位一体中的身份"的权力;二是用他的肉体、鲜血救赎人类的权力。诗歌充分地展现了诗人对三位一体的上帝的赞美以及对三位一体的上帝的虔诚的爱。

《神学冥想》第十四首则表达出诗人对三位一体的上帝的深深的依恋之情。诗人在开篇就主动呼吁三位一体的上帝"撞击"他的心,紧接着,诗人运用一系列具有暴力含义的词语,包括"撞击""轻扣""吐气""修补""推翻""打碎""吹""烧""侵占""扯碎""拉""囚禁""奴役""强行占有"等来表达出他极度地渴望三位一体的上帝拯救自己。起初,为了能够让自己"站起来",诗人主动要求上帝"推翻我吧,鼓足/你的气力打碎我,吹我,烧我,使我成为新体"①。诗歌最后,诗人甚至提出,"除非你奴役我,我永远不会自由,/永远不会贞洁,除非你把我强行占有"②。

诗人在对上帝的虔诚的赞美声中也流露出他对上帝的权威的一种畏惧。诗人意识到自己犯下了深重的罪孽,在上帝审判之日来临时,他不知道自己能否获得上帝的宽恕,能否获得上帝的拯救,这让他对上帝的权威心生畏惧。因此,诗人所崇拜的无所不能的、仁慈的救世主,三位一体的上帝时常表露出威严而恐怖的一面:"在狂暴的愤怒中恫吓威逼","我永远清醒的那部分将会看见那张脸,/它的赫赫威严早已震散了我的每一处关节"。

> 昨日,我不曾敢于窥望天国;今日,
> 在祈祷和谄媚的演说中我追求上帝;
> 明日我因真诚畏惧他的权杖而颤栗。

---

① 李正栓:《英国文艺复兴时期诗歌研究》,保定:河北大学出版社,2006年,第48页。
② 李正栓:《英国文艺复兴时期诗歌研究》,保定:河北大学出版社,2006年,第48页。

> 就这样，我的虔诚的发作来而复逝，
> 好像一场怪诞的疟疾：除了在这里，
> 因恐惧而颤抖时，才是我最好之日。①

诗人每每想到自己的深重罪孽，想到审判之日上帝的威严，就感到窒息。他有时不敢窥望天国，仰望上帝的容颜；有时又在祈祷中主动追求上帝，靠近上帝；而有时又因畏惧上帝的权杖而颤抖。在这里，不管是昨日、今日还是明日，也不管是祈祷、谄媚还是畏惧，上帝于诗人而言都是可怕的、恐怖的。犯下深重罪孽的诗人看到的是上帝能够决定永生与否的强大权力，这样的上帝是令人恐惧的。

与上帝意象紧密相连的一个意象——羔羊（lamb）也是多恩神学诗中经常出现的宗教意象。多恩在《花冠》第七首中就这样描写上帝的这只"羔羊"：

> 向那最后的、永恒的白昼敬礼致意，
> 你们，欢庆这太阳，暨人子的升天，
> 你们的正义的泪水，或磨难
> 洗净，或焚净了你们有杂质的土泥；
> 看那至高无上者，正从此别去，
> 照亮他脚下践踏的幽暗的云霓，
> 他并非仅仅借上升以显示自己，
> 而是率先，他第一个进入那路途。
> 呵，强壮的头羊，您为我撞开了天国之门，
> 温驯的羔羊，您以鲜血标识了道路；

---

① 约翰·但恩：《艳情诗与神学诗》，傅浩译，北京：中国对外翻译出版公司，1999年，第228页。

第五章　多恩神学诗的诗艺探幽

> 明亮的火炬，照耀，让我可以看清路径，
> 哦，以您自己的鲜血浇熄您正义的忿怒，
> 如果您的圣灵，确把我的诗神升迁，
> 请赐我双手以此祈祷与赞美之花冠。①

在此，诗人描写了圣子升天的场景。人们欢庆圣子的升天，圣子将世人的"泪水"和"磨难"洗净，也焚净了世人身上的"有杂质的土泥"。基督教故事中，人类原本就是上帝用泥土所造，但是亚当、夏娃所传递下来的原罪以及人类后天所犯下的罪恶使得人类的泥土含有杂质。圣子则用他的死将人类"有杂质的土泥"焚净。然而，"至高无上"的圣子并非借升天来显示自己，而是作为那"强壮的头羊"第一个踏上靠近上帝的路途，为世人"撞开了天国之门"。圣子这只"温驯"的"上帝的羔羊"，自愿选择用自己的鲜血为世人"标识了道路"，这就犹如"明亮的火炬"照耀着世人看清通向天国的道路。通观全诗，诗人表达出对"上帝的羔羊"——圣子的炽热的爱以及对他舍生取义的高度赞美。

在圣子这头强壮的"羔羊"的带领下，多恩渴望自己也能成为上帝的"羔羊"。在《神学冥想》第二首中，多恩就将自己比作上帝的"绵羊"：

> 一如为许多权利所限，我理应把自身
> 委托交付给您，哦，上帝，首先我是
> 由您，且为您造就，其次当我败坏时，
> 您用鲜血把我赎回，我原先就属于您；

---

① 约翰·但恩：《艳情诗与神学诗》，傅浩译，北京：中国对外翻译出版公司，1999年，第204页。

>　　我是您的儿子，被造就得与您同辉煌；
>　　您的仆人，他的辛苦您总是予以偿还；
>　　您的绵羊，您的影像，而且在我背叛
>　　自己之前，还是您的圣灵的一座庙堂；①

　　在本诗中，诗人深知自己犯下了深重的罪孽，但是他仍然不愿远离上帝，渴望将自己托付给上帝。因为在诗人看来，他本身就是上帝造就的，而且在他"败坏"之时上帝出于爱，无私地用自己的鲜血将他拯救；他自己就是上帝的"儿子""仆人""绵羊"。诗人在此通过"儿子""仆人""绵羊"意象表达出他对上帝的虔诚以及对上帝的仁慈与救赎的信心。

　　天使（angel）是多恩神学诗中另一个典型的宗教意象。天使是上帝的信使。在多恩看来，天使就是"天国的壮丽/宫殿中的土著居民"②。诗人相信，如果自己的灵魂能够获得如同天使般的荣耀，那么他就不会畏惧死亡，"如果充满信仰的灵魂如天使一般能够/得荣耀，那么我父亲的灵魂确实目睹，/甚至还把这荣耀作为完满幸福的补足，/这使我得以勇敢地跨越地狱大张的口"③。诗人认为，天使们监护着世人的行为，他们能够帮助世人获得上帝的宽恕。因此，诗人要求"在这圆形大地的想象的四个角落，吹起/你们的号角，天使们；起来，从死亡中/起来，你们，无法计数无尽无穷的灵魂"④。天使吹号预示着死亡的降临。

---

　　① 约翰·但恩：《艳情诗与神学诗》，傅浩译，北京：中国对外翻译出版公司，1999年，第206页。
　　② 约翰·但恩：《艳情诗与神学诗》，傅浩译，北京：中国对外翻译出版公司，1999年，第231页。
　　③ 约翰·但恩：《艳情诗与神学诗》，傅浩译，北京：中国对外翻译出版公司，1999年，第213页。
　　④ 约翰·但恩：《艳情诗与神学诗》，傅浩译，北京：中国对外翻译出版公司，1999年，第211页。

第五章　多恩神学诗的诗艺探幽

诗人主动要求天使吹号，表达出他对死亡之日，对最后审判之日的期盼。诗人知道自己终究会面临上帝的审判，他也对此十分担忧与畏惧，但是诗人相信作为上帝信使的天使可以帮助他获得上帝的恩典。可以看出，诗人不仅信任天使，而且对天使有一种深深的爱。

此外，鲜血（blood）也是多恩神学诗中一个十分重要的宗教意象。对于多恩来讲，圣子的鲜血是净化与复活的象征，与救赎紧密相连。圣子通过他的鲜血将人类的罪孽洗涤，净化了人类的灵魂，使得人类获得重生的机会。这一思想在多恩的神学诗中被反复强调。在《花冠》中，诗人就一再提道："以您的一滴鲜血，滋润我干枯的灵魂"①，"您以鲜血标识了道路"，"以您自己的鲜血浇熄您正义的忿怒"②。在《神学冥想》第四首中，诗人也写道，"用基督的血洗涤你，它有如此神力：/尽管它是红的，却能把红色灵魂漂白"③。基督的鲜血是红色的，而人类的灵魂也是红色的。红色往往与爱、激情联系在一起。红色也暗指毁灭与净化的力量。在多恩眼中，红色的鲜血可以将原罪以及后天的罪恶消除，从而使得净化成为可能。圣子的鲜血或者说上帝的鲜血具有"神力"，可以将鲜红的灵魂净化、漂白，即将人类那充满罪恶的灵魂净化成没有一丝罪恶的真纯、洁白的灵魂。《神学冥想》第七首也写道，"在这低下的地面，/就教给我如何忏悔罪过吧；因为这恰如/您已经用您的鲜血，印可了对我的宽恕"④。

---

① 约翰·但恩：《艳情诗与神学诗》，傅浩译，北京：中国对外翻译出版公司，1999年，第202页。

② 约翰·但恩：《艳情诗与神学诗》，傅浩译，北京：中国对外翻译出版公司，1999年，第204页。

③ 约翰·但恩：《艳情诗与神学诗》，傅浩译，北京：中国对外翻译出版公司，1999年，第208页。

④ 约翰·但恩：《艳情诗与神学诗》，傅浩译，北京：中国对外翻译出版公司，1999年，第211页。

显然，上帝的鲜血意味着上帝的救赎与宽恕。

不论是上帝意象、羔羊意象、天使意象还是鲜血意象，都表现了诗人对上帝的诚挚而炽热的爱以及对上帝的敬畏之情。

二、世俗意象

多恩不仅在他的神学诗歌中运用了丰富的宗教意象来表达对上帝的虔敬之心，而且还经常借用一些世俗意象来强化对上帝的诚挚的爱，从而极大地丰富了其诗歌的思想和情感表达方式。

《神学冥想》第三首就通过一系列世俗意象来表现诗人对"圣洁"事业、对上帝的诚挚的爱。在诗歌一开始，诗人就表达出对曾经的自己的"不满"，因为在过去他耗费了许多"徒劳"的"叹息和泪水"。"叹息"和"泪水"意象是彼特拉克爱情诗歌中常用的爱情意象，这里暗指了多恩年轻时的放荡生活。可是，诗人希望这些"叹息和泪水"能够重新回到自己的胸中和眼里，不再浪费在世俗的情爱之上，而是将其用到"圣洁"的事业上来。紧接着，诗人又称，自己在"崇拜偶像的时候"，即崇拜性爱或女性的时候，他付出了"何等的忧伤"，"浪费多少雨泪"。显然，诗人通过"偶像""雨泪"等世俗意象再次表达出对自己早年放荡生活的悔恨。诗人承认，世俗情爱给自己所带来的忧伤与苦难是自己的"罪孽所致"。在诗人眼中，对世俗情爱的痴迷与崇拜是亚当与夏娃最先犯下的罪孽的延续，而诗人自然生来也就具有这罪孽。诗人如今为此痛悔，也愿意忍受这罪孽所带来的痛苦。为进一步阐释诗人对早年放荡生活的悔恨，诗人将自己与醉鬼、窃贼、淫棍、狂徒进行了比较。"贪杯嗜饮的醉鬼、贪夜游荡的窃贼、/浑身发痒的淫棍、洋洋自得的狂徒"在最终面临死亡的时候，至少还有对往日的愉快记忆，而这愉快的回忆也可以减轻死亡给他们带来的痛苦。与他们相比，诗人感到自己对过去的回忆只有痛苦与悔恨，他没有丝毫"安宁可得"。对于诗人而言，这种伤悲并非一日或两日的痛楚，而是"长久而强烈"的痛苦。

在本诗中，诗人借用了大量的世俗意象来表达自己对过往爱情生活、仕途的"不满"，他决意要将自己的思想情感和炽热的爱转向上帝。

《神学冥想》第十四首也通过大量的世俗意象表达了诗人对上帝的虔敬之情，诗人渴望获得上帝救赎的迫切愿望在诗中得到了淋漓尽致的体现。诗人期望自己能够借助上帝的力量获得新生，心甘情愿祈求上帝的猛烈的拯救行动。在诗歌开篇，诗人便直截了当地祈求上帝将他从深重的罪孽之中解救出来。在诗人看来，上帝的"轻扣""吐气""照射""修补"都无法让他"站起"，无法将他拯救。于是，诗人祈求上帝的拯救行动更猛烈些。"推翻""打碎""吹""烧"这一连串动词表达了诗人渴望上帝救赎的迫切心情，他渴望上帝用他强大的力量让"我站起"，"成为新体"。接着，诗人将自己比作一座渴望上帝占领却被他人侵占了的"城池"。诗人这座"城池"努力想要让上帝进入，可是却"毫无用处"。之后，诗人又将自己比作一位深深爱恋着上帝的女子。她被一个非她所爱的人侵占。虽然她的身体与她所憎恨之人结合，但是她的心中只有上帝。她深爱着上帝，也渴望被上帝爱，自己却又无法改变这样的境遇，于是她渴望上帝把她拉到身边，将她囚禁起来。对于她来说，上帝的囚禁是一种幸福，上帝的囚禁使她最终获得真正的自由，而被非她所爱之人囚禁则是一种折磨与痛苦。为了让自己永葆贞洁，她主动要求上帝强行占有自己。诗人对这些世俗意象的运用并不是对上帝的大不敬，相反，却充分地表现出诗人对获得上帝拯救的渴望。可以看出，世俗意象使诗人对上帝的崇敬得到了完美的阐释。

《神学冥想》第十八首也是一首通过世俗意象来表达诗人对上帝的崇敬的典型诗歌。该诗作于1620年，即新教与天主教的论战失败之后。新教的失败再度让多恩陷入了怀疑，于是他要求上帝向世人展示真正的教会。① 在诗歌中，"您那光洁的妻室"指的是真正的教会；"在彼岸招摇而过，/浓妆艳抹的那个"指代罗马天主教会；而"遭遇了强抢豪夺，/而在德意志以及此地伤恸且哀泣的这位"，即路德派新教会。诗人将不同教会比作具有不同性格特点的女子，而基督则被比作丈夫。显然，诗人将基督与教会的关系比作世俗的丈夫与妻子的关系。这一比喻不仅形象地阐释了基督与教会之间的关系，而且拉近了教会与民众的距离，基督不再显得遥不可及。诗人称，世人不知道基督这位丈夫的妻子究竟是谁，于是他们就像冒险的骑士辛苦地四处寻觅，追寻这最为纯洁的爱。在苦苦寻觅之中，诗人祈求这位好心的丈夫向世人展示自己忠诚的妻子，这也在情理之中。诗人只有知道了基督真正的妻子是谁，才能虔诚地追随她，"让我的多情的灵魂追求您的温顺的鸽子"。诗人在这里再次将教会世俗化，将它比作"温顺的鸽子"。诗人最后从基督这位丈夫的角度考虑并宣称，只有当基督真正的妻子被多数人拥抱，向多数人敞开，她才能算是对丈夫"最忠实，最可爱"。

从整首诗来看，诗人完全将基督与教会世俗化。基督与教会的关系演变成为丈夫与妻子的关系，就连世人对基督、教会的虔诚追随也被比作骑士对世俗情爱的追求。所有的宗教意象都很自然地转变成了世俗意象。通过世俗意象读者能够更好地理解基督与教会的关系。《神学冥想》第十九首中，诗人也同样将宗教意象进行了世俗化。诗人十分恼怒自己对上帝的"变化无常"，将他对上帝的"虔诚的发作来而复逝"世俗化为"一场怪诞的疟疾"。

---

① John Donne: *John Donne*, Ed. John Carey, Oxford and New York: Oxford University Press, 1990, p. 474.

实际上，除上文所提到的外，多恩的神学诗歌中还有很多这样的世俗意象。这些世俗意象充分地展现出诗人对上帝的虔诚的爱。

三、死亡意象

在多恩的神学诗歌中，死亡是一个不可规避的主题，而与死亡有关的意象也十分常见。最为典型的当数直接书写死神的《神学冥想》第十首。整首诗围绕死亡意象展开，开篇就直呼死神，让他不要骄横。尽管有人宣称死神无比强大与可怕，但是诗人发现其实死神非常可怜，他自认为能够将人"打倒"，事实上他的"打倒"只是表面现象。诗人认为，死神给人所带来的不过是一场"休息"或者"睡眠"。虽然"最美好的人"会随死神而去，但是随死神去得越早反而能越早"获得身体的休息"，灵魂也能越早摆脱肉体的束缚而获得解脱。既然死神带来的仅仅是一场"休息"或者"睡眠"，而与之相比，罂粟和符咒更容易让人进入休息与睡眠，那么，死神就并没有多么强大与可怕，也不必摆出一副骄傲蛮横的模样。在这首诗中死神的强大威力遭到了质疑甚至否定。

纵观全诗，诗人对死亡进行了形象化处理。他将死亡比作"休息"或者"睡眠"。通过该比喻，诗人强有力地瓦解了死亡的强大威力，并消解了死亡给人们带来的恐惧感。诗人面对死亡想到的不是恐惧，而是死后的幸福与快乐。人死后，便可获得永生："睡了一小觉之后，我们便永远觉醒了，/再也不会有死亡，你死神也将死去。"

在多恩这里，"休息"和"睡眠"显然是与死亡密切相关的动态意象。多恩不仅在神学诗中，而且在爱情诗中将死亡比作"休息"或者"睡眠"。在爱情诗《女人的忠贞》中，诗人也将死亡看作"睡眠"，他写道："仅在被睡眠——死亡的影子——破除之前才有效力？"① 在《歌（最甜蜜的爱，我不走)》中，诗人将死亡带来的他与恋人间的分离看作转身去睡觉："但是想想我们/只是转向一侧去睡；/彼此保持活着的人儿/永远不会被离分"②。这一关于死亡的动态意象反映出多恩的一种生死观念：生就是死，死就是生；死亡是获得永生的开始，是另一种形式的生命存在。正如多恩在《紧急时刻的祷告》的第十七章中所说：

> 教会安葬一个人也与我有关，因为所有人的生命都是同一位作者的作品，都属于同一卷书；一个人死了，就好像书中的一章，并不会被撕去，而是被转变为另一种更美好的语言；书中的每一章都会这样加以美好的转变；上帝藉不同的形式来转变每个人的生命：有的通过年龄，有的通过病痛，有的通过战争，有的通过审判；不过，上帝之手行动在每一次转变中，就像在图书馆中整理好书籍，让所有的书彼此敞开。③

在《神学冥想》第六首中，诗人同样将死亡看作一场"睡眠"，他写道：

> 这是我的戏剧的最后一幕，在此苍天规限
> 我朝圣之路的最后一哩；我懒散，却快速
> 奔跑过的赛程，剩下的仅有这最后一步，

---

① 约翰·但恩：《艳情诗与神学诗》，傅浩译，北京：中国对外翻译出版公司，1999年，第6页。
② 约翰·但恩：《艳情诗与神学诗》，傅浩译，北京：中国对外翻译出版公司，1999年，第24页。
③ 约翰·多恩：《丧钟为谁而鸣：生死边缘的沉思录》，林和生译，北京：新星出版社，2009年，第141页。

第五章 多恩神学诗的诗艺探幽

> 我的一揸的最后一寸,一分钟的最后一点,
> 而贪婪的死神,将会在瞬息之间分裂析解
> 我的躯体,和灵魂,我将暂时地沉入睡眠,①

在本诗中,诗人除了运用"睡眠"这一动态意象,还运用了其他一些静态意象来描写死亡。诗人说死亡是"戏剧的最后一幕",他显然是将人生看作一场戏,生命的终点便是戏的"最后一幕"。接着,诗人将人生看作朝圣,死亡如同"苍天规限"的"朝圣之路的最后一哩"。随后,人生又被诗人看作一场赛跑,死亡就是剩下的"最后的一步"。之后,人生被视为短短的"一揸",死亡即剩下的"最后一寸"。最后,人生被看作"一分钟",死亡就是"最后的一点"。诗歌的前六行融合一系列静态和动态的死亡意象,形象地表现出说话人即将走到生命的尽头。同时,诗人反复强调"最后",表现了他急切地想要演完最后一幕戏,走完最后一步路,到达生命的终点。

《神学冥想》第七首同样运用了静态和动态的死亡意象来表达诗人对死亡既渴望又畏惧,迫切期待上帝的最后审判之日却又对之心怀不安的矛盾态度。诗人在诗歌一开始就要求天使们吹起他们的"号角",并直接呼吁无穷无尽的灵魂从死亡中起来,走向他们各自的散落于世界各地的肉体。诗人用天使们的"号角"这一标志性的意象来暗指死亡。天使吹号预示着灾难与死亡的降临。诗人在此还运用了"灵魂""躯体"意象来烘托出死亡的气氛。在诗歌前四行,诗人通过"号角""灵魂""躯体"等死亡意象表达出他对死亡的极度渴望。紧接着,诗人罗列了一系列与死亡相关的意象,如"洪水""烈火""战争""饥荒""老年""疟

---

① 约翰·但恩:《艳情诗与神学诗》,傅浩译,北京:中国对外翻译出版公司,1999年,第210页。

疾""暴政""绝望""法律""不测"等烘托出死亡的气氛。诗人称,这些死于洪水、烈火、战争、饥荒、年老、疟疾、暴政、绝望、法律、不测的人都将亲眼见到上帝,接受上帝的审判,但是他们"永远不会品尝死亡之苦"。在对死亡的呼唤声中,诗人似乎想到了自己的深重罪孽,担心自己会在审判之日遭受那"死亡之苦",于是他恳求上帝让那些死者"酣睡",让他"哀哭片刻"。这里诗人借用"酣睡"意象来指代死亡,无疑暗含了"睡了一觉之后,我们便永远觉醒了"的思想,即复活的思想。对于诗人来说,"酣睡"和"哀哭"暗示了两个完全不同的结局。上帝似乎已经许诺了赐予其他人获得救赎的恩典,而诗人却在这恩典之外。于是,诗人要求上帝让他"哀哭片刻",并祈求上帝"在这里,在这低下的地面,/就教给我如何忏悔罪过",因为如果等到他的死亡之日或者说审判之日再去祈求上帝的"无量恩泽",就来不及了。可以看出,一方面诗人极度渴望死亡,期待上帝的最终审判,因为他相信"恰如/您已经用您的鲜血,印可了对我的宽恕",上帝也会宽恕他的其他罪过;另一方面诗人又深知自己的罪孽深重,因此他对最后的审判感到十分不安。从整首诗来看,诗人采用了诸多与死亡相关的冰冷意象来强化死亡的气氛,这些意象反映出诗人对待死亡的矛盾态度。

与《神学冥想》第七首中大量的冰冷的死亡意象不同,在《病中赞颂上帝,我的上帝》中,诗人则运用了相对温暖的静态死亡意象。诗人在诗歌第一节就表明自己即将死亡,可是他并没有在诗句中营造出死亡的阴森与冷寂的气氛。诗人写到,自己即将来到"神圣的厅堂",即天堂,暗指自己即将死亡。诗人设想,在天堂,他会同上帝的圣徒们一起唱诵美妙而和谐的音乐,同时会被造就成上帝的音乐,成为天堂音乐的一部分。根据天主教教义,天堂是和谐的。和谐而美妙的旋律折射出天堂的平和以及上帝的完美。可是,诗人的灵魂却因为经历了肉体的生活而变得不和谐。因此,在进入天堂之前,他必须重新获得和谐与内心的平静。"在这门前调理丝弦"就意味着恢复内心的平静。在天国演奏的乐器便是灵魂的象征,灵魂在本质上是和谐的,因而时常被喻为音调和谐的竖琴。从这个意义上来讲,诗人把自己的灵魂看成一种乐器,他必须事先考虑,事先加以调整才能与"圣徒唱诗班"宁静而和谐的歌唱相融合。诗人运用能够激发出愉悦心情的音乐意象来烘托死亡的气氛。通过愉悦与死亡的强烈对照,诗句突显了病重的诗人在面临死亡时的激动心情。因此,当那群如同"宇宙地理学家"的医生们在诗人这幅"图纸"上找到病源祸根,发现诗人有可能死于这"海峡"的时候,诗人没有丝毫的担忧与畏惧。或许医生们十分担忧这"海峡",然而诗人能够在"这些海峡中"看到他的"西方",即死亡,因此他感到十分"高兴"。诗人认为,死亡并不会给他带来任何伤害,因为死亡就如同地图上的西方一样,能和东方——永生形成一体,死亡与复活密切相连,有死亡也就有复活。

综上,多恩的神学诗歌中出现了各种各样的与死亡相关的意象,他对待死亡的态度极为矛盾。一方面他极度向往死亡,另一方面他又对死亡充满了恐惧。多恩在其神学诗中使用了一些动态和静态的意象来描写死亡。这些意象有时被用来暗指死亡,有时被用于表达情感,有时被用来烘托死亡的气氛。多恩神学诗中丰富多彩的关于死亡的意象形象而深刻地揭示出多恩对死亡的思考。

四、动植物意象

在英国文艺复兴时期,诗人们普遍倡导"模仿自然"。诗人的任务就是"运用自己的妙笔通过对具体人物、情节和背景的描绘,把抽象的形式转变为具体的形状,把他自己预先的构思有形地扩展为一个'有形宇宙'"①。对自然的模仿必然涉及运用各种自然意象以传达出诗人的某种思想情感。因此,文艺复兴时期文学作品中的自然意象俯拾即是。花园、山峦、小溪、百合、玫瑰、羔羊、毒蛇、深渊等自然意象时常被诗人们用来比喻难以直接描绘的感受,从而表达出不同的个人情感与思想。

多恩的神学诗歌中也同样充满了自然意象。他在神学诗中使用了大量的动植物意象,表现了他对自然的关注与尊重。《神学冥想》第十二首写道:

> 为什么我们要为所有的生物所奉养?
> 种种丰富元素比起我来,更为纯粹,
> 更为单纯,而且更为远离堕落腐败,
> 却为什么要供应给我以生命和食粮?
> 无知的马儿,为什么你要忍受奴役?
> 野牛,和野猪,你为什么如此憨痴,
> 佯装懦弱,而丧失于一个人的打击?
> 而他的全族类,你们都有可能吞食。
> 我比你们更弱,更坏,我真是痛苦,
> 你们不曾犯过罪,也就不必要惧畏。
> 但有个更大的奇迹令人惊奇,因为
> 已造就的自然给我们养育这些生物,
> 其创造者,并不受原罪或自然束羁,
> 却为我们,其创造物和敌人,而死。②

---

① 胡家峦:《历史的星空:文艺复兴时期英国诗歌与西方传统宇宙论》,北京:北京大学出版社,2001年,第241页。
② 约翰·但恩:《艳情诗与神学诗》,傅浩译,北京:中国对外翻译出版公司,1999年,第217页。

虽然整首诗歌仍然涉及忏悔与救赎的主题，但是却流露出诗人对自然的尊敬与羡慕之情。诗人通过四个问题讲述了他对自然的思考。诗人首先提出，为什么"所有的生物"都要奉养人类？诗人用"所有的生物"指代一切动植物。诗人的第一问表现了他对"所有的生物"的劣势地位的质疑。接着，诗人提出第二问：与人类相比，这些生物"更为纯粹""更为单纯""更为远离堕落腐败"，可是为什么却要低微地为人类提供"生命和食粮"？人类天生就具有原罪，也会犯下其他罪孽，因此人类是不纯粹的，是堕落而腐朽的。然而，这些"更为纯粹"的生物却要供养充满罪恶的人类。第二问表达出诗人对这些生物的不公平地位的不满。显然，诗人认为这些生物并非从属于人类，而是与人类平等的。接着，诗人更为具体地提出了第三问与第四问：无知的马儿为什么要忍受人类的奴役？憨痴的野牛和野猪为什么要假装懦弱而丧失生命？最后两个问题反映了作者对马儿、野牛、野猪为人所操控与吞食的悲惨命运的质疑。诗人连续提出的四个问题都反映出其他生物的低等地位，以及诗人对他们所拥有的不平等地位的不满。人类一直以来都处于优势地位，而其他生物受人类的管制。可是，多恩认为，人类既然已经犯下"原罪"，并受到上帝的诅咒，那么就比其他的生物"更弱，更坏"，更加"堕落腐败"，就不该再享有优势地位。虽然从某种角度来说，这些生物遭受了比人类更多的痛苦，但是它们在上帝那里却不会有任何畏惧，因为它们不曾犯下罪过。

《神学冥想》第十二首体现了诗人万物平等的思想以及对其他生物"更为单纯""不必要惧畏"的羡慕之情。他认为，人类应该尊重其他生物，平等对待其他生物，而不应以高自然一等的身份自居。多恩的这种思想与中国道家的"万物齐一"的思想具有契合之处。道家认为，万物没有高低贵贱之分，更不存在人高于自然之说，应该倡导尊重自然和一切生命，不要妄求主宰世界。多恩对自然的关注体现出他的一种生态和谐的观念。

在《神学冥想》第十二首中，诗人借用"所有的生物""马儿""野牛""野猪"意象表达了其万物平等的思想，而《神学冥想》第九首则通过大量的动植物意象表达了诗人对自我不平等地位的不满。

> 假如含有毒素的矿物，假如那一棵树——
> 其果实将死抛在否则不死的我们身上，
> 假如那嫉妒的毒蛇，假如淫荡的山羊
> 不会遭贬谪；咳，为什么我就该受苦？
> 为什么诞生于我头脑中的意念或理智
> 使否则同等的罪孽在我身内更其凶恶？
> 既然怜悯容易且光荣，对于上帝来说，
> 那为什么他在狂暴的愤怒中恫吓威逼？
> 可是我又算什么，竟然胆敢与您抗辩？
> 上帝，哦！用惟您才有的宝贵的鲜血
> 和我的泪水，造一股天国的忘川洪波，
> 把我的罪孽的黑色记忆淹溺在那里边；
> 您记得某些人，他们把这当债务索还，
> 如果您情愿忘却，我倒将此视为悯怜。①

诗人在该诗中同样连续提出了四个问题。诗人在第一问中将自己与其他一些生物进行了比较。诗人的第一问又暗含了四个问题。诗人首先反问，如果"含有毒素的矿物"不会遭到上帝的贬谪，那么为什么"我"就该受苦呢？如果一棵树的果实给原本不

---

① 约翰·但恩：《艳情诗与神学诗》，傅浩译，北京：中国对外翻译出版公司，1999年，第214页。

死的"我们"带来了死亡却不会遭到上帝的贬谪,那么为什么"我"就该受苦呢?如果"嫉妒的毒蛇"不会受到上帝的贬谪,那么为什么"我"就该受苦呢?如果"淫荡的山羊"都不会受到上帝的贬谪,那么为什么"我"就该受苦呢?诗人的第一问通过罗列一系列动植物意象表现了它们较之于诗人的优越性。诗人提出了质疑:为什么"含有毒素的矿物""那一棵树""嫉妒的毒蛇""淫荡的山羊"犯下了与"我"相同的罪孽,却可以不受上帝的贬谪,而"我"却要受苦?诗人对上帝给他的不平等地位非常不满。于是,诗人发出第二问:为什么"诞生于我头脑中的意念或理智"会让同等的罪孽在"我"这里变得更加"凶恶"?接着,诗人追问,上帝心怀怜悯,却为什么对"我"愤怒且恫吓威逼?最后,诗人发现自己在上帝面前是如此的渺小,上帝可以自由选择对人怜悯或愤怒,而人在他面前没有任何选择的余地,于是他反问道:"可是我又算什么,竟然胆敢与您抗辩?"

通观全诗,诗人运用了大量的动植物意象来表达他内心的苦恼与不满。实际上,不满声中暗含了诗人对上帝救赎的渴望。诗人通过对自己与其他生物的不同命运进行比较,试图告诉无所不能的上帝,自己与其他生物犯下了同样的罪孽,既然上帝都没有贬谪其他生物,那么也不应该严苛对待自己,自己也应该得到上帝的怜悯。于是,在诗歌最后,诗人恳求上帝用他的鲜血与自己忏悔的泪水创造一股"天国的忘川洪波"以洗涤自己的罪孽。

在上述两首神学诗中,诗人借用动植物意象表达了他对自然与其他生物的尊重与羡慕之情。这两首诗歌中的动植物意象反映出来的更多的还是它们的本义,而多恩神学诗歌中的动植物意象有时又暗含了一定的象征意义。《花冠》第七首中的"强壮的头羊""温驯的羔羊"以及《神学冥想》第二首中的"您的绵羊"象征了基督。《神学冥想》第十八首中的"温顺的鸽子"则代表了基督的新娘,即真正的教会。《启应祷告》第八首中的"鹰"

象征了目光犀利的先知,"您的目光犀利如鹰的先知们,/他们是您的教会的管风琴"①。《启应祷告》第四首中诗人则用"蛇"象征三位一体的上帝:

> 呵,有福而荣耀的三位一体,
> 是哲学的骨架,却是信仰的乳液,
> 就像智慧的蛇,形态各异,
> 既富有灵巧圆滑,又极尽缠绕纠结,
> 一如您被权力、仁爱、知识
> 区分得难以分辨,②

多恩不仅在他的神学诗中运用了大量的动植物意象,而且在他的爱情诗中也大量运用了动植物意象,如"跳蚤""鸽子""凤凰""蜉蝣""鹰""毒蛇""曼德拉草""花朵""樱草""芳草"等。多恩对动植物意象的娴熟运用不仅丰富了他的诗歌,而且很好地表达了他对自然的尊重和关怀。多恩诗歌中丰富而新奇的动植物意象既有对传统的继承,也有对传统的创新。他对动植物意象的巧妙运用赋予了看似平淡的自然意象无穷的生命力。通过这些意象,诗人的深邃思想得以展现出来,同时,这些意象也激发了读者对自然的深刻思考。

五、天文意象

多恩生活的时代正是人们对传统宇宙观提出质疑并重新进行

---

① 约翰·但恩:《艳情诗与神学诗》,傅浩译,北京:中国对外翻译出版公司,1999年,第232页。
② 约翰·但恩:《艳情诗与神学诗》,傅浩译,北京:中国对外翻译出版公司,1999年,第230页。

建构的时代。各种不同的理论与观点对当时人们的世界观产生了巨大的冲击。哥白尼的"日心说"赢得了越来越多的追随者,而传统的"地心说"遭到了越来越多的质疑与挑战。与其他文艺复兴时期的诗人一样,多恩对天文学十分关注。他不仅在其爱情诗中广泛运用天文意象来诠释他的爱情理念(本书第三章第二节已经做过详细的论述,在此不再赘述),而且在其神学诗中也大量借用了天文意象。

《神学冥想》第五首就表现了诗人对天文意象的浓厚兴趣。诗人写道:

> 我是一个小小的世界,是由四大元素
> 和一个天使般的精灵巧妙地组合而成,
> 可是黑色罪孽已把我的世界的两部分
> 出卖给无尽长夜,哦,它们必将死去。
> 你们,在那曾经是最高层的天穹之外
> 发现新天体,且能记述新陆地的学者,
> 给我的眼中注入新的海水吧,好让我
> 可以用真诚哭泣的泪水淹没我的世界,
> 或者洗涤它,如果它注定不再被淹没:
> 可是呵,它注定是要被焚毁的;咳哟,
> 欲望和嫉妒之火在此前已将它焚烧过,
> 使它更龌龊;主啊,让它们的火退却,
> 而用您和您屋宅的一片如火热诚焚烧
> 我吧,那火焰会一边吞噬,一边治疗。[①]

[①] 约翰·但恩:《艳情诗与神学诗》,傅浩译,北京:中国对外翻译出版公司,1999年,第209页。

诗人通过将自己比作一个"小小的世界"而展开了整首诗歌。诗人把自己说成是"一个小小的世界,是由四大元素/和一个天使般的精灵巧妙地组合而成"。这显然体现了多恩的人就是一个小宇宙的观点。这一观点可以追溯到毕达哥拉斯。根据公元9世纪拜占庭辞典编纂家福提乌斯的记述:

> 人被说成是大宇宙的缩影,这并不是因为人和其他动物、甚至最低级的动物一样,由四种元素构成;而是因为人体现了大宇宙的全部特质。大宇宙有神,有四种元素,有植物和动物,人则具有所有这些事物的全部潜能。人通过与神相似的特质而有理性;人又通过四种元素的自然功能而有行动、生长和繁衍的能力。①

这种把小宇宙和大宇宙进行类比的观点从中世纪一直延续到了文艺复兴时期,在英国文艺复兴时期的诗歌中占据了十分重要的地位。比如,勃顿就在《忧郁的解剖》中哀悼人类的堕落,因为人被创造成"小宇宙",原是"世界的典范,大地的君主,世界的总督,万物的惟一统帅和管理者"。

接着,诗人感叹,虽然自己是一个"小小的世界",但是"黑色罪孽"把这个世界的两部分出卖给了"无尽长夜"。这里暗示了诗人犯下的深重罪孽给他带来了死亡。于是,诗人恳求"在那曾经是最高层的天穹之外/发现新天体,且能记述新陆地的学者"给他注入"新的海水",让他真诚的泪水淹没或者洗涤自己的世界。根据托勒密天文体系,整个宇宙有九重天,各重天到地

---

① S. K. Heninger: *Touches of Sweet Harmony: Pythagorean Cosmology and Renaissance Poetics*, San Marino: the Huntington Library, 1974, p. 191. 转引自胡家峦:《历史的星空:文艺复兴时期英国诗歌与西方传统宇宙论》,北京:北京大学出版社,2001年,第194页。

第五章 多恩神学诗的诗艺探幽

球的距离由远及近的顺序是：原动天、恒星天、土星天、木星天、火星天、太阳天、金星天、水星天、月亮天。中世纪神学家们则在恒星天与原动天之间增加了一重天，水晶天，构成了十重天。到了文艺复兴时期，人们认为月上世界有十一重天，包括月亮天、水星天、金星天、太阳天、火星天、木星天、土星天、恒星天、水晶天、原动天、天府（即神的寓所，或上帝和天使们居住的天国）。可以看出，不论是中世纪的十重天还是文艺复兴时期的十一重天，都是对托勒密天文体系的一个补充。然而，哥白尼、伽利略等天文学家所构建的宇宙体系则是对托勒密的传统宇宙论的一种否定。1572年，丹麦天文学家第谷·布拉赫（Tycho Brahe）发现了仙后座中的一颗新星。第谷的学生开普勒（Johannes Kepler）又发现了两颗新星，一颗在天鹅座中，一颗在巨蛇座中。伽利略在1610年出版的《星体的信使》中指出，他用自制的望远镜发现了许多以前用肉眼无法看到的新星。显然，多恩在本诗中提到的"新天体""新陆地"是不属于托勒密天文体系的新星体，暗指了第谷、开普勒、伽利略等天文学家发现的新星。诗人要求这些天文学家给他"注入新的海水"以淹没或洗涤他充满罪孽的世界。诗人这一大胆的幻想反映出在诗人眼里，这些知识渊博的天文学家拥有超凡的能力，能够让他洗心革面。诗人同时运用了与新旧学说相关的天文意象来表达他对净化自我罪孽的渴望。从整首诗来看，多恩并没有表现出对新旧学说的肯定或否定态度，而只是借助与新旧学说有关的天文意象来表达自己的宗教情感。

在《启应祷告》第九首中，多恩同样运用了一些天文意象。

您那辉煌的黄道带
由十二使徒组成，环绕这一切，
（无论是谁，若不从他们那里取来

光亮,就会跌倒,落入黑暗的深壑,)
犹如通过他们的祈祷,您使我了解了
他们的著述是圣洁的;①

在此,诗人将基督的十二使徒比作"黄道带"的十二宫。在土星、木星、火星、太阳、金星、水星、月亮这七颗行星的周围还有诸多星体。黄道所经过的那片环状天区称作黄道带。黄道带又称为"月道",沿着月道排列的星座有十二个,也就是黄道十二宫。黄道十二宫中的每个星座都代表着不同的含义,与七颗行星相对应,又与一年的各个季节和月份对应。在这里,诗人并不是要揭示黄道十二宫的某种含义,也不是要暗示某个季节或月份。诗人将十二使徒看作黄道十二宫主要是为了表达以下观点:如果不从黄道十二宫,即十二使徒这里取来上帝的"光亮",那么无论是谁都会"落入黑暗的深壑"。

在多恩神学诗歌里诸多天文意象中,太阳意象尤其值得关注。太阳是人们最为熟知的一个宇宙意象。太阳给予人类光明与温暖,孕育着世界万物,因此在整个人类史上,太阳一直是人们赞扬的对象。在许多民族的文化中都有关于太阳神的传说。古埃及神话中的太阳神是宇宙的主宰,不仅象征光明,也象征着力量与权威。古希腊神话中,太阳神阿波罗每日驾驶着火马所拉的日辇在天空驰骋,给人类带来光明和温暖,是最受人崇拜、褒扬的神灵之一。在文学作品中,太阳意象富有特定意义,能使读者产生明确指向性想象。它很容易勾起人们对光明、温暖、生命力、公正、权力等的美好想象。对光明之源太阳的崇拜与歌颂是古今中外永恒的主题。文艺复兴时期,莎士比亚等诗人就把太阳看作

---

① 约翰·但恩:《艳情诗与神学诗》,傅浩译,北京:中国对外翻译出版公司,1999年,第232—233页。

第五章　多恩神学诗的诗艺探幽

神灵的化身与皇权的象征。① 屈原的《九歌·东君》一诗是祭祀太阳神的祭祀辞，恰如其分地表现了太阳神灿烂辉煌的特点。白居易的"日出江花红胜火，春来江水绿如蓝"让读者联想到太阳给人间带来的光明与温暖。显然，无论是从神话传说还是文学作品的角度来看，太阳在人们心中的形象是高大而神圣的。在多恩所处的时代，新的宇宙图景更是有力地提升了太阳在宇宙中的地位。虽然多恩一向关注新旧学说，对新旧学说争论的核心——太阳意象也充满兴趣，但是多恩神学诗中的太阳并非局限于新旧学说对它的界定，其作品中的太阳形象也并非以往文学作品中的传统太阳形象，而是被赋予了新的意义和内涵，显得与众不同。

在神学诗中，多恩时常将太阳意象与圣子联系在一起。他在《花冠》第七首中这样写道：

> 向那最后的、永恒的白昼敬礼致意，
> 你们，欢庆这太阳，暨人子的升天，
> 你们的正义的泪水，或磨难
> 洗净，或焚净了你们有杂质的土泥；②

英语中"太阳"（Sunne）与"人子"（Sonne）谐音，故多恩将太阳比作基督。此外，多恩在《天父上帝赞》中也直接将太阳看作圣子，祈祷上帝之子的慈悲之光能够把犯下深重罪孽的诗人从地狱的黑暗之中拯救出来。

> 我有一种恐惧之罪，恐怕我一旦缠完

---

① 周忠新、王梦：《陌生化的手法，另类的意象——邓恩的玄学派艳情诗〈上升的太阳〉赏析》，载《河北大学学报（哲学社会科学版）》，2009年第2期，第45页。
② 约翰·但恩：《艳情诗与神学诗》，傅浩译，北京：中国对外翻译出版公司，1999年，第204页。

> 我最后一缕线时,我将在此岸逝灭;
> 但以您自身起誓,您的儿子在我死前
> 将一如既往普照,将普照一如此刻;
> 完成这个之后,您才算完善,
> 我不再感到惶惑。①

可以看出,诗人将太阳意象与圣子进行类比,不仅仅是因为在英语中"太阳"与"人子"同音,而且还因为两者具有相同的内涵。诗人感到圣子所散发的光芒就如同太阳的万丈光芒,温暖人心。太阳与圣子的类比表达出诗人对上帝、圣子的高度赞美。

综上可知,多恩爱情诗与神学诗中的天文意象都不是多恩与新学或旧学论战的工具,而是被用来传递其有关爱情以及宗教的思想与情感。同时,丰富的天文意象也传递出多恩对大世界的关怀以及对自我小世界的关怀。

六、航海意象

多恩生活的英国文艺复兴时期是一个新航路开辟、地理大发现的时代。随着新航线的开辟、新陆地的发现,人们对新世界充满了幻想与向往,人们开始重新认识世界,重新认识自己。多恩这位具有强烈敏感气质的诗人,也对新世界充满了好奇与向往。多恩在他的神学诗歌中运用了诸多航海意象来阐释自己的宗教情感。

《基督赞,作于最后一次旅德行前》写道:

---

① 约翰·但恩:《艳情诗与神学诗》,傅浩译,北京:中国对外翻译出版公司,1999年,第251页。

第五章　多恩神学诗的诗艺探幽

> 无论什么样的破船我将登乘，
> 那船都是我心目中您的方舟的象征；
> 无论什么样的海洋将吞没我，
> 那波涛对我来说都象征着您的鲜血；
> 虽然您用忿怒的云雾蔽遮
> 您的面容，但是透过那面具我知道那双眼：
> 虽然它们有时转向一边，
> 但它们从不轻蔑。
>
> 我把这岛屿供献给您，
> 还有那里我所爱，和爱我的所有人；
> 一旦我把我们的海洋置于了他们和我之间，
> 就请您把您的海洋置于我的罪孽和您之间。
> 犹如树木的汁液在冬季找寻
> 地下的根须，如今在我的冬季我走向
> 惟您所在之处，我可能知道的
> 永恒的真爱之根。①

　　本诗作于 1619 年 5 月，多恩作为随行教士随丹卡斯特勋爵出使德国。在诗歌中，诗人运用了一些航海意象来表达他对上帝的虔诚忏悔和对上帝救赎的渴望。在诗歌的第一节，诗人描绘了一幅航海远行的场景。诗人称，不论是什么样的破船，他都会登乘，因为那船就是上帝的方舟的象征。因此，那船意味着上帝的救赎。在大海上航行，诗人也不会担心会遇到什么样的海洋与波涛，因为那波涛象征着上帝的鲜血，可以将诗人净化、洗涤。虽

---

① 约翰·但恩：《艳情诗与神学诗》，傅浩译，北京：中国对外翻译出版公司，1999 年，第 244 页。

然上帝有时会将双眼转向一边,但是它们却"从不轻蔑"。在诗歌的第二节,诗人犹如一名发现新大陆的航海家,决意将一片岛屿献给上帝。在这岛屿上有诗人所爱的人以及爱他的人。从诗人愿意将这充满了爱的岛屿献给上帝可以看出,他甘愿放弃其他的爱而一心去追寻上帝"所在之处"——"永恒的真爱之根"。航海意象形象地表达了诗人对上帝的深深依恋之情。

多恩的另一首赞美诗《病中赞颂上帝,我的上帝》中也运用了一系列航海意象。

> 我的医生们被他们的爱心变成
> 宇宙地理学家,我成了他们的图纸,
> 平躺在这床上,可以被他们标明
> 这是"通过热病的海峡"在我的西—
> 南方的发现——通过这些海峡去死,
>
> 而我高兴,在这些海峡中,我看到我的西方;
> 因为,尽管它们的海流不给谁回礼,
> 我的西方又将伤害我什么?一如西方和东方
> 在所有平面地图(我即其中之一)上都是一体,
> 死亡与复活也相衔接联系。
>
> 太平洋可是我的家乡?抑或是东方
> 富庶之地?是耶路撒冷?
> 安延、麦哲伦、直布罗陀等地方,
> 所有海峡,且惟有海峡,是通往那里的途径,

第五章　多恩神学诗的诗艺探幽

> 无论那里居住着雅弗、含、还是审。①

在诗歌开篇，诗人就表明自己将不久于人世，即将来到"那神圣的厅堂"，即天堂。沃尔顿曾指出，此诗是多恩临死前在病榻上所作，具体时间应为1631年3月23日，即多恩逝世前第八天。② 诗人相信自己在死后会进入天堂，于是设想自己的灵魂会在天堂与上帝的圣徒们一起弹奏和谐的天国音乐，自己也会被上帝造就成和谐的天堂音乐的一部分。于是，为了让自己更好地与天国音乐相融合，诗人便事先在"这门前调理丝弦"。至此，可以看出病中的诗人对死亡的一种平和的态度，他甚至对死亡充满了期待。

诗歌的第一节可以说是诗人对死后的一种设想，而在诗歌第二节，诗人运用航海意象来描写现实生活中自己的病情。诗人将病重的自己看成医生们手中的"图纸"，而他的医生们就是"宇宙地理学家"。诗人平躺在床上，任由医生这些"宇宙地理学家"研究、标注。他们最终在诗人这张"图纸"上发现，"这是'通过热病的海峡'在我的西一/南方的发现——通过这些海峡去死"。在此，"海峡"含有难关之意。诗人认为自己要么死于热病之关隘，要么穿过热病之海峡而痊愈。

接着，在诗歌的第三节中，诗人继续运用航海意象来表达他对自己病情的态度。当医生们正为诗人的病情担忧的时候，诗人却没有丝毫担忧与畏惧，因为在这些海峡之中，诗人看到了他的"西方"。"西方"象征死亡。尽管死亡从不给人"回礼"，但是诗人感到高兴，因为在他看来，死亡并不会给他带来什么伤害。正

---

① 约翰·但恩：《艳情诗与神学诗》，傅浩译，北京：中国对外翻译出版公司，1999年，第247—248页。

② John Donne：*John Donne's Poetry*，Ed. Arthur L. Clements，New York and London：W. W. Norton & Company Inc.，1966，p. 128.

如在所有的平面地图上,西方和东方是一个整体,死亡与复活也是一体的、密不可分的。既然有死亡,那么就会有复活。在诗人看来,虽然他即将死去,但死亡会把他领入天堂,让他获得永生。

在诗歌第四节,诗人罗列了大量的地理名词来说明自己死后的归宿。在诗歌第一节,诗人明确指出自己的灵魂将飞升天国,而在第四节,诗人显然更为关注的是他的肉身的归宿。多恩在他的许多诗歌中都曾强调,人死后,灵魂会飞向天国,而出生于尘土的肉体则回归尘土。在本诗中,诗人对于自己死后的肉身终究归于何处表现出一种不确定感。他不确定自己的家乡会是在太平洋,还是东方的富庶之地,还是耶路撒冷。这三个地方对于当时包括诗人在内的英国人来说,是比较陌生的,同时也是他们充满向往的地方。太平洋最早是被横渡巴拿马地峡的西班牙航海家巴尔沃亚(Vasco Núñez de Balboa)于1513年发现的,之后由受雇于西班牙的葡萄牙航海家麦哲伦命名。麦哲伦于1520年从大西洋找到了一个西南出口,这一出口此后被称为麦哲伦海峡。他向西航行,经过38天的惊涛骇浪后来到一片平静的洋面,他因此称之为太平洋。对于多恩时代的人们来说,太平洋仍然是一个陌生的地方。东方的富庶之地指的是当时被誉为人间天堂的印度。多恩在《太阳升起了》中也提到过,"西印度的金矿,东印度的香料"①。在1600年,大英帝国成立东印度公司,开始对这个在英国人眼中遍地是黄金的神秘之地进行大规模开采。耶路撒冷被称为"和平之城",也被当时英国人想象成到处是金银珠宝的地方。诗人选择太平洋、东方富庶之地以及耶路撒冷这三个陌生的地方突显了他对自己死后归宿的不确定感。尽管诗人不确定自己的肉身终究会归于何处,但是他能肯定的是安延、麦哲伦、

---

① 约·多恩:《诗六首》,裘小龙译,载《世界文学》,1984年第5期,第199页。

直布罗陀是通往其家乡的途径。同时，诗人强调"惟有海峡"才能通往他的家乡，也就是说只有这场热病才能让他走向死亡。多恩在此通过众多的地理名词来描写自己死后肉身的归宿，反映出死亡对于他而言就如同是航海家们所要去开辟的充满神秘色彩的新世界，也流露出他对死亡这个新世界的期待与向往。

多恩在本诗的前四节借用了大量的航海意象来阐释他对死亡的渴望。这些被多恩时代的人们所熟知的、看似普通的航海意象通过多恩的新奇想象，带给了读者一种陌生感与新鲜感。

七、结语

综上可知，多恩在其神学诗中运用了丰富多彩的意象，这些意象涉及宗教、自然、天文、地理等。虽然使用意象并非多恩的独创，但与其他英国文艺复兴时期诗人不同的是，为了避免老生常谈，多恩另辟蹊径，经过巧妙的构思之后让这些当时人们所熟知的意象变得新颖而奇特，绽放出新的活力与更为持久的生命力。多恩在平凡的事物之中寻求不平凡的思想内涵，突出了自然事物表面下的深奥哲理。这些涉及不同领域的意象在多恩的巧思妙解之下被用作表达他对上帝虔诚的爱，对上帝救赎的渴望，对上帝的赞美，对死亡既畏惧又渴望的复杂情感，对自然的关注与尊重，以及对自身罪孽的忏悔。正是因为有了这些丰富的意象，多恩的宗教表达才不至于呆板乏味，其神学诗也更为形象地、深刻地反映出一个痛苦的灵魂的自我表白，绽放出绚丽的光彩。此外，多恩神学诗中的意象所涉及的领域广泛，通过这些意象，人们感受到了多恩对知识的强烈追求，对人和人类社会的了解的追求，对整个宇宙的认识的追求。

第二节　多恩的《既然我所爱的她》与苏轼的《江城子·乙卯正月二十日夜记梦》

爱情是人间至情,它一向是古今中外诗歌所咏唱的主题。而悼亡诗则往往将恋人间绵绵不尽的思念与哀伤展现得缠绵感人。杨周翰认为,在西方表达哀怨情绪的抒情诗品种很多,但专为哀悼亡妻而作的悼亡诗则极为少见,而这种诗却频繁出现在中国文学中,几乎可以说已经有了一个传统。① 多恩和苏轼这两位来自不同国度、不同时代的文学巨匠,都曾写过悼念亡妻的诗词。多恩的《神学冥想》第十七首《既然我所爱的她》与苏轼的《江城子·乙卯正月二十日夜记梦》都抒写了对亡妻的深深哀思,都写得情深意切,但是因多恩与苏轼不同的个人生活经历以及其所受到的不同的传统文化的熏陶,两首诗词在写作手法与艺术风格方面存在着极大的差异。

一、《既然我所爱的她》与《江城子·乙卯正月二十日夜记梦》不同的写作手法

在多恩的诸多诗歌中,明确书写妻子的诗歌就只有他的《神学冥想》第十七首《既然我所爱的她》。多恩与其妻子安·莫尔的爱情故事可以称得上是一个传奇。年轻时的多恩曾是一个彻头彻尾的浪荡子,但是在遇到安·莫尔后,他彻底改变了自己的人生轨迹。他从一个放荡不羁的公子哥转变成了对爱情忠贞不渝的模范丈夫。为了坚守与安·莫尔的真挚爱情,他甘愿放弃辛苦创

---

① 杨周翰:《弥尔顿的悼亡诗——兼论中国文学史里的悼亡诗》,载《北京大学学报(哲学社会科学版)》,1984年第6期,第1页。

第五章　多恩神学诗的诗艺探幽

下的事业。1617年，妻子安·莫尔生下死胎后与世长辞，之后，多恩没有再续弦，而是选择孤独终老。多恩对妻子的感情深厚，对多恩而言，与妻子的永远的别离无疑是最为痛苦的事。为表达对爱妻的哀思，多恩在妻子离世当年写下了这首十四行诗。此诗可以说是多恩神学爱情诗的佳作。①

这首诗从宗教的视角抒写了对妻子难以割舍的情感，具有浓厚的宗教色彩。

> 既然我所爱的她，已经把她的最后债务
> 偿还给造化，她和我都不再有好处可得，
> 她的灵魂也早早地被劫夺，进入了天国，
> 那么我的心思就完全被系于天国的事物。
> 在尘世间，对她的爱慕曾激励我的心智
> 去寻求上帝您，好让河流现出源头所在；
> 可是尽管我找到了您，您把我渴意消解，
> 一种神圣的消渴病却依然使我日益憔悴。
> 但是为什么我要乞求更多的爱，既然您
> 拿出您所有的一切，为她的灵魂而物色
> 我的灵魂：您不仅担心，我会放纵听任
> 我的爱移向圣徒和天使、圣物之类货色，
> 而且，心怀着您温和的嫉妒之意，疑虑
> 尘世、众生，对，还有魔鬼会把您斥逐。②

诗歌一开始就写到，妻子已经离开人世，进入了"天国"。

---

① 李正栓、赵烨：《邓恩和弥尔顿十四行诗比较研究》，载《河北师范大学学报（哲学社会科学版）》，2010年第6期，第91页。

② 约翰·但恩：《艳情诗与神学诗》，傅浩译，北京：中国对外翻译出版公司，1999年，第224页。

可是，细读诗歌的前六行可以发现，诗人并没有表达出痛失爱妻的忧伤，而是将"她的灵魂也早早地被劫夺，进入了天国"看成一件好事。因为爱妻的灵魂飞升天国，某种程度上也就将"我"引入天国，让"我"心系上帝从而得到救赎。然而，从诗歌的第七行起，诗人笔锋一转，写道："可是尽管我找到了您，您把我渴意消解，/一种神圣的消渴病却依然使我日益憔悴。"虽然"我"得到了上帝之爱，但是"我"却因此失去了"更多的爱"，这让"我"变得憔悴不堪。诗人在这里以人名作双关，"更多的爱"（more love）实际暗指安·莫尔（Anne More）的爱。上帝之爱是教徒们毕生孜孜不倦地追求的神圣之爱，但是与诗人和妻子之间的情爱相比，诗人毅然选择了世俗之爱。在多恩心中，爱妻就是自己的"圣徒和天使"。基督教认为，上帝乃爱的源泉，"圣徒""天使"等与上帝相关的意象都是爱的象征。多恩将自己与妻子间的世俗之爱升华为神圣之爱。这首诗将诗人对爱妻的深厚情感巧妙地融入神学，打破了悼亡诗单纯描写爱情的传统。

与多恩将爱情与宗教融合的表现手法不同，苏轼的《江城子·乙卯正月二十日夜记梦》更注重情景融合，借景抒情。苏轼的《江城子·乙卯正月二十日夜记梦》是为悼念他的原配夫人王弗所作。王弗年轻貌美，温柔贤淑，与苏轼举案齐眉。可惜造化弄人，她 27 岁时就去世了。十年后，即乙卯正月二十日夜，苏轼又梦见爱妻，满怀哀思与痛楚的他写下了这首千古传诵的悼亡词：

十年生死两茫茫，不思量，自难忘。千里孤坟，无处话凄凉。纵使相逢应不识，尘满面，鬓如霜。夜来幽梦忽还乡，小轩窗，正梳妆。相顾无言，惟有泪千行。料得年年肠断处,明月夜,短松冈。①

该词上片写实,描写了词人的生活现状,让人倍感心酸,传递出对亡妻的深深的思念之情;词的下片记梦,描写与妻子梦中相会的情景和词人梦醒后的感慨。"尘满面""鬓如霜"表达出十年的生死相隔之后,词人已经两鬓斑白,如果再次相逢,恐怕亡妻已认不出自己。短短的六个字道出了词人的满腹辛酸与苦楚,反衬出"无处话凄凉"的凄惨。"明月夜""短松冈"描绘了一幅悲凉、阴郁的图景,传递出对亡妻的无限哀思。在此,该词实现了情与景的高度融合,感人至深。词的下片中,词人由景入情,在梦境中,亡妻仍旧与生前一样,坐在窗前梳妆打扮。"小轩窗,正梳妆"是亡妻生前极为朴实的生活场面。对于词人来说,这些亡妻生前生活中最为普通的点点滴滴也只有在梦境中才能隐约看到。在现实与梦境的交织中,词人并没有丝毫欣喜,只有"相顾无言,唯有泪千行"的悲怆。此外,为了表达自己对妻子的深切思念,苏轼还借用了一些时空意象。在时间上,词人与亡妻已有十年相隔;在空间上,亡妻的坟墓与自己相隔千里。然而,词人与亡妻的真正距离乃是阴阳相隔,显然这是两人无法逾越的距离。词人敏锐地感受到了时空的变迁,自己的情感并未在时空的变化中淡化,相反日益加深。词的下片传递出了词人的时空错乱感。在梦里,词人已从密州回到了故乡,见到与自己阴阳相隔的亡妻,两人却没有了当年的亲密无间,千言万语最终化为千行泪滴。在最后,词人又将时空拉回到了现实,落在了松树成片的山岗上,落在了亡妻凄凉的孤坟上。梦醒之后的现实世界仍然是一片凄凉,令人肝肠寸断。词人通过时空的错乱直抒自己的哀思。

---

① 苏东坡:《东坡诗文选:汉英对照》,林语堂译,合肥:安徽科学技术出版社,2012年,第116—118页。

多恩的《既然我所爱的她》与苏轼的《江城子·乙卯正月二十日夜记梦》在写作手法上最大的差别在于，一个侧重爱情与宗教融合，一个注重情景交融。生活在宗教纷争不断的17世纪英国的多恩对宗教是极度敏感的。多恩出身于一个天主教家庭，后来，为谋生计，于1615年改信英国国教。深受基督教精神影响的多恩深知获得上帝之爱也就意味着上帝对自己的宽恕与救赎，但是他无法割舍对亡妻的情爱。在上帝之爱与世俗情爱面前，诗人毅然选择了世俗情爱。此举传递出了诗人对亡妻的用情至深。然而，中国诗词向来讲求借景抒情。在中国的传统哲学中，世间万物生生不息，充满着灵气。人的情感与物色相互感发，人情与物情交融合一，使传统美学不着重主体情感的单向投射，而是主张主体和客体之间的双向交流。物我不分，一切景语皆为情语。[①] 苏轼运用情景交融的手法让熟知中国传统文化内涵的读者真切地感受到其对亡妻的真挚情感。

仔细品读这两首诗词，还可以发现多恩和苏轼对被悼念的亡者的形象的塑造存在着极大的差异。《既然我所爱的她》中的对象始终是被动、沉默的。多恩在诗中从"我"的角度来描写"她"——亡妻，以"我"的口吻来抒写情感。从整首诗来看，多恩并没有给予亡妻只言片语的话语权力，只是单方面地抒写自己对亡妻难以忘怀的情感和对亡妻的忠贞不渝。想必这也是为何一些评论家会认为多恩的"自我意识太强、无法看到女人的内心、对女性的外形和个性漠不关心"[②]。苏轼在《江城子·乙卯正月二十日夜记梦》中给读者展现了独立存在的、有情有义的女性形象。从整首词来看，苏轼将自己与亡妻看作是平等的。"十

---

① 李恩慧：《中西爱情诗歌的差异及哲学美学思想》，载《湖南医科大学学报（社会科学版）》，2005年第4期，第130页。

② 李正栓：《英国文艺复兴时期诗歌研究》，保定：河北大学出版社，2006年，第101页。

年生死两茫茫"中的"两"说明苏轼认为不仅仅是自己思念妻子，而且妻子也思念着自己。紧接着，一句"千里孤坟，无处话凄凉"既可以理解为因两人千里相隔，词人无比孤独、寂寞，也可以理解为妻子十分孤寂。"纵使相逢应不识"表现了词人一心为妻子考虑，担心因时光的流逝自己变得连妻子都无法认出。在词的末尾，词人从幽梦中醒来，想到千里之外的松林中的亡妻也一定在月夜之下苦苦思念着自己。词人与亡妻年年都在思念着对方，肝肠寸断。显然，苏轼十分关注亡妻的内心感受，并将亡妻视为与自己一样的有血有肉的、有权吐露自己情感的独立个体，而不是自己的附属品。苏轼运用了双向的情感辐射，有力地增强了词作的穿透力。

二、《既然我所爱的她》与《江城子·乙卯正月二十日夜记梦》不同的艺术风格

在艺术风格方面，多恩的《既然我所爱的她》以巴洛克风格来表达其对亡妻的执着不舍的爱与思念；而苏轼的《江城子·乙卯正月二十日夜记梦》则以豪放的婉约、含蓄朦胧的风格来表现主题。

多恩的《既然我所爱的她》在前十行写到，妻子的去世将自己引向了天国，引向了上帝和救赎。走向上帝可以让身负罪恶的诗人"渴意消解"。得到上帝的救赎让诗人心中充满欣喜，然而，"神圣的消渴病"却让诗人失去与妻子的真挚爱情，让诗人变得悲伤、憔悴。为了让"我"忠于上帝，上帝不仅夺去了"我"所爱——安·莫尔，而且让"我"在尘世饱受挫折。可以说，正是上帝的嫉妒、上帝的爱让"我"失去了妻子。走近上帝也就意味着对世俗之爱的舍弃。诗人无法割舍对妻子的爱，因此走近上帝的过程充满了挣扎与痛苦。而妻子的形象也在诗人走近上帝的过程中发生着变化。读者在诗歌中听到了两种声音。在诗歌的开始，

妻子将诗人引向上帝与救赎，但在诗歌最后四行，妻子却将诗人引向了罪恶。因为诗人深爱着亡妻，他无法全心全意地去爱上帝，因此他会继续心怀"疑虑"，眷恋着"圣徒和天使、圣物之类货色"以及"尘世、众生"。而这一切无疑让诗人远离上帝，无法得到上帝的救赎，对尘世之恋愈陷愈深。诗人对世俗情爱的执着让他甘愿放弃上帝之爱，放弃救赎。在这首诗中，诗人将对上帝的爱与对亡妻的世俗之爱进行对立，烘托出了对妻子的深厚情感。

整首诗突显了上帝之爱与世俗之爱的矛盾冲突。多恩在《天父上帝赞》一诗中也表达了同样的矛盾冲突。一方面，他渴望得到上帝的救赎，获得上帝之爱；另一方面，他又难以割舍世俗情爱。这正是强调内心复杂而矛盾的情感的巴洛克文学风格的体现。多恩的矛盾与复杂与其个人经历以及生活时代有着密切关联。多恩一直对自己的叛教行为难以释怀，这让他难以确定自己能否得到上帝的救赎，让他徘徊于上帝之爱与世俗之爱之间。此外，多恩生活的时代是一个各种思想相互碰撞的时代。正如艾略特所说："多恩相信任何东西。看来在那个时代，世界上似乎充满了各种思想体系的不完整的残枝碎布，一位象多恩那样的诗人，就好像一只喜鹊，衔起各种映入他眼帘的闪闪发光的思想残片，把它们点缀在他的诗行的各处。"[①] 因此，我们在诗中看到的是一个矛盾的多恩。

《江城子·乙卯正月二十日夜记梦》所营造的是一种哀婉、凄凉的意境。"孤坟""尘满面""鬓如霜""明月夜""短松冈"等意象的运用使得词作弥漫着浓浓的悲凉、凄寒之意。一句"纵使相逢应不识"让人痛彻心扉。十年未见，却始终难以忘怀。然而，纵使真的相见，却已物是人非，无从相认。满怀期盼的相见

---

① 艾略特：《艾略特文学论文集》，李赋宁译，南昌：百花洲文艺出版社，1994年，第165页。

第五章　多恩神学诗的诗艺探幽

最后却落得形同陌路，这是何等的凄惨、悲凉。生死相隔，与亡妻终不能相见。而日夜思念，梦中饱受相思之苦的夫妻二人得以相见。虽与往日一般，依旧在轩窗前梳妆打扮，但"相顾无言，惟有泪千行"。久别重逢，有多少的话语要相互诉说，曾经的"无处话凄凉"，此时本可畅所欲言，却变得无声。此时的无言胜过千言万语，恰似平静的海面之下暗藏着汹涌波涛。很明显，此词情意绵绵，感情真切，婉约凄美。

从内容上看，《江城子·乙卯正月二十日夜记梦》意境婉约，但词人却用豪放的笔调抒写出了婉约的内容。如王水照所言："全词情意深沉，婉约多思，而笔势一来一往，场景不断变换跳跃，却又萦回不断。……用豪放的笔力、思力默运于婉约的情境，所以感人至深。就情境言，我们可以说这是一首婉约词；从笔力、思力言，我们也可以说是一首豪放词。"①

苏轼在《江城子·乙卯正月二十日夜记梦》中所体现出的豪放的婉约与他的人生经历以及精神有着紧密的联系。苏轼才华横溢，早年便有鸿鹄之志，然而仕途失意，多次被贬。坎坷的生活让他尝尽人生百味，丰富了他的世界观。因此，他虽然屡遭挫折却依然能泰然处之，表现出一种旷达不羁的性格，开阔的胸襟，雄风飘逸的气概，却又不失细腻真情。

纵观全词，短短数字描写了三个情境——梦前，梦中和梦后。每个情境都让读者产生无限的遐想，获得了多层次的情感体验。比如，"千里孤坟，无处话凄凉"区区九个字就将词人与亡妻的孤寂表现得淋漓尽致，给读者留下了丰富的想象空间。再如，"小轩窗，正梳妆"仅六个字，又让读者对亡妻的梳妆打扮

---

① 王水照、朱刚：《苏轼评传》，南京：南京大学出版社，2004。转引自刘德：《千古第一悼亡词的经典化历程——〈江城子·记梦〉接受视野的历史嬗变》，载《鸡西大学学报》，2008年第5期，第113页。

产生了联想。此外，词人对亡妻形象的描写含蓄而委婉。全词除了一句"小轩窗，正梳妆"从侧面提及了亡妻外，几乎没有描写亡妻的形象。然而，亡妻的贤淑、体贴却通过诸如孤坟、泪水等意象含蓄地表现出来。该词的含蓄反映了中国文化所推崇的朦胧美，体现了中国传统美学中的无言之美。

三、结语

通过对多恩悼亡诗《既然我所爱的她》与苏轼的悼亡词《江城子·乙卯正月二十日夜记梦》的比较，笔者发现诗词人因为不同的个人经历、不同的生活环境与文化背景等原因，创作了既相似又存在极大差异的作品。虽然《既然我所爱的她》运用爱情与宗教交融的写作手法，而《江城子·乙卯正月二十日夜记梦》注重情景融合，前者是表达复杂而矛盾的内心体验的巴洛克风格，后者则婉约中又有豪放，含蓄朦胧，但是两部作品都表达了对亡妻的深切思念，字字血泪，感人肺腑。人类对真挚情感的追求是不分国度、不分地域、不分时代的，这体现了人类情感的相通性，而不同的国度、地域、时代造就了艺术作品的差异性，让读者体验到不同的艺术与文化魅力。

参考文献

艾略特，1994. 艾略特文学论文集［M］. 李赋宁，译. 南昌：百花洲文艺出版社.

卞之琳，1983. 英国诗选［M］. 长沙：湖南人民出版社.

波娃，1986. 第二性［M］. 桑竹影，南珊，译. 长沙：湖南文艺出版社.

布鲁克斯，2008. 精致的瓮：诗歌结构研究［M］. 郭乙瑶，等译. 上海：上海人民出版社.

但恩，1999. 艳情诗与神学诗［M］. 傅浩，译. 北京：中国对外翻译出版公司.

但恩，2006. 英国玄学诗鼻祖约翰·但恩诗集［M］. 傅浩，译. 北京：北京十月文艺出版社.

德尔图良，2001. 论灵魂和身体的复活［M］. 王晓朝，译. 香港：汉语基督教文化研究所.

多恩，1984. 诗六首［J］. 裘小龙，译. 世界文学（5）：193－204.

多恩，2009. 丧钟为谁而鸣：生死边缘的沉思录［M］. 林和生，译. 北京：新星出版社.

方芳，刘迺银，2013.《凤凰与斑鸠》中的多重悖论与情感张力［J］. 江淮论坛（3）：168－173.

哥白尼，1992. 天体运行论［M］. 叶式辉，译. 武汉：武汉出版社.

郭群英，毛卓亮，1998. 英国文学教程［M］. 石家庄：河北教育出版社.

韩金鹏, 1999. 约翰·邓恩爱情诗歌中的三种双性合体的意象 [J]. 北京大学学报（哲学社会科学版）(S1): 173−179.

胡家峦, 1993. 一个新世界的发现——读约翰·邓恩的《早安》 [J]. 名作欣赏 (5): 90−92.

胡家峦, 2001. 历史的星空：文艺复兴时期英国诗歌与西方传统宇宙论 [M]. 北京：北京大学出版社.

黎明星, 2008. 灵与肉的复活——读约翰·多恩的宗教诗 [J]. 世界文学评论 (2): 70−72.

李恩慧, 2005. 中西爱情诗歌的差异及哲学美学思想 [J]. 湖南医科大学学报（社会科学版）(4): 128−130.

李小融, 2002. 心理学 [M]. 成都：四川大学出版社.

李正栓, 2001. 陌生化：约翰·邓恩的诗歌艺术 [M]. 北京：北京大学出版社.

李正栓, 2006. 英国文艺复兴时期诗歌研究 [M]. 保定：河北大学出版社.

李正栓, 赵烨, 2010. 邓恩和弥尔顿十四行诗比较研究 [J]. 河北师范大学学报（哲学社会科学版）(6): 88−93.

刘德, 2008. 千古第一悼亡词的经典化历程——《江城子·乙卯正月二十日夜记梦》接受视野的历史嬗变 [J]. 鸡西大学学报 (5): 112−115.

陆钰明, 2007. 多恩爱情诗研究 [D]. 上海：华东师范大学.

洛奇, 1987. 二十世纪文学评论（上册）[M]. 葛林, 等译. 上海：上海译文出版社.

弥尔顿, 1984. 失乐园 [M]. 朱维之, 译. 上海：上海译文出版社.

南方, 2005. 从《圣露西节之夜》看约翰·多恩诗歌中的现代性 [J]. 四川外语学院学报 (2): 30−34.

裘小龙，1984. 论多恩和他的爱情诗 [J]. 世界文学（5）：205-222.

塞尔登，2000. 文学批评理论——从柏拉图到现在 [M]. 刘象愚，陈永国，等译. 北京：北京大学出版社.

莎士比亚，1994. 莎士比亚全集（二）[M]. 朱生豪，等译. 北京：人民文学出版社.

苏东坡，2012. 东坡诗文选：汉英对照 [M]. 林语堂，译. 合肥：安徽科学技术出版社.

王水照，朱刚，2004. 苏轼评传 [M]. 南京：南京大学出版社.

王佐良，1991. 英诗的境界 [M]. 北京：生活·读书·新知三联书店.

王佐良，2000. 英国诗选 [M]. 上海：上海译文出版社.

王佐良，何其莘，1996. 英国文艺复兴时期文学史：五卷本英国文学史 [M]. 北京：外语教学与研究出版社.

王佐良，李赋宁，等，1983. 英国文学名篇选注 [C]. 北京：商务印书馆.

吴伟仁，张强，2002. 英国文学史及选读：学习指南（第一册）[M]. 北京：中央民族大学出版社.

肖杰，2009. 庞德的意象概念辨析与评价 [J]. 天津大学学报（社会科学版）（2）：153-157.

徐葆耕，2003. 西方文学十五讲 [M]. 北京：北京大学出版社.

宣焕灿，1992. 天文学史 [M]. 北京：高等教育出版社.

亚里士多德，1995. 形而上学 [M]. 吴寿彭，译. 北京：商务印书馆.

亚里士多德，1999. 灵魂论及其他 [M]. 吴寿彭，译. 北京：商务印书馆.

晏奎，2001. 约翰·多恩：诗人多恩研究 [M]. 成都：四川大学出版社.

晏奎, 2003. 爱的见证——评多恩《告别辞：节哀》中的"圆"[J]. 昭通师范高等专科学校学报 (1)：39－45.

晏奎, 2004. 生命的礼赞：多恩"灵魂三部曲"研究 [M]. 北京：北京大学出版社.

杨金才, 2005. 从人文主义教育看英国文艺复兴女性观 [J]. 外语与外语教学 (1)：34－37.

杨周翰, 1984. 弥尔顿的悼亡诗——兼论中国文学史里的悼亡诗 [J]. 北京大学学报（哲学社会科学版）(6)：1－8.

杨周翰, 1985. 十七世纪英国文学 [M]. 北京：北京大学出版社.

周忠新, 王梦, 2009. 陌生化的手法, 另类的意象——邓恩的玄学派艳情诗《上升的太阳》赏析 [J]. 河北大学学报（哲学社会科学版）(2)：45－48.

朱光潜, 1981. 西方美学史（上卷）[M]. 北京：人民文学出版社.

朱黎航, 2009. "出神"：约翰·多恩爱情玄学的诗性阐释 [J]. 外国文学研究 (2)：56－61.

朱立元, 2005. 当代西方文艺理论：第 2 版, 增补版 [M]. 上海：华东师范大学出版社.

AGGRIPA C, 1989. Of the vanitie and uncertaintie of artes and sciences [M] //JORDAN R D. The quiet hero: figures of temperance in Spenser, Donne, Milton, and Joyce. Washington D. C.: The Catholic University of American Press.

ANON, 1991. The Holy Bible: King James Version [M]. New York: Ivy Books.

BALD R C, 1970. John Donne: a life [M]. New York and Oxford: Oxford University Press.

CAREY J, 1981. John Donne: life, mind and art [M]. New York: Oxford University Press.

CONRAD P, 1985. The everyman history of English literature [M]. London & Melbourne: J. M. Dent & Sons Ltd.

CORNS T N, 1993. The Cambridge companion to English poetry: Donne to Marvell [M]. Cambridge: Cambridge University Press.

DONNE J, 1966. John Donne's poetry [M]. CLEMENTS A L, ed. New York and London: W. W. Norton & Company Inc.

DONNE J, 1990. John Donne [M]. CAREY J, ed. Oxford and New York: Oxford University Press.

DONNE J, 1952. Essays in divinity [M]. SIMPSON E M, ed. Oxford: The Clarendon Press.

GARDNER H, 1959. The business of criticism [M]. Oxford: Clarendon Press.

GOSSE E, 1959. The life and letters of John Donne [M]. Gloucester, Mass: Peter Smith.

GRIERSON H J C, 1912. The poem of John Donne [M]. Oxford: Clarendon Press.

HENINGER S K JR, 1974. Touches of sweet harmony: pythagorean cosmology and renaissance poetics [M]. San Marino: The Huntington Library.

HESTER M T, 1996. John Donne's "desire of more": the subject of Anne More Donne in his poetry [M]. London: Associated University Presses.

HULL S W, 1982. Chaste, silent & obedient: English books for women (1475-1640) [M]. San Marino, California: Huntington Library.

KNAPP J F, 1979. Ezra Pound [M]. Boston: Twayne Publishers.

LEISHMAN J B, 1951. The monarch of wit: an analytical and comparative study of the poetry of John Donne [M]. London: Hutchinson University Library.

LOW A, 1993. The reinvention of love: poetry, politics and culture from Sidney to Milton [M]. Cambridge: Cambridge University Press.

NORTON C E, 1895. Introduction [M] //LOWLL J R. The poems of John Donne. New York: Grolier Club.

OLIVER P M, 2002. John Donne: selected letters [M]. New York: Routledge.

OSCAR C, 1973. Immortality of the soul or resurrection of the dead [M] //Terence Penelhum. Immortality. Belmont: Wadworth.

PLATO, 1961. Timaeus [M]. LEE H D, trans. Harmondsworth: Penguin.

POTTER G R, SIMPSON E M, 1953-1962. The sermons of John Donne, 10 volumes [M]. California: University of California Press.

RIVERS I, 1994. Classical and Christian ideas in English renaissance poetry [M]. London: George Allen & Unwin (Publisher) Ltd.

SMITH A J, 1984. John Donne: the complete English poems [M]. Middlesex England: Penguin Book Ltd.

SMITH L P, 1964. Donne's sermons: selected passages with an essay [M]. Oxford: The Clarendon Press.

STEADMAN J M, 1964. The "inharmonious blacksmith":

Spenser and the pythagoras legend [J]. PMLA,79.

SULLIVAN E W,1984. Biathanatos [M]. Newark: University of Delaware Press.

WALTON I,1999. The life of Dr. John Donne [M]. MOTION A,ed. New York: Vintage Books.

WILLIAMSON G,1987. A reader's guide to the metaphysical poets [M]. London: Thames and Hudson.